홍염의 성좌

FANTASY FRONTIER SPIRIT

THE CONSTELLATION OF BLAZE

홍염의 성좌 6

아울 판타지 장편 소설

초판 1쇄 찍은 날 § 2006년 1월 6일
초판 1쇄 펴낸 날 § 2006년 1월 16일

지은이 § 아울
펴낸이 § 서경석

편집장 § 문혜영
편집책임 § 김민정
편집 § 최하나 · 문정흠

펴낸곳 § 도서출판 청어람
등록번호 § 제1081-1-89호
등록일자 § 1999. 5. 31
어람번호 § 제1-0667호

주소 § 경기도 부천시 원미구 심곡1동 350-1 남성B/D 3F (우) 420-011
전화 § 032-656-4452 팩스 § 032-656-4453
http://www.chungeoram.com
E-mail § eoram99@chollian.net

ⓒ 아울, 2005

ISBN 89-5831-923-2 04810
ISBN 89-5831-563-6 (세트)

THE
CONSTELLATION
OF BLAZE

6

여명의 천사

NTASY FRONTIER SPIRIT

|가울 판타지 장편 소설|

홍염의 성좌

THE CONSTELLATION OF BLAZE

청어람
도서출판

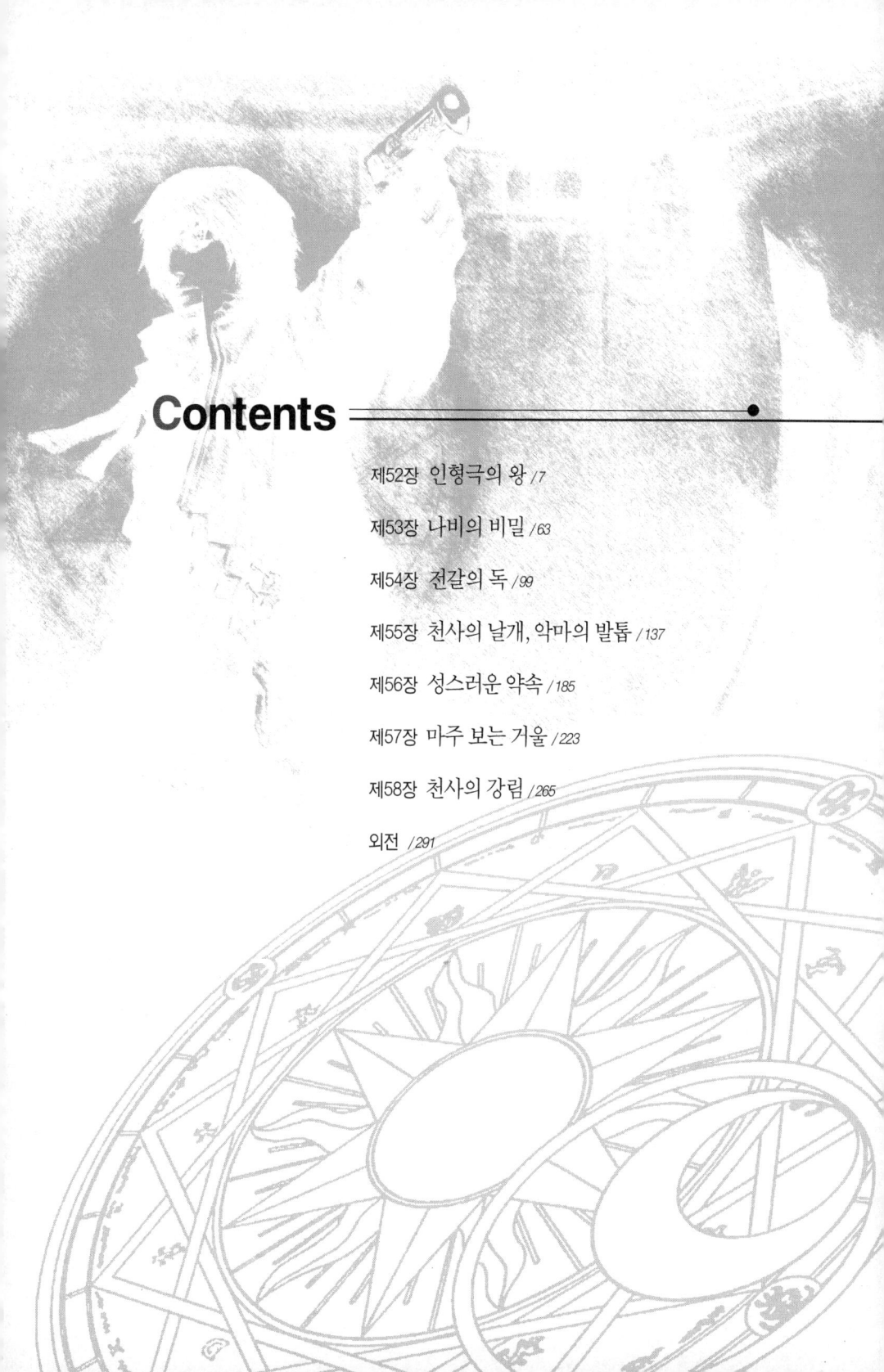

Contents

제52장 인형극의 왕 /7

제53장 나비의 비밀 /63

제54장 전갈의 독 /99

제55장 천사의 날개, 악마의 발톱 /137

제56장 성스러운 약속 /185

제57장 마주 보는 거울 /223

제58장 천사의 강림 /265

외전 /291

제52장
인형극의 왕

*랜*든 가의 아름다운 정원은 황금
빛 가을을 맞이하고 있었다.

봄은 봄대로 어여쁘고 여름은 여름대로 싱그러우며, 가을은 가을대로
찬란한 랜든의 저택이었다. 이름 거창한 값비싼 장미도 없고, 묵직한 이
름값과 더욱 묵직한 임금을 요구하는 정원사도 없다. 그러나 정성스러운
손길로 가꾼 빛깔 고운 장미들이 피고 지고, 맑고 하얀 연꽃들과 창포들
이 우거지는 작고 아름다운 왕국이었다.

한껏 싸늘해져 가는 가을인 지금, 랜든의 정원에는 잘 가꾼 정원수들
이 가을비에 흠뻑 젖어 붉고 노랗게 물들어 있었다.

"젠장."

결국 멍하니 정원만 바라보느라 한 시간이나 허비한 랜든은 고개를 돌
렸다. 정원은 가을에 해야 할 일을 잊지 않건만, 지금의 랜든은 도무지
뭘 어찌해야 할지 감이 잡히지 않았다.

그레이브 경, 발터 스게노차, 거기다가 살비에 마델로까지 사라졌다. 이제 남은 사람은 랜든과 노버스 크로반뿐이었고, 노버스 크로반의 처지를 생각한다면 랜든 혼자만 남은 것이나 다름없다. 그렇게 혼자 남은 지금, 그들 중 가장 미숙한 귀족 도련님일 뿐인 랜든은 뭘 어찌해야 할지 도무지 알 수가 없었다.

14년 전, 사랑 단 하나를 위해 살았던 귀족 청년 랜든은 너무도 나약한 남자였다. 가문을 버리자 남은 것은 몸뚱이 하나뿐이었다. 장교였지만 전쟁 한 번 나가본 적 없었다. 그레이브만한 수완도 없었고, 발터만한 처세도 없었으며, 살비에만한 능력도 없었다. 결국 그들에게 매달리는 것밖에는 달리 도리가 없었다.

단 한 번만 손잡기로 했건만, 단 한 번만 타락하기로 했건만, 결국에는 십사 년간 그들과 뭉쳐서 여기까지 왔다. 그리고 그들이 사라진 지금, 랜든은 다시 나약한 귀족가 도련님이 되어 있었다.

막막한 마음에 살비에의 충고를 받아들여 공작가로 돌아가 보려 했지만, 랭카스크 공작은 가문을 배신한 손자를 매정하게 내동댕이쳤다. 가문 내의 유일한 아군인 어머니는 아자렛과 이혼하라고 했다. 며느리만 집을 나가면 모든 것이 해결될 거라 착각하고 있지만, 가문과의 불화는 랜든이 아자렛과 이혼하는 것만으로 끝날 문제가 아니었다. 그리고 해결된다 하더라도 그리할 생각은 조금도 없었다.

"여보, 손님이 왔어요."

아내의 목소리가 들리자 랜든은 기분이 나아졌다. 상황이 달라지는 건 없어도, 그래도 끝까지 그의 곁에 남아주며 그를 사랑해 줄 여자가 있다는 것을 깨닫게 되니 안심이 되었다. 랜든이 서재 문을 열고 나오자 아자렛은 그의 얼굴을 보고 놀랐다.

"얼굴이 너무 창백해요. 왜 이러세요?"

"아니, 괜찮소. 어서 손님을 맞이해야지……. 누가 찾아온 거요?"

"아, 그게―"

아자렛은 굳은 얼굴로 현관 홀 쪽을 내려다보았다. 서재는 2층에 있었고, 2층 복도를 통해 현관 홀을 볼 수 있었다. 누가 찾아왔는지 알게 되자 랜든은 눈살을 찌푸렸다. 검은 제복을 입은 장교 두 사람이었다.

"특무부 아닌가?"

"칼 뷰겐트 중령님에 대해 물어볼 것이 있대요."

랜든은 바짝 긴장해 얼굴이 창백해지면서도 최대한 침착하게 현관 홀로 내려갔다. 그가 나타나자 여장교가 앞으로 나서며 경례를 올려붙였다. 각진 검은 얼굴에 검은 머리, 그리고 키가 아주 큰 중년 여자였다. 랜든은 그녀를 알고 있었다. 돌로레스 헌팅턴 소령, 헌팅턴 가의 장녀이자 후계자였다.

"브란 카스톨 특수 무력 부대 소속, 돌로레스 헌팅턴 소령입니다."

"무슨 용무로 온 건가?"

"칼 뷰겐트 중령님의 죽음에 대해 조사 중입니다. 그를 알고 계십니까?"

"그저께 죽었다는 건 들었소."

"그렇다면 그분께서 죽기 직전 마지막으로 방문한 곳이 이 저택이라는 것도 알고 계시길 바랍니다."

그토록 아니길 바랐건만, 결국 확인하게 되자 랜든은 아찔해졌다. 그가 죽었다는 소식을 듣고, 행여나 그 방문 때문에 자신이 의심받지 않을까 초조했다. 제발 다른 곳에 들렀기를 그렇게나 바랬는데, 결국에는 이렇게 된다.

"그분은 저녁 식사 전에 댁으로 돌아가셨어요. 정말 잠깐 들르셨던 겁니다."

아자렛이 대신 말했다.

"그 후 각하께서는 어디 계셨습니까?"

헌팅턴 소령의 목소리는 상냥했다. 긴장이 풀린 아자렛은 침착하게 말했다.

"저녁 식사 후…… 잠깐 정원을 산책한 다음 일찍 잠자리에 들었어요. 저는 레오의 잠자리를 봐준 다음 돌아왔고요."

"알겠습니다. 더 이상 알아볼 게 없군요. 그러나 한 가지만 더 여쭙겠습니다."

"하시오."

"에드먼드 란셀이라는 남자를 아십니까?"

랜든은 자기도 모르게 아자렛의 얼굴을 보고 말했다. 아자렛이 새파랗게 질려 랜든을 돌아보았다. 돌로레스가 다시 물었다.

"아십니까?"

랜든이 허겁지겁 말했다.

"아내의 전 약혼자요. 이미 오래전에 죽었지. 아내는 그 후 나와 결혼했고…… 그런데 그건 대체 왜 묻는 거요?"

"저는 모릅니다. 모든 것은 상부의 지시에 따른 것입니다. 저는 오늘 각하의 댁에서 그 질문을 하라는 명령을 받았고, 명령받은 대로 한 것뿐입니다. 랜든 각하께 답을 받았으니, 제 할 일은 끝난 겁니다."

그것은 돌로레스가 더 이상 아무 말도 하지 않을 것이라는 뜻이었다. 랜든이 아무리 물어도 모른다고 답하면 끝이다.

"안녕히 계십시오. 좋은 저녁 되십시오."

돌로레스는 경례를 올려붙이고 돌아섰다. 그녀가 저택을 나가자마자 아자렛이 랜든을 붙잡으며 다급히 물었다.

"윌리엄, 어째서 그 사람의 이름이 나오는 건가요? 14년 전에 죽은 사람이잖아요."

"나도 모르오…… 정말 몰라!"

"제발 말해줘요! 하필이면 지금 그 사람 이름이 나오는 이유가 뭔가
요!"

"모른다고 했소! 제발, 제발 부탁이오, 아자렛……. 나를 생각한다면,
나를 걱정해 준다면, 나를 믿어줘요. 더 묻지 말아요."

아자렛은 새파랗게 질린 채로 고개를 끄덕였다. 그 얼굴을 보며 랜든
은 대체 무엇을 어찌해야 할지 알 수 없어 막막하기만 했다. 대체 누구에
게 도움을 청해야 할지 그로서는 도무지 알 수 없었다.

"헨리 카밀턴과 손잡아!"

그제야 랜든은 살비에 마델로가 충고했던 것을 기억해 냈다.

유릭은 가로수 길 사이의 벤치에 앉아 길을 바라보고 있었다.

마차가 지나가고, 행인이 지나가고, 말이 지나가고, 간혹 경찰이 지나
가다 유릭에게 인사를 하기도 했다. 바람이 불자 낙엽 몇 개가 날리다가
벤치에 떨어졌다.

담배를 문 채로 유릭은 그렇게 아무렇지도 않다는 듯 살아가는 거대한
도시의 사람들을 바라보고 있었다.

정말 변한 건 하나도 없었다.

칼 뷰겐트가 죽은 것은 고작 사흘 전이다. 그리고 고작 사흘간 유릭은
아무것도 할 수 없었으며, 무엇을 해야 할지도 알 수 없었다. 그저 트래
비스의 저택으로 돌아가지도 못한 채 특무부 본부에 얼어붙은 듯 머물렀
을 뿐이다. 결국 본부를 나온 것이 방금 전. 그러나 본부 건물을 나와도

매한가지였다. 브란 카스톨이 그렇게 넓고 황량한 곳이라는 것을, 이곳에는 유릭 혼자라는 것을 그때 처음으로 알게 되었다.

"뭐 하나, 자네?"

"노는 중입니다."

유릭은 고개를 들어 눈앞에 우뚝 서 있는 카밀턴을 올려다보았다. 용맹한 장군님은 여기저기서 알뜰살뜰 넘어진 듯 바지에는 흙먼지가 묻어 있고, 코트 소매는 찢어져 있었다.

"노는 중?"

"저는 아직 파난 서부 사령부 소속의 파견병이며, 문서상의 계급은 하사입니다. 그것은 제가 할 일은 전적으로 뷰겐트 중령님의 개인적인 판단에 달려 있다는 말이기도 합니다. 그런데 그런 그분이 돌아가셨습니다. 특무부 인사부에서 이렇게 외따로이 떨어져 서성대는 저의 존재를 발견할 때까지는 좀 걸릴 테죠. 그래서 노는 중입니다만, 아주 재미없습니다."

카밀턴은 후, 하고 한숨을 내쉬었다.

"현장에는 가봤나?"

"아뇨. 접근 금지 명령을 받았습니다."

"그렇다면 지금 나하고 같이 가보지."

"상관의 명령 없이는 안 되는데요."

"인사부에서 자네를 발견하기 전까지는 내가 자네의 상관이 되어주지. 난 장군이잖나. 자, 그러니 지금 명령하네. 지금 당장 뷰겐트의 집으로 가자고."

뷰겐트의 자택은 특무부 본부와 가까운 곳에 있었다. 사흘 동안 근처도 가지 못했는데, 지금은 몇 발자국 걸어가는 것만으로 끝났다. 거대한 뷰겐트와는 어울리지 않는 깨끗하고 아담한 아파트였다.

"반격할 틈도 없었던 것 같아. 그 갑작스런 일격에 모든 상황이 종료된 듯하더군."

유릭은 접근 금지 선 너머에 있는 거실을 바라보았다. 피는 이제 진한 갈색으로 말라붙어 있었으나, 아직도 사방이 진한 피비린내를 물씬 풍기고 있었다. 그날 새벽은 엄청난 피바다였을 것이다.

"심장이 직통으로 뚫려 있었더군."

카밀턴이 그리 말하며 자신의 가슴을 가리켰다. 유릭은 테이블과 의자 근방에 있는 거대한 피 얼룩을 내려다보았다.

"막거나 반격할 틈도 없었던 것 같아. 급작스럽게 맞은 그 한 방으로 모든 게 끝난 듯 보이더군."

그곳에서 그는 죽어갔을 것이다. 무슨 일이 벌어졌는지 생각할 틈도 없었으리라. 왜 자신이 죽어야 하는 건지, 어떻게 죽어가고 있는지조차도 몰랐을 것이다. 그리고 뷰겐트, 유릭의 스승이었던 남자는 그렇게 영원히 사라졌다. 누군가가, 지금의 유릭은 짐작도 안 되는 누군가가 그를 죽였다.

"어쨌든 살해당한 것만은 확실하지."

카밀턴이 그렇게 말하자 유릭은 고개를 저었다.

"그분은 살해당한 것이 아닙니다."

"자살이라도 했다는 건가?"

"카밀턴 경, 중령님은 전사하신 겁니다."

유릭은 뷰겐트가 참살당한 아파트를 찬찬히, 하나하나 꼼꼼히 훑어보았다. 그 무엇도 그의 눈을 벗어나지 못하도록, 그렇게 꼼꼼히 훑어보았다.

"뷰겐트님은 전쟁 중이셨고, 그렇기에 그분의 목숨은 언제나 매각 직전에 놓여 있습니다. 전쟁 중에 입찰자가 나타나면 목숨은 매각당하는 겁니다. 그래서 그분은 그렇게 전사하신 겁니다."

"그를 죽인 자를 미워하지 않는다는 말 같군."

"그분을 죽인 자가 누구든 간에 미워하지는 않습니다. 미워할 필요도 없고요. 그는 자신의 전쟁을 치르며, 적인 중령님을 죽인 것뿐이니까요. 뷰겐트님도 각오하셨을 것입니다."

"그렇다면 대체 뭘 하고 싶은 건가?"

"그러나 그분의 적은 저의 적입니다. 그러니 제가 죽여야 한다면 죽일 것이고, 싸워야 한다면 싸울 것입니다. 이길 수 있다면 이길 것이며, 도저히 불가능하다면 후퇴할 것입니다. 후퇴할 수 없다면, 기적을 바랄 것입니다."

"뷰겐트 같은 야수를 쓰러뜨린 자야. 그 역시 야수일지도 몰라."

"제가 사냥하겠습니다. 덫을 놓고, 올가미를 씌우고 그 목을 딸 겁니다."

카밀턴은 나른히 한숨을 내쉬더니, 품 안에서 종이 한 장을 꺼내어 유릭에게 보여주었다. 엉망진창으로 갈겨쓴 편지였다.

"이게 뭡니까?"

"칼 뷰겐트 중령이 죽기 전에 마지막으로 만난 사람이 윌리엄 랜든이라는 건 알고 있겠지?"

"그건 들었습니다."

"이건 그로부터 온 초대장이라네. 일단 여기부터 같이 가보도록 하지."

"그가 관련이 있을까요?"

"없지는 않을 거야. 그러나 개인적인 심정을 말하자면, 관련이 없기를 바라네. 그 녀석은 일이 꼬이면 혼자서 다 뒤집어쓰고 죽을 가능성이 높은 놈이거든. 나는 그놈이 그렇게 되기를 바라지 않아."

*　　　　*　　　　*

세수를 마친 로웨나는 거울에 비친 자신의 얼굴을 물끄러미 들여다보았다. 어제 새벽까지 연습 비슷한 전투를 했던지라, 얼굴은 해쓱하고 눈은 시뻘겋게 충혈되어 있었다. 로웨나는 그 얼굴을 못마땅하다는 듯 쏘아보곤, 모자를 덮어쓴 후 방을 나서 극장으로 향했다.

그동안 수수께끼에 둘러싸여 있던 의문의 주인공이 드디어 나타났다. 또한 아직까지도 비공개로 남아 있던 이 오페라의 전체적인 내용도 완전히 드러났다. 로웨나는 그 의문의 주인공, 비밀로 휘감겨 신비롭게 남아 있던 그 주인공이 의외로 가까운 인물이었다는 데 놀랐으며, 아주 마음에 들지 않는다는 것에 분통이 터졌다. 그러나 인정할 건 인정해야 했다. 가토 크로반은 유릭의 동생이며, 지금 로웨나의 상대역이다.

나 같은 여자를 좋아할 리가 없다고?

그 말에 반박해 보려 했지만, 로웨나는 유릭에 대해 아는 바가 거의 없었다. 아는 거라고는 로웨나에게 무척이나 친절하다는 것이고, 로웨나의 말도 안 되는 고집과 억지도 잘 들어줄 정도로 너그럽다는 것 정도다. 오페라에 대해 하나도 모르면서도 로웨나의 노래를 좋아하고, 무대 위의 로웨나와는 잘도 눈이 마주쳐도 그녀가 출연한 오페라의 내용은 하나도 모른다는 것도 안다.

그러나 그 외에는 모른다, 아무것도.

가슴에 무엇을 품고 사는지도, 로웨나 외의 사람은 어떻게 대하는지도, 어디서 어떻게 살아왔는지도 전혀 모른다.

유릭과 만난 후 처음으로 그가 낯설게 느껴졌다. 바다 너머에 어린 달

그림자처럼, 그렇게 아득하고 멀게 느껴졌다.

"누나."

로웨나는 놀라 고개를 번쩍 들었고, 스태프가 드나드는 극장 뒷문 앞에 서 있는 소년을 보자 더 더욱 놀랐다.

"레오?"

레오폴트였다. 매일매일 침대 위에서 고열에 시달리던 병약한 레오폴트가 멋진 정장에 가을 코트까지 걸치고 로웨나를 기다리고 있었다.

"어떻게 된 거야?"

레오폴트는 웃음을 터뜨렸다.

"아주 건강해졌어요. 봐요, 이제 뛸 수도 있어요."

그러며 레오폴트는 그 자리에서 풀쩍풀쩍 뛰었다. 워낙에 호리호리하게 균형 잡힌 몸이라, 작은 새가 날개를 퍼덕이듯 가벼워 보였다. 로웨나는 그의 몸을 싹싹 훑어 살피고 얼굴도 들여다보았다. 여전히 희고 창백한 얼굴이었으나, 예전의 병색은 씻은 듯 사라져 있었다. 무엇보다도 달라진 건, 언제나 저주하듯 서늘한 빛으로 허공을 응시하던 눈에 생기가 돌며 반짝거리고 있다는 것이다.

"데이트 신청하러 왔어요. 오늘은 하루종일 브란 카스톨 끝에서 끝까지 돌아다녀도 돼요."

"네 건강은 축하할 일이다만, 내가 그렇게 놀러 다녔다가는 극장주이신 트래비스 씨는 물론이요, 악질 연출자 이안 블로드는 당연하고, 그저께 도착한 내 파트너인 가토 크로상 군마저도 패악을 부릴 거야."

"가토 크로상?"

이름이 참 망측하니, 역시나 레오폴트는 눈살을 찌푸렸다. 로웨나는 그의 이름을 고쳐 줄 필요성을 조금도 느끼지 못했다. 얄밉기 때문이다. 만난 지 고작 사흘째지만, 한 20년쯤 원한을 쌓아온 듯 사람 불쾌하게 만드는 녀석이었다.

"처음 듣는 이름인데 신인 가수인가요?"

"응. 그래도 실력은 뭐, 그럭저럭……."

로웨나는 말꼬리를 흐렸다. 조금만 더 하면 그녀가 결단코 인정하고 싶지 않았던 현실을 인정하는 말을 하고 말 것만 같다. 그렇게 스스로 인정하면 오늘밤부터는 도저히 잠들지 못하게 될 것이다.

"처음으로 신청하는 데이트를 거절하게 만든 그 신사 분을 만나뵙고 싶군요. 연습하는 거 구경해도 될까요?"

"어머…… 어나아? 연출자인 블로드 씨가 허락해야 가느응…… 한데? 그리고 그 녀석은 절대 절대 절대 신사가 아니야. 성질 더러운 꼬맹이일 뿐이지!"

로웨나는 그 까다로운 이안이 생판 처음 보는 레오폴트가 공연 연습을 구경하는 것을 허락할 리가 없다고 생각했다. 그런데 레오폴트는 어려워하거나 머뭇대지도 않고 웃으며 앞장섰다.

"제가 허락받을게요. 들어가요. 그리고 꼬맹이라 하더라도 저보다는 나이가 많을 것 같은데요?"

"열일곱이야."

"그리고 저는 열세 살이잖아요."

로웨나는 레오폴트를 따라 극장 안으로 들어갔다. 생기 넘치는 레오폴트의 모습을 보니 오히려 불안했다. 어렸을 때부터 친하게 지내온 사이인 미하일, 에넌, 그리고 이 레오폴트. 로웨나는 언제나 이 레오폴트가 가장 먼저 그녀의 곁을 떠날 거라 생각해 왔었다. 태어나면서부터 생사의 문턱으로 직행한 병약한 아이였으니 당연한 것이었다. 그러나 가장 먼저 그녀 곁을 떠난 것은 에넌이었다. 언제나 곁에 있어줄 거라, 아마도 오랫동안 곁에 있어줄 거라, 어쩌면 늙을 때까지 곁에 있을 거라 그리 생각했던 에닌이 가장 먼저 떠났다.

"누나?"

레오폴트가 돌아보았다. 로웨나는 눈물을 문질러 닦고는 앞을 가리켰다. 레오폴트가 그런 로웨나의 어깨에 손을 얹었다.

"괜찮아요, 누나. 그래도 제가 옆에 있잖아요. 연꽃이 호수 수면을 지키듯 제가 옆에 있어 드릴게요."

"고마워."

별로 믿지는 않지만. 그리고 너는 그 느끼한 말버릇 좀 고치면 안 되니? 로웨나는 속으로만 그렇게 생각했다.

이 소년이 정말 건강을 회복하고 몇 년이 지나면, 분명 어느 귀족집 아가씨와 약혼을 하고 결혼을 하게 될 것이다. 그리되면 더 이상 편하게 지낼 수 없게 된다. 어쩌면 아는 척도 하지 못하게 될지도 모른다. 아무리 아버지 그레이브 경이 귀족이라지만, 로웨나는 그 집안의 딸로 인정받은 적도 없고, 인정받을 생각도 없다. 신분을 넘나드는 사랑에도 관심없다. 사랑이 힘들다면, 그건 서로를 맞추어가는 과정이 힘들어야 정상이다. 집안이 어쩌고, 부모님이 어쩌고 하면서 문제 복잡해지고 구질구질해지는 건 질색인 로웨나였다(그리고 연하는 정말 질색이었다).

레오폴트를 본 이안의 얼굴은, 역시나 왕창 구겨졌다. 이놈 뭐야? 라고 묻는 듯한 표정으로 로웨나를 보며 레오폴트의 뽀얀 얼굴을 가리켰다. 로웨나는 웃으며 트래비스를 보았다. 무대 연출에 대한 조언을 하러 나온 트래비스는 활짝 웃으며 레오폴트를 반겼다.

"랜든 가의 레오폴트 군 아닌가! 어머니는 잘 계신가? 몸은? 지난번에도 많이 아프다고 들었는데."

"많이 좋아졌습니다. 사실은 누나에게 점심이나 함께하자고 찾아온 거지만, 연습 때문에 거절당하고 말았습니다."

"아아, 상황이 좀 급해서. 준비할 시간이 부족하거든. 그래도 점심에는 빌려주지. 걱정 마, 로웨나 그린 양. 남자 친구에게는 절대 절대 비밀로 해줄게."

로웨나는 기겁했다. 레오폴트가 놀라며 물었다.

"누나, 남자 친구가 있었어요?"

"아냐, 아냐!! 아니라고! 으악, 트래비스 씨! 그런 거 아니라고 몇 번을⋯⋯."

"그린 양, 극장 사람 다 아는 사실이니 너무 그렇게 부끄러워하지 말라고. 아, 레오폴트 군. 아주 훌륭한 청년이야. 자네도 본다면 무척 좋아하게 될 거네. 나도 참 좋아한다네."

뒤통수가 뻐근해진 로웨나가 무대를 올려다보니, 그곳에는 역시나 가토가 그 예쁜 초록색 눈을 잔뜩 찌푸리고 로웨나를 노려보고 있었다. 표정을 보아하니, 우리 형이 너 따위 형편없는 여자 애와 사귈 리가 없잖아. 당장 사실대로 말 못해? 라고 생각하는 것이 분명했다.

로웨나는 갑자기 심술이 났다. 어쩔 거야? 내가 뭐가 모자라서 네 형이랑 사귀면 안 되는 건데? 로웨나는 모자를 벗어 이안에게 집어 던지고, 우산과 가방도 집어 던지고, 팔까지 걷어붙인 다음 아직 준비가 덜 끝난 무대 위로 성큼성큼 올라갔다.

"야, 이걸 나한테 주고 가면 어떻게 해!"

이안이 항의하자 로웨나는 버럭 고함을 질렀다.

"가지고 있어요!"

"⋯⋯응."

이안은 아주 자연스럽게 로웨나의 짐을 끌어안다가 자괴감에 빠졌다.

로웨나는 가토 앞에 팔짱을 끼고 섰다. 가토도 허리에 손을 얹고 그런 로웨나를 노려보았다. 로웨나는 입꼬리를 말아 올리며 쏘아붙였다.

"내가 그렇게 마음에 안 드니?"

"당연하잖아요. 형이 누나 같은 여자와 사귄다니! 말도 안 됩니다."

"내가 어때서?"

"성격도 이상하고, 목소리도 이상하고, 얼굴도 못생겼잖아요."

로웨나의 턱이 경련을 일으켰다.

"아하, 나는 네가 유리 동생이라는 게 더 말도 안 된다고 생각한다."

"제가 어때서요?"

"옹졸하고 치졸하고 철딱서니 없는데다가 키도 작잖아!"

역시나, 마지막 말에 가토의 눈썹이 불끈 치솟아 올랐다.

"아직 자라는 중입니다!"

"나도 꾸미면 예쁘다고!"

무대 앞의 트래비스, 이안 블로드, 레오폴트는 물론이요, 전체 연습을 위해 슬슬 출근하기 시작하는 단원들도 무대 위에서 서로를 험악하게 노려보는 로웨나와 가토의 모습에 당황했다. 당장에 멱살 붙들고 싸울 분위기라 이안은 급하게 들고 있던 악보를 집어 던졌다.

"자, 받아! 연습이나 시작해, 어서!"

로웨나와 가토는 그 곡이 어제 피 터지도록 싸우며 열정적으로 부르다가 결국에는 '둘 다 집으로 가버려!'로 끝나 버린 사랑의 이중창이라는 것을 깨닫고 기겁했다. 미친 듯이 싸워대는 장면은 지나치도록 잘했건만, 초반에 남녀 주인공이 알콩달콩 잘 지내던 부분은 너무나 힘겨웠다.

"어허, 시작해."

로웨나는 주변을 둘러보았고, 가토도 주변을 둘러보았다. 트래비스와 레오폴트는 물론이고, 단원들까지 잔뜩 기대에 찬 눈으로 두 사람을 보고 있었다. 단원들은 여태까지는 조연인 줄 알았던 로웨나가 주연이라는 것을 알게 되자 다들 기대하고 있었다. 나이 어린 로웨나의 실력을 다들 인정하고 있었기 때문이다. 별수없다. 로웨나는 가토의 두 눈을 노려보며 감미로운 사랑의 이중창을 시작했다.

오셨군요.
아아, 저는 안답니다.
달빛과 함께 넘쳐 나는 당신의 사랑.

가토가 속삭였다.
"누나 목소리는 너무 화려하다니까요."
로웨나가 기가 막혀 하며 뭐라 말하려 했으나, 가토는 웃으며 노래를 시작했다.

사랑하는 사람이여.
구름이 달을 향해 달리듯
바람이 호수를 향해 달리듯
그렇게 달려왔다오.

로웨나가 속삭였다.
"네 목소리는 촌스러워!"
가토는 여전히 웃으며 노래를 부르고 있었다. 그러나 눈썹이 불끈 치솟는 것까지는 어쩔 수 없었다. 자신의 파트가 끝나자마자 당장에 쏘아붙였다.
"누나 연기는 너무 튀어요."
로웨나는 표정 하나 바꾸지 않으며 가슴 위에 손을 얹었다. 얼굴은 웃음으로 가득했다.

사랑한답니다, 사랑한답니다.
나의 님이여.

그리고 파트가 끝나자마자 쏘아붙였다.
"네 연기는 멍청해!"
가토의 공격은 이어지지 못했다. 그 다음이 바로 이중창이었기 때문이
다. 로웨나와 가토는 서로를 쥐어뜯을 듯 노려보며 사랑의 노래를 불러
갔다. 두 남녀의 목소리가 어우러지며 눈부신 화성을 자아냈다. 눈빛은
서로를 향한 증오에 불타올라도, 그래도 입술만은 진실한 사랑을 속삭이
듯 웃으며 햇살 같은 이중창을 부르고 있었다.
가토 크로반의 목소리는 진정 굉장했다. 사춘기 소년의 것이라고는 믿
어지지 않을 정도로 곱고 정갈했다. 고음부의 저릿한 맑음과 저음부의
부드러움은 아주 훌륭했다. 게다가 그 놀라운 목소리는 가토의 중성적이
고, 신비로운 외모와 완벽한 조화를 이루었다. 이안 블로드가 직접 가르
쳤다는 이 미성과 미모의 소년은 정말 완벽했다.
"온 브란 카스톨이 저 소년이 목소리에 반하겠군. 정말 굉장한 안목이
오, 블로드 씨. 저런 인재가 파난 시골에 있었다니!"
트래비스가 감탄하며 말했다. 이안은 무대 위의 박진감 넘치는 눈싸움
에 잔뜩 긴장하고 있었으나, 그를 칭찬하는 말이 나오자 당장에 으쓱해
하며 외쳤다.
"당연한 말씀! 후, 역시나 저 로웨나 그린과 상대하려면 저 정도는 되
어야지요! 아니, 판세는 가토 크로반 군의 승리… 는 아니군요."
트래비스가 아주 기분 나빠하며 이안을 쏘아보았다.

"저 소년은 천상의 목소리를 가지고 있네만, 로웨나 그린 양은 천부의 재능을 가지고 있지. 자아, 들어보라고, 저 매혹적인 목소리를."

가토를 추켜세우고 로웨나를 깎아내리던 이안은 끙하니 한숨을 내쉬었다. 로웨나의 파트가 다시 시작되고 있었다.

"뭐, 괜찮긴 해요."

이안은 정말 못마땅하다는 듯이 그리 말했다.

"목소리 자체는 정말 마음에 안 들지만…… 그 색채는 정말 풍부하죠. 저런 목소리는 무대에서 그 진가를 발휘합니다. 어려운 역할이면 어려운 역할일수록, 수수한 역이면 수수한 역대로 빛나는 놀라운 목소리죠. 그럼에도 불구하고 주변 목소리와 조화를 이룬단 말이에요. 사람들의 시선을 단숨에 집중시킴에도 불구하고, 절대 혼자서 튀지도 않는…… 맞아요, 저건 정말 천부의 재능입니다."

"아무렴! 누가 발견한 인재인데. 그런데 아무래도 가토 군은 연기 연습을 더 시켜야 할 것 같아. 목소리는 진정 천상의 목소리네만, 드라마틱한 힘이 부족하달까? 그린 양을 봐, 그린 양을. 저 자체로도 강인하고도 우아한 그리디타라네. 아아, 나는 정말 이 무대가 성공하여 나의 그린 양이 브란 카스톨의 인정을 받기를 바란다네."

이안이 이를 갈았다. 나보다 더 재수 없는 인간 같으니라고.

자기 자랑하기 좋아하는 트래비스의 의견에 쉽사리 동조했다가는 이런 낭패를 보고 만다. 한참 동안이나 지겹도록 자화자찬이 이어지기 때문이다. 트래비스가 이중창에 푹 빠져 있는 것을 확인한 이안은 고개를 돌리지 않은 채로 말했다.

"여기엔 왜 온 거냐, 꼬마?"

레오폴트가 웃으며 그를 보았다.

"내일 저희 집에서 가벼운 만찬이 열립니다. 초대하려고요. 누나도,

당신도."

"호오라, 대귀족가에서 이런 비렁뱅이 평민 음악가를 초대하려는 거냐?"

"당신은 충분히 유명인사입니다. 걱정 마세요. 게다가 저의 어머니는 평민 출신입니다. 아버지는 평민 출신들을 그다지 달가워하지 않지만, 어머니 앞에서는 절대 다른 사람의 신분을 문제 삼지 않습니다. 게다가 그날 손님은 알렉산더 백작과 헨리 카밀턴 경입니다. 당신이 환영받지 못할 이유는 조금도 없습니다."

"다음주 화요일 날 개막이다. 최종 리허설을 해야 한다네. 게다가 주연이 사흘 전에 도착했다고! 지금 한순간도 쉴 수 없어."

"아쉽게 되었군요. 그래도 초대장은 드리겠습니다. 생각나면 와주세요."

레오폴트는 품 안에서 초대장이 담긴 봉투를 꺼내어 건네주었다. 이안은 그 봉투를 받은 뒤 무대를 보았다. 이중창이 마무리되는가 싶은 순간, 가토가 갑자기 악보를 내동댕이치더니 로웨나에게 뭐라 으르렁댔다. 그러자 로웨나가 악보를 휘둘러 가토의 얼굴을 후려 갈겼다.

*   *   *

한적하고 공기 맑은 변두리에 있는 랜든 경의 저택은 굉장히 소박했다. 현재 실세 중 하나인 귀족의 저택이라기보다는 부유한 집안에서 자라 유산 좀 물려받아 살림 차린 막내아들 집 같은 분위기였다.

처음으로 랜든 가를 방문하게 된 유릭은 굉장한 크기와 참담한 미적 감각의 랭카스크 성보다 이 소박한 저택에 호감이 갔다. 하얗게 회칠한 벽에 초록색 지붕이 참 잘 어울렸다. 정원은 너무도 아름다웠고, 그 정원을 가꾼 세심하고 다정한 손길이 느껴져 그 정원 자체가 햇살처럼 푸근하게 다가왔다.

"비둘기 둥지처럼 평화롭고 아늑한 곳이지. 물론 나도 안에 들어가 보는 건 오늘이 처음이지만."

카밀턴의 말에 옆에서 그들을 안내하던 집사가 눈살을 찌푸렸다. 그러나 그 역시 자신의 주인과 카밀턴 경과의 관계를 알고 있기에 당황하거나 놀라지는 않았다. 별수없지, 그것이 그의 결론일 것이다.

유릭과 카밀턴은 저택 안으로 안내되었다. 현관 홀은 비싼 그림도, 어울리지 않는 조각상도, 밟기 송구스러운 카펫도 없었다. 바닥은 진갈색 나무로 잘 짜여져 있었으며, 계단과 벽은 잘 어울리는 꽃병과 무명 화가의 소박한 그림으로 장식되어 있었다.

안주인인 랜든 부인이 가난한 평민 출신이라 이리 장식한 것도 있지만, 사실 랜든 경은 그다지 부유한 편이 아니었다. 집안에서 먼지 한 톨 얻지 못하고 쫓겨났고, 부인인 아자렛도 재산 한 푼 없었다. 게다가 당시의 랜든은 전형적인 대귀족가 출신 청년이었던지라, 자기 손으로 동전 한 푼 벌어본 적 없었다. 니콜라스 추기경 덕에 빠른 속도로 진급한 건 사실이지만, 벌어오는 돈은 모두 병약한 레오폴트의 치료비로 나갔다. 그런 랜든에게는 사치를 부릴 여력이 없었다.

저택의 응접실로 안내되자 랜든 부부가 손님을 기다리고 있었다. 랜든은 험악하게 헨리 카밀턴을 보다가, 아주 살벌하게 말했다.

"어서 오게나, 헨리 카밀턴."

카밀턴은 그를 무시하고 그 옆의 아내, 아자렛에게 인사를 했다.

"안녕하십니까, 부인."

아자렛은 활짝 웃으며 반겼다.

"어서 오세요, 카밀턴 경. 저희 집은 처음이시죠? 너무 기뻐요."

"랜든의 갑작스런 초대에 좀 놀라긴 했지만, 부인을 뵈니 아주 기분이
좋습니다. 이건 선물입니다."

그리고 들고 온 아름다운 장미 꽃다발을 내밀었다. 랜든이 그 장미를
모조리 씹어 삼킬 듯이 노려보았다. 카밀턴은 그 장미를 넘기고 의자를
가리켰다.

"윌리엄, 앉으라고도 안 할 건가?"

"앉…… 게나."

의자 다리가 부러져 허리라도 삐어라, 개자식아, 라는 말이 뒤이어 들
릴 듯 살벌한 답변이었다. 아자렛이 꽃다발을 들고 나가자, 카밀턴은 웃
으며 의자에 앉았다. 랜든과 카밀턴의 눈이 마주쳤다. 참으로 맑고 화창
한 날이었지만, 응접실 안만은 당장에 멱살을 붙들고 뒤엉킬 듯 격렬한
폭풍의 하루였다. 저러려면 왜 초대한 걸까, 유릭은 울적해져서 한숨을
내쉬었다.

"그런데…… 자네, 집안이 굉장히 시끄럽군."

카밀턴이 주변을 둘러보며 그렇게 말했다. 랜든은 귀를 기울였으나,
이 한가로운 변두리 저택에는 마차 지나가는 소리조차 들리지 않았다.
유릭이 귀를 기울여 봐도 마찬가지였다. 결국에는 랜든이 결론을 내렸
다.

"더 이상 헛소리하면 손님이든 뭐든 엉덩이를 걷어차 쫓아내겠어."

그러나 유릭이 보기에 카밀턴은 실없이 헛소리를 하고 있는 것이 아니
었다. 카밀턴의 얼굴은 분명 진지했다. 눈살을 찌푸리고 입을 꾹 다물고
있는 그 얼굴에는 분명 상대방을 향한 우려가 어려 있었다. 왜 그런지 물
어보려 했지만 '저…' 라는 말이 나오기 무섭게 카밀턴이 입술에 손을 가
져갔다. 잠시 뒤 응접실로 호리호리한 소년이 우아하게 들어왔다. 레오
폴트였다.

"안녕하십니까, 카밀턴 경."

여전히 창백한데다가 깡마른 녀석이긴 했으나, 유릭과 처음으로 만난 지난번과는 달리 훨씬 더 건강해 보였다. 그러나 그 시체 같은 싸늘함과 뚝 부러질 것만 같은 도도함만은 여전했다(그래서 여전히 재수없어 보인다).

"정말 많이 건강해졌군. 내가 레오폴트 군을 못 본 사이에 누군가로부터 기적의 영약이라도 선물받은 건가."

카밀턴의 말에 레오폴트가 웃었다.

"아닙니다. 얼마 전 큰 고비를 넘기고 나니, 오히려 몸이 좋아졌습니다. 그 후로 빠르게 회복되고 있습니다. 저희 집 앞에 지겹게 대기하고 있던 사신이 드디어 지쳐 철수했나 봅니다."

랜든이 큼, 하고 헛기침을 하며 끼어들었다.

"하루가 다르게 좋아지고 있다네. 의사도 기적이라며 놀라고 있지. 늘 안타까웠지. 자네의 그 멍―청한 조카는 돼지처럼 튼튼한데, 내 영특한 아들은 하나님의 지나친 사랑을 받고 있었으니."

유릭은 카밀턴을 살폈다. 그러나 카밀턴은 무표정했다. 정확히 말하자면, 완벽하게 딴생각 중이었다. 예상했던 반응이 조금도 없자, 랜든이 험악하게 물었다.

"내 말 듣고 있는 건가, 헨리?"

"아, 자네 아들이 돼지처럼 튼튼해졌다고? 들었어."

유릭은 아무래도 오늘 저녁 일찍 먹긴 글렀다고 생각했다. 랜든이 당장에 카밀턴을 걸어찰 기세로 으르렁대는 순간에, 응접실로 구원의 천사 아자렛 랜든 부인이 들어왔다.

"여보, 백작님이 오셨어요."

랜든의 얼굴이 활짝 펴지며 화사해졌다. 카밀턴과 랜든 사이의 불꽃

튀는 접전을 처음도, 중간도, 마무리도 보지 못한 아자렛은 남편인 랜든의 볼에 키스했다.

"어서 손님을 맞이하셔야지요, 여보. 저녁 준비도 곧 끝나요."

랜든도 웃으며 아자렛의 볼에 키스했다. 랜든이 지나치게 험악하게 생겼다는 것만 제한다면, 너무도 평범하고 단란한 가정의 모습이었다. 카밀턴이 부러운 듯 나른하게 한숨을 내쉬었으며, 유릭은 프리델라와 그가 얼마나 단란했을까 상상하며 응접실 문 쪽을 보았다.

그리고 그곳에는 알렉산더가 서 있었다.

유릭은 그의 얼굴이 참으로 미묘하게 변하는 것을 보았다. 아주 예전에 유릭은 그런 백작을 본 적이 있었다. 꽤나 번잡스러운 사건을 앞두고 있던 어느 날의 저녁이었을 것이다. 유릭은 그날 처음으로 아자렛을 만났고, 가면을 벗고 사람들 앞으로 나서는 백작과도 만나게 되었다. 그날의 알렉산더도 저런 눈으로 어딘가를 바라보고 있었다.

"어서 오십시오, 백작."

랜든이 나서며 알렉산더에게 악수를 청했다. 알렉산더는 장갑을 벗지 않은 채 그의 손을 잡았다. 역시나, 랜든이 얼굴을 찡그렸다. 그는 큼, 하고 헛기침을 하고는 카밀턴을 소개했다.

"내 친… 구(정말 어렵게 말했다) 헨리 카밀턴 경이오."

"뵙게 되어 영광입니다."

알렉산더는 정중하게 인사를 한 뒤에 카밀턴과 악수를 나누었다. 역시나 장갑은 계속 끼고 있었다. 카밀턴은 그의 장갑을 물끄러미 내려다보다가 알렉산더의 얼굴을 흘끔 올려다보았다. 눈길이 제대로 마주치지는 않았다. 알렉산더의 눈은 카밀턴의 눈을 미묘하게 비껴선 어딘가를 머물고 있었다. 자연스러웠다. 너무도 자연스러워 그저 눈치 못 채고 다른 곳을 보는 것으로 보였을 뿐이다. 두 사람이 서로의 손을 내릴 때까지 그

미묘한 비껴남은 여전했다.

"저녁 준비가 끝났으니, 어서 가서 듭시다."

주인인 랜든이 그리 말했다.

만찬은 지난번 랭카스크 공작가에서의 머리 뻐근한 만찬회에 비하면 너무나 소박했다. 그래도 유릭에게는 충분히 근사했으며(특무부의 급식을 생각해 본다면, 뭘 먹든 성찬이다), 뭘 어떻게 먹는지 몰라 허둥댈 필요도 없이 느긋하게 즐길 수 있어서 아주 마음에 들었다. 가끔 월급날에 카바냐 크리스펠로, 때로는 카이슐츠, 칼 뷰겐트와 함께 시내의 고급 레스토랑에 가서 이 정도 식사를 하기도 했다. 카바냐는 비쩍 곯은 노인네 손님밖에 없다고 투덜댔고, 크리스펠로는 굉장한 접시에 굉장히 적은 음식이 나오자 굉장히 불만스럽게 으르렁거렸다. 그나마 가장 점잖은 카이슐츠는 레스토랑의 피아노 연주를 들으며 느긋하게 와인을 마셨다. 뷰겐트는 그 거대한 손으로 앙증맞은 포크를 휘두르며 말했다.

"점잖게, 점잖게. 상냥한 여인의 목덜미에 키스하듯, 그렇게 먹어야 하는 거다."

웃으려고 했지만 어쩔 수 없었다. 손이 멈추며 테이블 위에 얹혔고, 결국에는 한숨이 나왔다.

"장례식은 토요일이다. 아침 9시. 같이 가자. 그 곰 녀석이 어떤 관에 들어가는지 보자고. 나중에 같은 지옥으로 가면 이야기해 주련다. 그의 관이 얼마나 멋졌는지 말이야……."

어제 아침 브랫 키저가 말해주었다. 나는 같은 지옥에 갈 일은 없겠지. 아마도 내 자리는 좀 더 아래쪽일 테니. 유릭은 애써 웃으며 그리 생각하려 했지만, 이번에도 어쩔 수 없었다.

아버지가 돌아가셨을 때 그러했듯, 지금도 마찬가지였다. 살아 있는 것이, 이렇게 먹고 마시고 숨쉰다는 것이 죄악처럼 느껴졌다. 죽음은 받아들여도 빈자리만은 어쩔 수 없었다. 한 사람, 그것도 소중한 사람이 뿌리째 사라진 마음 한구석을 배회하는 것은 허허로운 슬픔이었다. 카밀턴이 유릭의 팔을 쳤다. 유릭은 놀라서 고개를 들었고, 그 순간에 레오폴트와 마주쳤다.

"—나요?"

레오폴트가 그렇게 물었고, 유릭은 앞의 말이 도무지 기억이 안 나 되물었다.

"무슨 말씀입니까?"

레오폴트가 웃었다.

"파난 서부의 특수 무력 부대에서 일하고 있다고 들었습니다. 프리델라 마고 앤더슨 대령님의 지휘 하에. 앤더슨 대령님은 2년 전에 파난으로 갔지요. 그럼 그전에는……."

"그전에는 칼 뷰겐트 중령님 아래에 있었습니다."

레오폴트는 여전히 웃고 있었다.

"어떤 분이신지요?"

"좋은 분이었지만 그저께 돌아가셨지요. 그날 새벽에 살해되었습니다……. 내일 장례식이 있을 겁니다."

"그분 소식은 신문 부고난에서 보았습니다."

유릭은 방금 전 레오폴트의 웃음이 신경 쓰였다. 뷰겐트의 죽음을 알고 있었다면, 유릭이 그의 밑에 있었다는 말을 듣는 순간에 웃음을 멈추었어야 옳다.

"공자 나이 또래의 소년이라면, 다른 기사에 관심을 가져야 정상 아닙니까?"

"언제 제 이름이 그곳에 올라갈지 모르니까요. 언제나 상상했답니다. 그곳에 레오폴트 마렐 랜든이라는 이름이 어찌 올라갈까, 하고요."

"레오."

아자렛이 주의를 주었다. 맞은편에 앉은 알렉산더가 백포도주 한 모금을 마시며 말했다.

"파난에는 악명 높은 특무부를 제하고도 흥미로운 것이 많지. 흉흉한 이름을 뿌리는 것 말고, 아름다운 것들에 대해 이야기하게나. 저녁 시간에는 그것이 더 어울릴 거야."

그러자 레오폴트가 말했다.

"저는 파난의 크로이바넨의 역사에 대해 흥미롭게 생각합니다. 크로반 씨나 백작님이나, 그곳의 유적지를 본 적이 있겠지요? 아직 많이 남아 있다고 들었습니다."

"나의 옛집인 듯 잘 알지."

알렉산더는 잔을 내려놓으며 말했다.

"이제는 모독당한 찬란한 여신의 전당을 알고 있고, 사라진 정령의 주재자들도 알고 있으며, 그 사제들의 왕도 알고 있지. 이 나라의 영광된 국모, 와스테 윌린에 의해 봉인당한 아름다운 것들. 그녀의 남편과 후손들이 더럽히고 짓밟은, 성스러운 그것들을 알고 있어."

유릭이 보기에, 알렉산더의 눈빛은 예전에 콜로세움에서 유적지를 바라보던 눈빛과 아주 비슷했다. 분노도, 호기심 어린 열기도 아니었다. 그것은 그저 애잔한 슬픔일 뿐이었다.

"파난은 아그리피나의 마지막 항전지이기도 하지요. 그리고 루스카브가 이끌었던 왕국 최후의 전쟁이 시작되었던 곳이기도 하고. 그러나 루스카브는 실패한 영웅, 후손 없는 왕인 동시에 신도 없는 신이 되어 사라졌습니다."

카밀턴의 눈길이 그렇게 말하는 레오폴트를 향했다. 랜든과 아자렛도 그랬다. 유릭도 레오폴트를 바라보았다. 모두의 시선이 그렇게 소년을 향했다.

"크로이바넨은 그들이 믿는 신에게 구원을 받지도, 도움을 받지도 못했습니다. 그토록 많은 신들을 모셨지만, 그중 그 어떤 신도 그들을 축복하지 않았지요. 또한 그들은 그 많은 신들만큼이나 분열되어 있었습니다. 어리석은 대립과 오판으로 그들은 흩어졌고, 흩어진 만큼 쉽게 몰락했지요. 사람들은, 특히나 어리석은 사람들은 운명에 대항하는 영웅을 만들기 좋아해서 그들의 몰락을 슬퍼하지요. 그래서 루스카브를 추앙하는 것뿐입니다. 하지만 루스카브는 그런 영웅은 아니었습니다. 그는 그저 마지막까지 남은 왕국의 마법사였을 뿐. 그는 졌고, 팔콘 대제께서는 승리하셨습니다. 루스카브가 진짜 신이 택한 영웅이었다면 그렇게 될 리가 없지요."

이젠 아무도 말하지 않았다. 랜든은 꽤나 자랑스러워하며 그렇게 똘망똘망 말하는 아들을 보고 있었다. 유릭이 물었다.

"영웅이 뭐지요?"

"신께서 당신의 도구로서 선택하시고, 빛나는 자질과 성품으로 축복하고, 보살핌으로 도움을 주며 세상을 이끌어가게 하는 절대자. 모든 운명은 그를 위해 존재하지요."

순간에 알렉산더의 얼굴이 미묘하게 변했다. 유릭은 그 얼굴에 나타난 비웃음을 알아챘다.

"그래도 우리는 다행스럽게도 이 시대의 영웅을 맞이했습니다. 혼란하고 썩어 들어가던 제국의 곪은 살을 단숨에 베어낸 영웅을."

"니콜라스 예하 말씀이십니까?"

유릭이 묻자, 레오폴트가 웃으며 답했다.

"네. 그분 이전의 세상을 보십시오. 혼란하게 분열되어 갈라져 싸우기만 했습니다. 귀족들은 변혁을 억누르고, 핏줄과 신분에만 집착했습니다. 우매한 국민들은 국민들대로 탐욕과 이기에 사로잡혀 모함하고, 도둑질하고, 사기 치기에만 골몰했습니다. 그러나 그분께서 모든 것을 바로잡으셨습니다. 어리석은 귀족들은 사라지고, 국민들은 성실해졌으며, 이 제국은 강대해지고 부유해졌습니다."

"많은 사람이 죽었고, 또 죽어가고 있지."

카밀턴이 말했다.

"대를 위해 소를 희생하는 것은 필연입니다. 곪은 살은 버리고 약한 새끼는 죽이는 법. 어리석은 귀족들이 죽는 것은 당연하고, 대의를 위해 인내하지 못하는 어리석은 무리들이 침묵해야 하는 것도 당연합니다. 신은 그 때문에 영웅을 선택하십니다. 그들에게 세계의 운명을 결정할 권한을 주시지요. 우리들이 할 일은 그 영웅에게 복종하는 것. 살인이니, 도덕이니 하는 것은 그런 영웅들에게는 거추장스러운 규칙일 뿐입니다. 그가 하는 것은 곧 신께서 역사하시는 것. 무엇을 하든 두려워할 필요가 없지요."

이미 예상한 말이었던 듯 레오폴트의 목소리는 차분했다. 유릭은 자신을 바라보는 레오폴트의 눈길을 느꼈지만 모르는 척했다. 응수하고 반응하는 것 자체가 참 무의미하게 느껴졌다.

왠지 예전에 알렉산더가 했던 말과도 비슷한 것 같다. 어차피 우매한 군중들이 할 일은 절대적 운명에 휩쓸리는 것뿐이라고. 그들에게는 운명을 선택할 힘도, 권리도 없다고 말했었다.

"크로반 씨는 어떻게 생각하십니까?"

예상했던 대로 레오폴트는 유릭에게 그렇게 물었다.

"두려움을 모르는 자는……."

모두의 눈길이 유릭을 향했다.

"가장 먼저 죽어."

"무슨 말씀이십니까?"

"운명과 행운의 여신은 정숙한 부인이 아니라 지독한 바람둥이야. 그녀가 나의 것이라 너무 믿고 있다 보면, 언젠가는 너의 적과 동침하고 있는 그녀를 보게 되는 거지."

레오폴트의 얼굴이 시뻘개졌다.

"니콜라스의 애인인 운명의 여신도 언젠가 그리되겠지. 그는 너무도 두려움을 모르니. 신께서는 언젠가는 그를 응징하실 것이다."

"닥치지 못해!"

결국 랜든이 고함을 질렀다.

"천박한 입을 어디서 놀리는 거냐! 평민 출신 주제에!"

유릭이 그다지 적절하지 못한 말을 한 건 사실이지만, 유감스럽게도 이 자리에는 유릭 말고도 평민 출신이 하나 더 있었다.

아자렛이 한숨을 내쉬며 고개를 떨구었다. 그제야 자신의 실수를 깨달은 랜든의 얼굴이 새파래졌다. 유릭은 자리에서 일어나며 문을 가리켰다.

"제가 자리를 망친 것 같으니 책임지고 나가겠습니다. 나머지 분들은 즐거운 저녁 되십시오."

랜든이 한 방 치려는 듯 나섰으나 아자렛이 그의 옷자락을 잡아당겼다. 유릭은 옷을 챙기며 카밀턴에게 말했다.

"먼저 가겠습니다, 카밀턴 경."

"나중에 트래비스 네 집에서 보도록 하지."

"그곳이 경의 댁이 되어버렸군요."

"안전 가옥이잖아. 게다가 그 저택 살 때 나도 돈 보태줬다고."

유릭은 테이블을 등지고 식당을 나섰다. 집사가 나와 유릭의 코트를 돌려주었다. 내동댕이치지 않는 것만도 다행인지라, 집사의 쌀쌀맞은 얼굴과 거만한 태도에도 불구하고 웃으며 코트를 받았다. 막 쌀쌀한 바람이 부는 정원으로 나서는데, 어깨에 손이 얹혔다.

"같이 가지."

유릭은 고개를 돌려 그 손의 주인을 보았다. 알렉산더였다.

"자네도 짐작할 테지만, 나도 제국의 기준에 따르면 귀족이 아니야. 랜든 경의 말대로라면 나 역시 같은 테이블에 앉을 자격이 없지."

"나올 핑계가 필요하셨던 것 같습니다만."

"자네가 없는 자리는 내게도 의미가 없거든. 어딜 가나 자네가 제일 재밌으니까."

"레오폴트 공자는요? 나름대로의 재미를 선사할 것 같은데요."

알렉산더가 웃음을 터뜨렸다.

"레오폴트 군은 참으로 영특한 소년이지. 눈부신 재능과 명석한 두뇌를 가지고 있는, 보기 드문 보석이야. 게다가 아직 거의 연마되지 않았으니 무엇이 될지 너무도 궁금하기도 하군."

저러실 줄 알았지. 유릭은 코트 주머니에서 담배갑을 찾아 내밀었다.

"한 대 피우실래요?"

"주면 고맙지만, 자네 걸 받으면 왠지 나쁜 짓 하는 것 같아서 싫네."

유릭은 담배갑을 다시 코트 주머니에 넣은 다음 알렉산더에게 손을 내밀었다.

"내놔요."

"자네는 늘 경이롭군."

알렉산더는 주머니에서 자신의 고급 담배를 꺼내어 유릭에게 한 개비 건넸다. 유릭은 담배를 입에 물고 불을 붙였다.

"역시나 뺏어 먹는 게 제일 좋죠. 그런데 백작님, 베푸는 김에 더 베푸시면 좋겠습니다. 마차 좀 빌려주실래요?"

"맙소사, 우리 집 가게? 자네라면 언제나 환영이지. 우리 집에 눌러살아도 기쁘게 받아주겠네. 블랑쉐도 무척 좋아할 거야."

"저를 향한 백작님의 애정은 언제나 감동적이군요. 죄송합니다만, 아니에요. 누군가를 좀 찾아가려고 그러는 겁니다."

"그렇다면 일단 이 솜사탕처럼 달콤한 저택부터 나가지. 내 마차는 길가에 있다네."

알렉산더는 랜든 경의 저택 대문을 나섰다. 그의 발걸음이 좀 빠른 것 같아 유릭은 그의 뒤를 따라 급히 걸어야 했다. 가을밤은 차고 깨끗했다. 그 맑고 고운 검은색 하늘 위로 펼쳐지는 별들은 하얗고 찬란했다. 알렉산더는 고개를 들어 그런 하늘을 보며 말했다.

"괜히 왔어."

"네?"

"괜찮을 줄 알았는데, 아직도 그의 저택은 나를 숨막히게 하는군. 나의 감정은 불같은 야수가 되어 있더군. 어디로 번질지 모르는 그런 야수. 그러니 괜히 왔어. 어둠을 덮고 잠을 배고 백일몽을 꾸듯 그렇게 머리로만 싸우면 되었을 일을, 대체 왜 확인하러 왔을까?"

이 사람, 취했나. 평소보다 말이 좀 많았다. 의아해하는 유릭의 눈길에 알렉산더가 피식 웃었다. 묘하게 깨끗한 웃음이었다.

"오늘만은…… 그저 내키는 대로 휩쓸고 다니는 젊은이가 되고 싶군. 마음껏 마시고 취하고 헛소리 지껄이고 싶어져. 그러나 술에서 깨면 알게 되겠지. 속이 뒤집힐 것 같은 숙취에 시달리며, 지독한 두통을 느끼며, 그렇게 알게 되겠지. 어제가 그렇듯 오늘도 그러하고, 아무것도 변하지 않았다는 것을… 유리, 그 어둠은 아직도 내 곁에 있어. 나를 노려보며, 어서 빨리 내 할 일을 하라고 다그치고 있어."

홍분하는 듯 보였지만, 그럼에도 알렉산더의 목소리는 고요하고 침착했다. 말을 마치자 백작이 손을 들었다. 덜컹덜컹 소리가 들리더니 그들 옆으로 마차가 달려왔다. 검은 마차와 검은 말들이 고요한 변두리 주택가에서는 지옥에서 튀어나온 듯 보였다. 마부석에서 오터가 일어났다.

"오터, 유리가 원하는 곳으로 데려다 주게나."

"백작님은 어쩌실 겁니까?"

"나는 다른 마차를 타겠다. 가게나, 유리."

알렉산더는 유릭의 어깨를 두드리고는 싸늘한 가을바람이 스며드는 밤거리로 나아갔다. 유릭은 마차 문을 잡은 채로 그의 등을 바라보았다.

가까운 사람의 충고조차 귀찮을 때가 있다. 마음속이 드글드글 끓어올라 그 어떤 자상한 사람의 충고조차 소용없어질 때가 있다. 그럴 때는 그저 혼자 있는 것이, 혼자 내버려 두는 것이 좋다. 혼란한 마음이 조금 가라앉으면 그때서야 사람들은 조금씩 귀를 열고 마음을 연다. 자신을 다스리며 무엇을 해야 하는지 차츰 차츰 깨달아간다. 유릭은 지금 자신이 그래야 한다 생각했지만, 상대가 바로 알렉산더라는 것에 당황스럽기는 했다. 굉장한 사람의 취중진담을 듣고 만 듯한 당혹스러운 기분이었다.

"어디로 갈 거냐?"

마부석에서 오터가 얼굴을 들이밀며 물었다. 유릭은 고개를 돌렸다.

"아, 그러니까…… 콘젤로 운하와 성 제이콥 광장이 만나는 곳으로 가주십시오. 거기서부터는 제가 가겠습니다."

"거리가 좀 되는군. 타라."

오터가 그리 말하며 마차를 가리켰다. 유릭은 반대편으로 돌아서 오터 옆에 앉았다. 오터가 짜증을 냈다.

"너는 주인님의 친구이며 손님이다. 뒤에 타."

"그러면 어디에 앉든 제 마음이죠. 여기 앉아 가고 싶습니다."

"고집은."

오터가 채찍을 휘둘렀다.

유릭은 더 이상 묻지 않고 마차 벽에 머리를 기댔다. 찬바람이 이마를 쓸며 다른 생각들을 얼어붙게 했다. 생각나는 것은 단 하나— 아자렛과 랜든 부부를 바라보던 알렉산더의 눈길이었다. 영혼이 돌아온 석상 같은 알렉산더의 눈길 말이다.

"나비가—"

"응?"

오터가 고개를 돌렸다.

"파난에서는 나비 잡기라고 부르지요."

"무엇을?"

"남의 아내를 사랑하는 것을 그렇게 부른다는 말입니다. 내 것이 아닐 때 바라보면 너무나 황홀한데, 정작 내 손에 쥐면 손에 나비 가루가 지저 분하게 묻고 말아요. 사랑은 식고, 추억은 쓰라리게 남고, 상처받은 서로 의 명예는 지저분하게 짓밟힌 채 바닥에 널브러져 있지요."

"꽤 낭만적이군."

"그러나 비참한 낭만이죠. 대부분은 파탄으로 끝나니."

"행복한 결말은 없나?"

"배신은 배신을 품는 법이지요."

잠시 뒤 마차가 멈추자 유릭은 운하의 물 흐르는 소리가 들리는 거리 로 내려섰다.

시리도록 맑은 하늘, 흰 별이 반짝이는 그 하늘은 여전히 눈부시도록 아름다웠다. 그러나 이 브란 카스톨의 하늘보다는 파난의 하늘이 아름다웠다. 오늘만큼은, 오늘만큼은 그곳이 그리웠다. 가토가 보고 싶었다. 등을 기대고 있던 칼 뷰겐트를 잃은 지금, 그토록 버겁게 생각해 왔던 동생이, 파난의 하늘이 그립 듯 보고 싶었다.

유릭이 나가고 주빈인 알렉산더는 따라 나갔다. 그러나 카밀턴은 그 모든 폭풍 속에서도 꿋꿋하게 디저트까지 깔끔하게 비웠다.

"저녁 잘 먹었네."

"고맙군. 어쨌든 오늘 만찬은 끝났어."

아자렛이 다시 한숨을 내쉬었다. 카밀턴은 입술을 닦은 후 말했다.

"오늘 나를 부른 이유나 말하게나. 설마하니, 정말 나하고 밥만 먹고 헤어지려고 부른 건 아닐 것 같은데."

"서재로 가지."

"그냥 여기서 이야기하지. 환한 곳이 좋거든."

랜든이 카밀턴을 노려보았다.

"지금 나를 의심하고 있는 건가?"

"우리 사이에 믿을 일이 뭐 있겠나. 유감이네만, 자네가 나를 얼마나 믿음직하게 대했는지 나는 너무도 잘 기억한다네."

"나는 언제나 정당한 절차를 밟았어!"

"그래, 자네는 아주 정당한 절차에 따라 격전 중이던 서부 전선의 지휘관인 나를 사문회로 불렀지. 내 뒤를 이어 전선을 지휘했던 것은 자네 친구였고, 덕택에 참 많은 부모들이 자신의 아들딸을 잃었고, 그보다 더 비극적인 건 병사들이 자기 자신을 잃었다는 거야. 멍청한 시작에, 멍청한 과정에, 멍청한 결과였지만, 그럼에도 참 정당한 절차였지."

"자네가 그 자리에 있었다면 전세가 바뀌었을 거라 생각하나? 확신해?"

"이겼을지도 모르고 졌을지도 모르지. 여기서 중요한 건 가정이 아니라, 자네가 추천한 자네의 친구가 진짜 패했다는 사실뿐이야. 당시 전사자가 얼마였는지는 자네도 잘 알겠지."

"원한이라도 갚으려는 건가?"

"원한이 아니야. 이미 일어난 것에 관한 책임을 지라고 하는 거지. 내 개인 감정과는 별도로, 그토록 중요한 일에 사적인 감정을 개입시켜 나를 소환시킨 건 자네였네. 어쨌든, 자네가 꽁하니 입을 다물고 있으니 내가 먼저 말하지. 자네는 그에 대한 책임을 져야 하고, 그 때문에 나는 자네가 원하는 일을 해줄 수는 없네."

랜든의 얼굴이 시뻘겋게 물들었다.

"내가 뭘 원하는지는 알고 있나?"

"니콜라스로부터 도망치려는 것. 그레이브는 죽었고, 발터 스게노차와 살비에 마델로는 체포되었지. 이제 남은 것은 자네와 노버스 크로반이라는 남자뿐. 그러나 유감스럽게도 노버스 크로반은 무사할 가능성이 매우 높아. 그는 아무런 힘도 없는 사람이니까. 저런, 자네만 남았군. 자네가 택할 수 있는 건 뭘까. 배신과 보호를 교환하는 것뿐이군."

"카밀턴―!"

랜든이 멱살이라도 잡을 듯 달려들었으나, 카밀턴은 손을 들었다. 랜든은 그 자리에 멈추었다.

"여기서 분명히 말하겠네. 우리는 자네를 받아들여 줄 수 없어. 자네는 너무 많이 갔거든."

"레반투스 대공파가 세력의 확대를 거절할 만큼 강한 건 아니지 않습니까?"

카밀턴은 눈살을 찌푸리며 그 목소리가 들려온 랜든의 뒤를 보았다. 레오폴트였다.

"말씀드려도 될까요?"

랜든이 물러나라며 눈치를 주었으나 레오폴트는 무시했다. 카밀턴이 주의주듯 낮은 목소리로 말했다.

"어른들끼리의 대화다."

"때론 아이의 직관도 뛰어난 법입니다. 들어주시길 바랍니다."

"받아들여 주지는 못해도 들어는주지."

"각하, 레반투스 대공 전하는 사람을 가려 받아들일 수 있을 정도로 강하지 않습니다. 힘이 될 만한 사람이라면 누구나 받아들여야 하지요. 제 아버지는 현재 수도방위군 부사령관이며, 얼마 뒤면 사령관이 될 것입니다. 그레이브 경의 죽음 이후 안보위원회는 분열되었습니다. 이 상황에서 수도를 장악할 실질적인 힘을 가진 위치의 사람은 수도방위군 사령관뿐이지요. 그리고 제 아버지가 바로 그 사령관이 되는 것입니다. 그런 제 아버지가 필요없다면, 한 번의 승리로 너무 많은 것을 얻었다고 생각하시는 겁니다."

"나도 알아, 우리가 약하다는 것을."

"그렇다면 왜 아버지를 거부하는 겁니까? 아버지는 많은 기회를 드릴 수 있는 분입니다."

"배신자의 귀환을 받아들여 줄 수 없을 정도로 약하기 때문이지. 서로에 대한 가냘픈 믿음과 신뢰없이는 약자들은 살아남기 어려워."

"그리도 용기없는 사람들만 가득한 겁니까?"

"유감스럽지만 그렇다네. 강한 자는 고난 속에 더욱 강인해지지만, 약한 자는 겁에 질려 서로를 의심할 뿐이지."

그리고 카밀턴은 랜든을 보았다.

"나의 친구 윌리엄, 정말 살아남고 싶다면 지금 당장 다 때려치우고 시골로 내려가게. 자네 아들이 청년이 되고 자네가 늙을 정도로 푹 쉬고 있으면, 아마도 나도 자네만큼이나 늙어 있을 거야."

"또 무슨 헛소리를 하는 거야?"

"자네 할아버지는 곧 돌아가실 테고, 그분의 유언에 따르면 그 공작의 지위와 재산은 모두 내 것이 되지. 하지만 나에게는 자식이 없어. 자, 랜든. 이게 뭘 의미하는지 알겠나?"

"그, 그건—"

랜든이 말을 더듬자, 카밀턴은 빙그레 웃었다.

"자네가 아주 조용히 있어주면 자네 아들은 랭카스크 공작이 될 거라는 말이야. 그건 믿어도 되네. 그리고 나는 내 조카 줄리안에게 작위를 줄 정도로 *조카 사랑이 돈독하지는* 못해."

"나보고 아무것도 하지 말라는 건가?"

"그래. 전쟁이니 정쟁이니 모두 잊고 아내와 아들과 함께 편안하게 살아. 그러면 자네는 얻는 것은 없지만 잃을 것도 없을 테지. 자네의 아들이 크면, 그렇게 사과가 익 듯이 자네의 시간이 올 거야."

랜든이 이를 악물었다. 카밀턴은 랜든의 어깨 너머에 있는 레오폴트를 바라보았다.

"레오폴트 군, 군의 의견은 참으로 인상적이었네. 어떤 사람에게 다른 사람들을 마음대로 하여 원하는 세상을 만들 수 있는 힘이 주어질 수도 있겠지. 하지만 그래선 안 돼."

"어리석은 사람에게 세상이 맡겨져서는 안 되는 겁니다."

"신도 원망하는 세상에서 사람을 원망하지 않을까. 그 누구도 그것을 함부로 판단할 수 없다네."

"어리석은 자들의 원망을 받는 것 정도는 감수해야지요."

"레오폴트 군, 돌을 완벽하게 만들기 위해 모난 부분을 계속 자르다 보면, 결국에는 아무것도 남게 되지 않거나 가치가 없을 정도로 작은 것만 남게 되네. 이 세상을 쓸모없게 만들지 말게나."

카밀턴은 자리에서 일어났다.

"이만 가보겠네. 현명한 판단을 해주길 바라지만, 자네가 싫다면 자네가 좋을 대로 하게나. 오판도 선택인 법이니, 책임은 자네가 져야 한다네."

"현명한 판단? 젠장, 내가 이 제도에서 꺼지기 전에 자네부터 꺼져 버려!"

카밀턴은 집사가 건네주는 코트와 모자를 받아 들며 말했다.

"아직 확정되지는 않았지만 거의 확실시되고 있는 이야기를 해주지. 조만간 내 길고 길었던 휴가가 끝날지도 몰라."

"그럼 더 볼일 없겠군! 서부 전선으로 잘 가게나!"

그러나 랜든의 목소리는 떨리고 있었다.

"아, 그렇게 안심하지 마. 이번 발령지는 집에서 출퇴근 가능한 장소거든. 아주 가까워."

"이 제도 근방에 멍청한 자네를 받아들여 줄 정도로 만만한 부대가 있던가?"

"있더군. 수도방위군 사령관직."

랜든이 입을 벌렸다. 레오폴트마저도 눈을 크게 뜨고 카밀턴을 보았다.

"그건 내 자리라고! 사령관이 물러나면 내가 올라가도록 되어 있어!"

"순리보다 더욱 우선시 되는 건 상황과 그 상황 때문에 이루어지는 거래지. 지클린데 전하께서 나를 추천했다네. 니콜라스 예하께서 받아들이면 나는 바로 사령관이 된다네."

"그게 말이 돼! 자네는 여태까지 서부 전선에 있었잖아."

"나도 원래는 이 수도방위군 소속이었어. 그리고 자네가 예전에 추천했던 그놈도 수도방위군 소속이었지."

그리고 카밀턴은 모자를 당겨 머리에 썼다. 랜든은 이를 뿌득 물었다.

"레반투스 대공이 돌아오니 자네부터 살맛 나는군, 헨리."

"계속 살맛 날 예정이야. 전하가 돌아오고, 그 힘도 회복하면 참 다행스럽게도 내가 가장 행복하게 되지. 물론 예하와 예하 밑에 있는 자네는 가장 안 행복하게 될 테지만."

카밀턴은 집사가 열어주는 문으로 만찬장을 나섰다. 그가 사라지자 랜든은 포악하게 숨을 몰아쉬었다.

"레오, 이제 들어가서 쉬렴. 오늘 무리했다."

아자렛이 레오폴트에게 부드럽게 말했다. 레오폴트는 아자렛이 랜든을 홀로 위로하고 싶어 그리한다는 것을 알게 되었다. 아들에게 보일 광경이 아니었다.

레오폴트는 랜든 거친 볼에 키스하고 자리를 나섰다.

"아버지를 위해서라면 무엇이든 할 수 있습니다. 제가 뭐든 하겠어요."

레오폴트는 나가기 전에 그렇게 말했다. 그러나 너무도 작아 랜든에게도, 아자렛에게도 들리지 않았다. 레오폴트는 서로를 위로하는 부모를 보다가 고개를 돌렸다. 그의 턱에 힘이 들어갔다.

*   *   *

"어이, 블로드. 지금 상황을 어떻게 극복해야 한다고 보나?"

"좀 더 성격 좋은 여주인공으로 바꾸… 울 수는 없겠지요?"

이안은 트래비스의 무시무시한 눈길을 받은 뒤에 방금 전까지 진지하게 고려해 보던 제안을 때려치우기로 했다. 트래비스의 눈앞에서 여자 주인공을 바꾸는 것은 그의 여동생과 사귀는 것보다 힘든 일이었다. 그러나 이안은 정말 바꿔보고 싶었다. 정말, 정말 그러고 싶었다.

무대 준비는 가토의 도착과 함께 무시무시하도록 빠르게 진행되었다. 어차피 거의 마무리 단계였고, 단원들은 신인인 가토의 존재에 어이없어 하면서도 시간이 없어 별수없이 협조했다. 로웨나야 어차피 경험자인데다가 단원들을 이끌고 조화를 이루는 데에 굉장히 출중했기 때문에 역시나 문제가 없었다.

문제는, 진짜 문제는, 가토가 도착한 지 며칠이 지나도 도저히 개선될 수 없는 문제는 따로 있었다.

"이 녀석이랑 안 해요!"

"저도 이 누나랑 하기 싫어요!"

"여기가 기초학교 학예회장이냐! 닥치고 하지 못해!"

그것은 바로 남녀 주인공의 유치한 신경전이었다.

노래 부를 때는 괜찮다. 서로를 잡아먹으려 하든 삶아 먹으려 하든, 어쨌든 둘 다 노래는 정겹게 잘한다. 그러나 노래가 끝나자마자 싸움이 붙어서 으르렁대는 건 도저히 어찌할 수 없었다. 어디가 틀렸느니 저기가 틀렸느니, 어디가 엉망이니 저기가 엉망이니, 끝도 없이 싸워 댄다. 서로를 격려하는 차원에서 좋지 않나, 하고 낙관적으로 보던 트래비스도 개막이 바짝 다가오자 어떻게든 둘을 화해시키려고 노력해 보았다. 그러나 저 누나는 너무 건방져서 싫다느니, 저 꼬맹이는 바락바락 기어올라서 정말 싫다느니, 도무지 말도 안 되는 이유만 대고 있으니 화해의 가망성조차 없었다.

여자애 둘이나 남자애 둘이라면 이해라도 하겠건만, 어찌하여 나이도 비슷한 10대 후반의 소년소녀가 기초학교 학생들보다 유치하게 싸움질을 하는 건지. 게다가 당장 찰싹 붙어서 연습해도 시간이 모자랄 판에 이렇게 싸우며 시간 낭비라니. 결국 저녁 아홉 시, 이안은 악보를 내동댕이치며 고함을 질렀다.

"집에 가서 머리 식히고 와! 대신 내일 새벽 다섯 시에 와!"

로웨나와 가토는 서로를 노려보다가 고개를 팩 돌렸다. 그 모습에 이안은 끙, 하고 한숨을 내쉬었다.

"무대에서만 잘하면 되잖아요. 뒤에 가서 싸우든 치고 박든, 그건 블로드 씨가 상관할 일이 아니잖아요."

돌아갈 준비를 마친 로웨나는 제발 가토와 사이좋게 지내면 안 되느냐는 이안에게 그렇게 쏘아붙였다.

"나는 완벽한 걸 원해."

"그랑벨과 일리지어는 현실에서는 앙숙 중의 앙숙이었지만, 연극 무대에서는 최고의 파트너잖아요. 게이와 그 게이에게 남편을 빼앗긴 아내 사이였으니."

"그거야 극히 드무니까 유명한 거 아냐. 게다가 가토는 이제 막 수도에 도착했고, 나이도 열일곱밖에 안 된데다가 아는 사람 하나 없이 외로운 몸이라고. 여자인 네가 잘 돌봐주어야 하는 거 아냐?"

"여자들에게 어린 남자애들 돌보는 책임을 떠맡기지 말아요. 세상 모든 여자가 참을성있게 애들을 돌보는 건 아니니까. 아저씨가 데리고 왔으니 아저씨가 알아서 해요!"

로웨나는 스카프를 감은 다음 극장 문을 나섰다. 등 뒤에서 이안이 나쁜 것, 못된 것, 어쩌고 투덜투덜대는 소리가 들렸다. 그러나 이안만큼이나 걱정되는 건 로웨나였다. 첫 주연 무대인데 긴장이 안 된다면 거짓말이고, 기대 안 된다면 역시나 거짓말이며, 가토와의 사이가 최악인 것이 신경 안 쓰인다면 진짜 거짓말이었다. 잔뜩 긴장하고 집중해야 하는데, 이제 차근차근 완벽을 향해 달려가야 정상인데, 이렇게 정신 산만하게 만드는 상대역이라니!

화해하고 싶지 않은 건 아니지만, 가토의 극악의 유치함은 도무지 참아줄 수 없었다. 가토가 먼저 로웨나 여왕님, 하고 엎드려 빌지 않는 한 어림도 없다. 식사 시간에도 '고기 좀 먹지 그래요? 그런 빈약한 몸매라니. 하긴, 고기를 많이 먹으면 성격이 나빠진다고들 하지요' 라고 주절댄다던가, '목에 칼이라도 박았어요? 입을 열 때마다 팍팍 쏘아져 나오네' 라고 쏘아붙인다던가, 악보를 휘저어놓아 다시 정리하게 만든다든가, 조금만 틀려도 '세상에, 그렇게 쉬운 것도 못하다니!' 하고 일부러 크게 지적한다거나 하는 등의 치졸한 짓은 도저히 용서할 수 없었다(물론 로웨나 자신도 '어머나, 생선은 뼈까지 씹어 먹어야지. 편식을 하니 그렇게 다리가 짧지! 그래도 아장아장 걷는 폼이 귀엽기는 하겠구나. 이 오페라가 아동극이 아니라서 참 아쉽지 뭐냐' 라고 빈정댄다던가, 가토가 휘저어놓은 악보더미를 향해 그를 걷어차 쓰러뜨린다거나, 조금만 어설퍼도 일부러 큰 소리로 '그따위 연기 실력이라니! 가창 경연 대회 출연자도 너보다는 격정적이겠구나' 라고 비웃어댄다는 건 잊었다).

거리로 나오니, 브란 카스톨은 이제 아주 싸늘해져 있었다.

로웨나는 하얗게 얼어붙어 가는 입김을 보며 생각했다. 다음 주말에는 어머니를 뵈러 가야겠다. 목도리하고 숄을 준비해야겠지. 기적이 일어난 김에 그녀가 갑자기 회복되어 무대를 보러 오면 더욱 행복할 것 같았다. 꼬맹이와 싸우느라 피곤한 나날이지만, 그래도 어머니에게 보여드리고 싶었다.

얼마 걷지 않아 물 흐르는 소리가 들려왔다. 광장을 향해 흐르는 팔콘의 개선 기념 운하가 흐르는 소리였다. 로웨나는 주황색 가로등 불이 흐르는 운하를 내려다보며 천천히 걸어 내려갔다. 차고 고요한 밤이라 구둣발 소리는 아주 선명하게 들려왔다. 그렇게 걸어가는데 운하를 가로지르는 다리에 누군가가 서 있는 것이 보였다. 가로등 불이 훤히 내리쬐는 곳이었다. 로웨나가 멈추어 서서 바라보자 그가 손을 들었다.

"어이."

유릭이었다.

로웨나는 놀랐고, 동시에 기겁했다. 로웨나가 얼어붙은 듯 멈추어 있자, 유릭은 웃으며 다리에서 내려왔다.

"보러 왔어. 연습은 잘돼가?"

"아니, 뭐…… 그냥…… 그럭저럭……."

로웨나는 유릭의 얼굴을 똑바로 바라볼 수 없었다. 너무나 갑작스럽게 만나서 그렇기도 하고, 그제야 가토와 싸운 이유가 유릭 때문이었다는 것을 깨달았기 때문이다. 당사자는 아무것도 모르고 있는데 네 거니 내 거니 하고 싸우다니. 민망할 노릇이다. 로웨나는 유릭의 시선을 피하며 더듬더듬 물었다.

"너…… 며, 며칠 안 보이더라아?"

유릭이 웃었다. 어딘지 텅 빈 듯 서글픈 웃음 소리였다.

"일이 좀 있어서 좀 바빴어."

"무슨…… 일인데?"

"좀 큰일."

로웨나는 방금 전까지 그의 동생과 치고 박고 싸운 것이 참으로 한심하게 생각되었다. 겨우 그까짓 일로 그다지도 큰 고난에 처한 듯 굴었다니.

온갖 생각을 다 했는데, 정작 유릭을 만나고 나니 무엇부터 물어야 할지 도무지 감을 잡을 수 없었다. 예전에 파난으로 가는 배 위에서 만났을 때처럼… 그렇게 만나는 순간부터, 그동안 수없이 수없이 생각해 왔던 많은 것들이 뿌옇게 흐려지며 사라진다. 그냥 그가 있는 것 하나만으로도, 그것만으로도 충분해진다는 생각이 들었다. 뭘 더 바랄까. 그냥 이대로, 그가 보여주고 싶어 하는 모습만을 보아주는 것도 좋을 것 같다. 그래서 자기도 모르게 미끄러져 나온 말에, 로웨나 자신이 기겁하고 말했다.

"너, 사귀던 여자 있어?"

쿠홀룩, 하고 유릭이 심하게 기침을 했다. 그리고 사래라도 들린 듯 한참이나 쿨럭대다가 간신히 말했다.

"갑자기 무, 무슨 말이야?"

"여튼, 말해! 너, 너…… 사, 사귀던 여자 있었니? 응? 어디까지 갔어? 응? 갈데까지 다 갔어? 응, 응, 응? 아니면 손만 잡고 끝났어?"

드디어 가토가 도착한 뒤에 속으로만 꽉꽉 눌러 담아왔던 말들이 정신없이 쏟아지기 시작했다. 로웨나 자신도 주체할 수 없었다. 말을 하면 할수록, '으악! 내가 지금 무슨 짓을!' 하고 입을 틀어막고 싶었지만 어찌할 수 없었다. 유릭이 기가 막혀 하며 그렇게 쏟아부어 대는 로웨나를 바라보았다.

"어디서 뭘 듣고 온 거야?"

"어서 답하기나 해!"

그러나 그렇게 말하는 로웨나의 얼굴은 시뻘겋게 물들어 있었다. 그런 로웨나를 망연히 바라보던 유릭은, 한참이 지나서야 로웨나가 무엇을 물어보는 건지 깨닫고 한숨을 내쉬었다.

"로이, 특무부에는 여자가 많아. 그리고 다른 부대와는 달리 군을 떠나는 건 불가능하고, 가정을 꾸리거나 안착하는 건 불가능에 가깝지."

"그래서?"

"그러니까…… 열여섯 살 넘은 부대원들끼리 사귀고 헤어지고 파트너 바꾸는 건 흔한 일이란 말이야. 조금 마음에 들면 몇 번 데이트하고 바로 그날로 밤을 보내고…… 그러다 재미없어지면 헤어지는 거지. 특무부 안에서는 자주 일어나고, 물론 파트너가 바뀐다거나 다시 합치는 것도 역시나 다반사지."

"그럼…… 혹시 너, 여자 데리고 놀다가 차버리거나 그런 적 있어?"

유릭은 눈살을 찌푸렸다.

"나하고 만나거나 좀 사귀었던 여자 분들은 다들 나보다 나이 많은 상관이 대부분인데, 그분들이 나를 데리고 놀았으면 놀았지 내가 데리고 놀 군번은 아니다. 정숙하거나 순결하다고 할 수는 없지만, 최소한 서로를 존중하는 선에서 시작하고 끝났어. 그건 그렇고, 대체 누가 그런 말을 한 거야? 특무부 사정을 모르는 사람이 들으면 내가 굉장한 난봉꾼인 줄 알겠다."

얼굴까지 들이밀며 진지하게 묻는 유릭을 보니, 로웨나는 당황할 수밖에 없었다. 유릭은 고개를 저으며 말했다.

"보나마나 이안 블로드, 그 녀석이겠군. 뻔하……."

말을 하다 말고 유릭은 눈을 크게 뜨고 입을 벌렸다. 갑자기 무시무시하게 조용해지자 로웨나는 유릭을 흘끔 올려다보고 그가 눈을 크게 뜨고 바라보는 곳을 돌아보았다. 그리고 하늘을 바라보며 이럴 때를 대비하여 성호 긋는 법 정도는 익혀둘 것을 그랬다고 후회했다.

"가토?"

유릭이 자신에게 묻듯이 그렇게 중얼거렸다.

가토는 운하 옆에 서 있었다. 형과 얼굴이 마주치자 소년의 얼굴이 새파랗게 질렸다. 유릭이 믿을 수 없다는 듯 그를 아래위로 훑어보자, 뒤로 주춤 물러났다. 예상은 하고 있던 로웨나였지만, 확인하고 나니 참으로 불안해지는 건 어쩔 수 없었다. 아아, 가토. 역시 형 몰래 온 거구나.

"아, 안녕…… 형?"

"어떻게 된 거야?"

가토는 침을 꿀꺽 삼킨 뒤에 달달 떨리는 목소리로 말했다.

"아니, 저…… 그게……."

가토는 로웨나에게 구원을 바라는 눈길을 보냈다. 제발, 제발 누나! 뭐라고 거짓말 좀 해주세요! 로웨나는 비실비실 웃음이 나왔다. 부탁을 하려거든 티 안 나게 하면 안 되니? 유릭이 로웨나를 돌아보았다.

"아는 사이야?"

"알게 된 사이지. 이봐요, 가토 크로반 군. 그냥 솔직하게 말하지 그러세요?"

"누, 누나!!"

가토가 기겁했다.

"어차피 다 알게 될 거잖아. 그냥 일찌감치 솔직하게 말하는 게 현명하지 않을까? 그리고 아무리 나라도 이런 상황을 해결할 만한 거짓말은 떠오르지 않는구나."

정말 더 이상의 해결책이 나올 수가 없는 상황이었다. 가토는 차가운 하늘을 올려다보며 침묵의 기도를 올린 뒤에, 후우— 하고 절망 가득한 한숨을 내쉬며 말했다.

"형, 나 학교 그만뒀어."

유릭의 눈이 커졌다. 가토는 허둥지둥 말했다.

"그 학교에서 더 이상 버틸 수 없었어! 정말… 시체 같은 나날이었다고. 낭비하고 있다는 생각이 들었어. 그렇게 시간 보내기 싫었고, 또……

그래서…… 그래서 그만뒀어!"

가토는 그동안의 일에 대해 더듬더듬 설명을 했다.

학교에서 방황하고 있다가 임시 음악 교사와 친분을 쌓게 되었고, 그 덕에 나의 재능을 알게 되었다. 재능을 알게 되니 이것만 하고 싶어지더라. 그리하여 자신을 아끼는 임시 음악 교사의 추천과 교육을 받으며 오페라 가수가 되기로 했다. 마침 운이 좋아서 주연 무대 하나를 얻게 되었다.

로웨나는 가토의 설명을 듣는 유릭을 바라보았다. 그러나 유릭은 생각과는 달리 아주 차분했다. 고개를 끄덕이고, 간혹 그렇구나— 라고 중얼거리기도 했다. 가토의 말을 믿고 순순히 현실을 받아들이고 있었다. 설명을 마치자, 가토는 고개를 숙이며 겁먹은 목소리로 말했다.

"혀, 형이…… 형이 내가 원하는 것을 하라고 했잖아. 그래서 그렇게 하기로 한 거야."

"진작 말하지 그랬니."

"응?"

가토가 고개를 번쩍 들었다. 방금 전까지는 겁에 질려 새파랗더니, 이제는 희망과 기대로 빛났다. 형이 의외로 쉽게 상황을 받아들이자 그도 놀란 것이었다. 유릭이 굉장히 화를 낼 거라 기대했던 로웨나는 굉장히 실망했다.

"형! 허락해 주는 거야?"

"허락하고 말고 할 일이 아니지. 의사가 되고 싶다고 했던 건 너였고, 지금 이렇게 학교를 그만두고 가수가 되겠다고 하는 것 역시 너지. 네가 뭘 원해서 뭐가 될지는, 나한테 허락받으며 결정할 일이 아니잖아."

로웨나는 더욱더 실망했다. 뭐야, 뭐야!! 가토 저 녀석은 대판 혼나야 한다고! 너 몰래 학교 그만두고 브란 카스톨로 온 거잖아! 그런데 이렇게 시시하게 너의 인생은 너의 선택이라니. 유리, 네가 가토의 보호자라면 뭐라 화를 내야 정상 아니냐?

"하지만—"

유릭은 그렇게 말하며 앞으로 나섰다. 로웨나는 그가 소매의 단추를 푸르고 소매를 걷어붙이는 것을 보았다.

"말 한마디 정도는 했어야 할 것 아니냐."

유릭이 그대로 가토의 얼굴을 후려갈겼다.

빠각!

돌 깨뜨리는 듯 처참한 소리와 함께 가토가 나동그라졌다. '으악, 으악!! 얼굴을 때리면 어떻게 해!' 라고 비명을 지르고 싶은 것을 꾹 참으며 로웨나는 머리를 쥐어뜯었다(그녀도 무서웠다).

"혀, 형! 잘못했어, 정말 잘못했…… 와악!"

유릭의 주먹이 가토의 정수리에 박혔다. 가토가 머리를 감싸 쥐며 몸을 웅크릴 틈도 없이 유릭의 발차기가 가토의 배를 강타했다.

"나는 네 보호자다. 네가 무엇을 원하든, 범법 행위라 할지라도 이해할 용의도, 도와줄 용의도 있다. 하지만 이렇게 단 한마디도 없이, 한마디 상의도 없이 네 멋대로 결정하는 건…… 받아들이기 어렵구나. 형은 오늘 정말 화났다."

다시 유릭의 주먹이 가토의 턱을 강타했다.

빠작!

그리고 퍽, 콱, 으악! 꽝, 깩!

저러다 애 죽겠다 하는 위기감에 로웨나는 다급히 외쳤다.

"이안 블로드야!"

가토의 멱살을 잡아 세우던 유릭이 로웨나를 돌아보았다.

"무슨 소리야?"

"이, 이안 블로드가 가토 군을 꼬셨다고!! 가토 군은 잘못 없어! 가토 군은, 그러니까…… 다 이안 블로드 탓이야! 그 음악 선생이 이안 블로드 거든!"

유릭은 가토를 집어 던졌다. 로왜나는 달려가 가토를 부축했다.

"살아 있니?"

"죽기 직전이에요."

이 순간만큼은 로왜나는 이 소년을 동정할 수밖에 없었다. 인형처럼 예쁘던 얼굴이 흙과 피투성이였다. 게다가 보기 애처롭게도, 홀쩍대며 울고 있었다!

"너무 아파요. 홀쩍."

"고개 좀 돌리고 울어라. 무섭다, 너."

유릭은 손을 턴 다음 운하가 흘러가는 광장을 바라보았다.

"이안 블로드라 이거지?"

가토의 상처를 닦아주던 로왜나는 그 스산한 한마디에 오싹 소름이 끼쳤다. 설마, 설마, 설마 하는 순간에 유릭이 발걸음을 뗐다.

"유리, 너 대체 뭘 하려고!"

그러나 답은 들을 수도 없었다. 유릭은 돌진하듯 극장을 향해 달려갔다. 가토가 벌떡 일어나며 외쳤다.

"혀, 형!! 형 멈춰! 혀어어엉!"

그러나 유릭은 극장 현관문을 걷어차며 극장 안으로 들어갔다. 가토가 로왜나의 팔을 붙잡고 늘어지며 외쳤다.

"누나, 누나가 좀 말려줘요! 제발!"

"너, 네 형이 나처럼 못생긴 애랑 사귈 리 없다며? 그런 내가 어떻게 네 형을 말리겠니."

"인정, 인정할 테니까! 제발 말리기나 해주세요! 어서요! 이러다가 선생님이 맞아 죽겠어요!"

로웨나는 가토의 피에 젖은 손수건을 집어 던지고 달리기 시작했다. 이안 블로드는 유릭에게 당할 정도로 만만한 건 아니지만, 그렇다고 조금도 다치지 않을 정도로 대단한 것도 아니었다.

가토와 로웨나가 극장 안으로 달려들어 가니 극장 안은 엄청나게 소란스러웠다. 무대 뒤의 연습실 근방에는 작업을 마치고 퇴근 준비하던 스태프들이 모조리 몰려 나와 있었다.

"무슨 일이래?"

"아드리안 씨가 맞고 있대!"

"유릭 크로반 군의 여동생을 꼬셔서 달아났다고 하던데."

"파렴치한 같으니! 그럼 고작 열대여섯밖에 안 된 어린애잖아!"

로웨나는 그렇게 말하는 스태프 한 사람의 팔을 잡고 늘어지며 물었다.

"블로드 씨는 어디 있어요, 네?"

"사장님 사무실에 있어."

"고마워요. 야, 가토. 너도 어서 따라와! 네 탓이잖아!"

로웨나는 가토의 옷자락을 잡아당겼다. 가토는 얼굴을 가리며 사람들 사이를 지나갔으나, 그 엄청난 얼굴은 금방 들키고 말았다.

"가토 군, 얼굴이 왜 그래!"

"구, 굴렀어요."

"가토 군!! 어디서 맞은 거야! 주연 얼굴이 그렇게 엉망진창이면 어떻게 해!"

로웨나는 숄을 벗어 가토의 얼굴을 휘감으며 외쳤다.

"굴렀다잖아요! 비켜요, 어서!"

로웨나는 단숨에 사람들로 빽빽이 찬 복도를 헤치고 트래비스의 사무실에 도착했다. 간신히 따라잡은 가토가 등 뒤에서 숨을 몰아쉬었다.

"어, 엄청난…… 일이 벌어진 것 같은데요?"

"내 생각보다는 덜 엄청나기를 바란다."

로웨나는 문을 열어젖히며 사무실 안으로 뛰어들어 갔다. 뒤따라 가토가 안으로 들어오자마자 이안이 고함을 질렀다.

"가토, 가토 군! 설명 좀 해줘, 설명 좀! 네 오빠…… 아니, 형이 오해를 한 것 같아!"

순간에 유릭의 주먹이 그의 얼굴을 후려갈겼다. 이안의 길쭉한 몸이 로웨나를 향해 날아왔다. 로웨나는 급히 피했다. 이안은 그대로 바닥에 머리를 박았다. 화가 치민 이안이 고함을 질렀다.

"좀 도와주면 안 되냐, 이 시녀야!"

"시녀는 공주님만 모신답니다."

가토가 쓰러져 있는 이안에게 슬금슬금 다가와 물었다.

"괜찮…… 으세요?"

"나도 정말 괜찮고 싶어."

그렇게 말하는 이안은 끔찍했다. 코피가 터지고 볼은 퉁퉁 붓고 입술은 깨져 턱이 피범벅이었다. 그러나 그렇게 엉망이면서도 가토의 얼굴을 보자 기겁했다.

"얼굴, 얼굴이 왜 그래!! 얼굴이 왜 그런 거냐고! 유릭 크로반! 주연 배우의 얼굴을 이 모양으로 만든 거 너지! 세상에나, 다음주 화요일이면 개막인데 얼굴이 이렇게 엉망이면 어떻게 해! 자네가 책임질 거야, 책임질……."

그러나 이안이 말을 채 끝내기도 전에 유릭의 발이 그의 얼굴을 강타했다. 그의 턱이 수직으로 꺾이며, 그대로 날아가 구석에 처박혔다.

"아흑."

"선생님, 살아 계시…… 죠?"

"살기 싫다."

가토는 울 듯한 얼굴이 되더니, 유릭 앞으로 달려가 무릎을 꿇으며 매달렸다.

"형, 미안!! 정말 잘못했으니까! 다음부터는 절대 안 그럴 테니까, 그러니까 진정해 줘, 제발!"

"다음에 그러면 다음에 맞는 거고, 지금 잘못한 건 지금 맞는 거다."

그리고 유릭의 주먹이 가토의 얼굴을 후려갈겼다. 이제는 로웨나도 말릴 엄두가 나지 않았다. 동생인데 설마 죽이기야 할까. 아니, 정말 죽일지도 모르겠다. 그렇게 생각하며 고개를 돌리다가, 그제야 책상 뒤에 숨어 있는 트래비스를 발견했다.

"아, 안녕, 그린 양."

트래비스가 얼결에 손을 들며 인사를 했다.

"가토 군이 잘못한 거라고 생각하네. 유리 군은 가토 군의 보호자이고, 가토 군이 어디서 무엇을 하는지 알 권리도 의무도 있다고 생각해."

그렇게 말하는 트래비스의 사무실은 학살에 가까운 난투극이 간신히 진정된 직후였지만 망가진 것은 거의 없었다. 로웨나는 비싼 물건은커녕 램프 하나 깨지지 않은 것을 보고 유릭이 얼마나 침착하게 이안을 두들겨 팼는지 짐작이 되었다.

트래비스는 웃으며 이안을 보았다.

"아드리안 블로드, 자네도 잘못했어. 가토 군은 미성년자이고, 보호자에게 통보할 의무가 있다고. 이건 유괴나 다름없어."

"유괴라니! 저 녀석은 지금 열일곱 살이란 말입니다, 열일곱! 제국 성년법상, 열일곱이 넘은 소년소녀는 부모나 보호자의 보호나 허락없이 여행을 다닐 권리가 있다고요!"

순간 유릭이 집어 던진 책이 이안의 턱을 향해 날아갔다. 이안은 급히 피했고, 책은 램프를 후려갈겼다. 램프는 정확하게 박살났다. 이안은 입술로만 무어라 중얼중얼댈 뿐 더 이상 적극적으로 의견을 표하지 못했다. 유릭은 벌벌 떨고 있는 가토를 가리키며 냉정하게 말했다.

"파난으로 돌아가."

"혀, 형!! 안 돼! 내가 지금 떠나면, 떠나면… 무대의 막을 올릴 수 없게 돼!"

"그래도 돌아가."

가토는 얼굴이 새하얘졌지만, 그럼에도 열심히 말했다.

"내 처지가 어떤지 나도 잘 알아. 하지만 해보기 전까지는 아무도 모르는 거야, 형! 무대만 성공하면 아무 문제가 되지 않을지도 몰라."

"내가 싫다. 그렇게 사람들 많은 곳에 서게 할 수 없어."

이안이 간절한 얼굴로 로웨나를 바라보았다. 로웨나는 지그시 그를 쏘아보았다. 아저씨가 알아서 하면 안 돼요? 왜 나한테 시키고 그래. 그래도 너라도 믿어야 하는 상황이잖아. 그러나 로웨나는 고개를 저었다. 아무리 가토가 로웨나와 같은 무대에 서는 주연이라지만, 이건 누구라도 끼어들어서는 안 되는 상황이었다. 유릭에게 동생이 있다는 건 알아도 어떤 동생인지 전혀 몰랐듯, 두 사람의 관계와 처지가 어떤지도 전혀 모른다. 아무것도 모르는데 어설프게 충고하는 건 싫었고, 주제넘게 나설 일도 아니었다.

결국 가토가 가장 바람직한 의견을 내놓았다.

"형이 뭐라 하든 말든 나는 무대에 설 거야!"

"미워할 거다."

기초학교 신입생 혼내는 것도 아니고, 경악스러울 정도로 유치한 협박이었다. 그러나 가토는 정말 진심으로 울기 시작했다.

"너무해, 형! 그렇게 심한 말을!"

"무대를 포기하든지 나한테 미움 받든지, 둘 중 하나다. 알아서 해."

그리고 유릭은 돌아서 사무실 문을 열었다. 문밖에는 극장의 단원들과 스태프들이 빽빽하게 몰려와 귀를 기울이고 있었다. 유릭은 그들을 쳐다보지도 않고 밖으로 나가 문을 쾅 닫았다. 유릭이 사라지자 가토는 고개를 푹 떨구었다.

"어쩔 거야?"

로웨나가 묻자, 가토는 훌쩍거리며 고개를 저었다.

"흑, 저도 모르겠어요. 저기요, 누나가 설득해 주면 안 될까요?"

"어떻게 설득해 달라는 거니?"

"저기, 그러니까…… 누나를 위해 형이 양보한다거나, 그런 거……."

"미안하지만 그건 못해."

"하, 하지만… 하지만……."

가토의 얼굴이 시뻘겋게 물들었다. 로웨나가 혀를 찼다.

"이봐, 가토 군. 이건 네가 선택할 문제잖아. 나보고 뭘 어쩌라고."

"형이 미워한다잖아요."

등 뒤의 트래비스가 경악했다. 이안도 기가 막혀다가 눈동자 위로 굴리던 달걀을 깨뜨리고 말았다.

"으악, 차가워!"

이안은 비명을 지르고 수건을 찾기 시작했다. 어처구니없기는 로웨나도 마찬가지였다.

"그래서? 형이 미워하니까 학교로 돌아가서, 네가 그토록 싫어했다는 공부를 다시 시작할 거야? 하아, 그런데 네가 과연 잊을 수 있을까? 무대를 기다릴 때의 긴장감과 기대감을, 다른 사람들과 하나하나 손을 맞추어가며 무대를 완성시켜 갈 때의 뿌듯함을, 그리고 웅장한 음악과 합창과 함께 네 노래가 울려 퍼질 때의 환희를? 더군다나 너는 무명 시절도 없었고, 조연 시절도 없이 단숨에 주연으로 뛰어오른 행운아인데!"

"그, 그건… 저기……."

"게다가 너한테 부양할 어머니가 있어, 아니면 등쳐먹던 룸메이트가 있어, 그것도 아니면 출연료가 나오는 즉시 모두 먹어치워 대는 빚쟁이들이 있어? 아무것도 없잖아! 네 입술만 애처롭게 바라보는 이안 블로드에, 네 출연에 아무런 반대도 하지 않은 트래비스 씨에, 나처럼 아름답고 훌륭한 파트너에! 뭐가 모자라, 뭐가! 대체 왜 그만두려고 하는 거야!"

"혀, 형이 미워한다잖아요……."

가토의 맥없는 목소리에 화가 치밀어 오른 로웨나는 악을 쓰며 의자를 걷어찼다.

"그냥 미움받아!"

"하지만 제게는 정말 중요한 문제라고요."

로웨나는 다시 의자를 걷어찼다. 의자 다리가 우지끈 부러졌다. 가토가 놀라서 어깨를 움츠렸다.

"가토 크로반! 그만두기만 해봐! 내가 공연 시작할 때까지 꽁꽁 묶어다가 도망 못 치게 해놓을 테니까! 그리고 무대에 서서 제대로 못하면, 너 때문에 내 첫 주연 무대가 엉망이 되면, 내가 널 죽여 버릴 거야! 그러니 목숨이 아까우면 나를 위해 노래해!"

문 너머에서 스태프와 단원들이 내지르는 환호의 소리가 들려왔다.

제53장
나비의 비밀

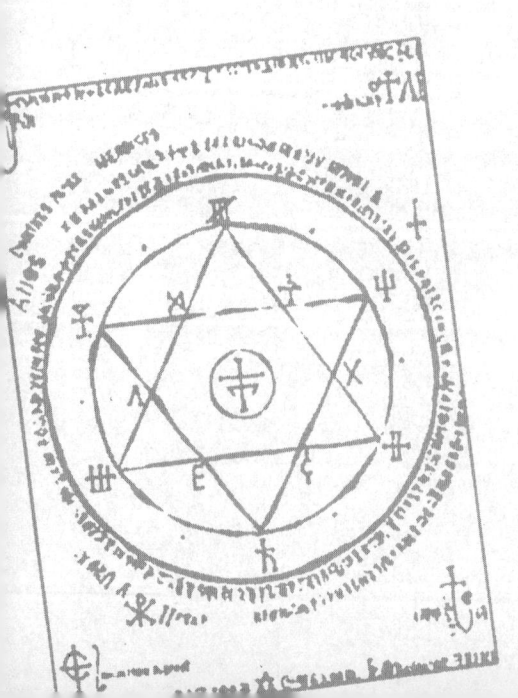

 나비의 비밀

카밀턴은 자정 근처에 트래비스의 저택에 도착했다. 이제는 주인 모시듯 카밀턴을 모시게 된 집사가 그를 맞이했다. 굉장한 저녁을 보낸 뒤 여기저기서 좀 노닥거리다 들어온 카밀턴은 우아하게 코트를 벗어 그에게 맡긴 후, 당연하게 카펫에 걸려 넘어졌다. 집사는 그의 뒷덜미를 잡아 넘어지지 않도록 도와주었다.

"자네, 점점 노련해지는 것 같아."

"제가 경의 집사보다도 경에 대해 잘 알걸요."

"크로반 군은 도착했나?"

"조금 전예요. 지금 응접실에서 경을 기다리고 있습니다. 경께서 도착하면 알려달라고 하시던데."

"내가 직접 가지."

카밀턴이 응접실 쪽으로 돌아서자 집사는 카밀턴의 허리에 손을 밀어넣었다. 그 덕에 카밀턴은 테이블 모서리 대신 그의 품 안으로 쓰러졌다.

"자네, 너무 노련하군."

"과찬이십니다. 그러나 카밀턴 경, 아무리 노련하다 하더라도 저는 나이가 많답니다. 경의 덩치를 너무 자주 감당할 수는 없어요."

집사의 도움으로 그다지 넘어지지도 부딪치지도 않고 트래비스의 응접실에 도착하니, 유릭은 창가에 기대 밖을 내려다보고 있었다. 카밀턴은 그의 주먹과 소매가 피투성이인 것을 발견했다. 그리 많은 피는 아니었지만, 굉장히 지저분하게 얼룩져 있었다. 어떤 일을 벌이고 오는 사람이 그런 식으로 지저분해지는지, 카밀턴은 오랜 경험으로 잘 알고 있었다.

"대체 누구를 패고 오는 길인가, 크로반 군?"

"동생이요."

카밀턴은 음? 하며 눈썹을 치켜 올렸다.

"자네 동생은 파난의 사립학교 기숙사에서 자고 있어야 하지 않나?"

"그래야 하는데, 바로 지금 이 브란 카스톨에 있더군요. 그것도 곧 개막하는 트래비스 씨의 신작 오페라의 주연으로요. 맙소사!"

도무지 말도 안 되는 말만 하고 있으니, 카밀턴은 도무지 이해할 수 없었다.

"하나도 이해 못하겠어. 제대로 차근차근 설명해 보겠나?"

유릭은 방금 전에 있었던 일을 설명했다. 이야기가 끝날 무렵, 카밀턴은 입을 쩌억 벌리고 있었다.

"뭐야, 그 해괴망측한 상황은?"

"저도 어이가 없습니다! 오페라 무대 주연이라니, 그것도 그렇게 큰 무대의 주연이라니! 온 브란 카스톨 사람이 다 올 겁니다. 그리고 그 무대가 성공하기라도 한다면…… 온 사람들의 이목이 가토에게 몰릴 겁니다."

"맙소사! 그래서 자네는 어찌할 건가?"

유릭은 책상을 후려쳤다.

"막아야죠. 두들겨 패서 기절시키든, 다리를 분질러 버리든, 어떻게든 막을 생각입니다. 절대 그렇게 놔둘 수 없어요!"

평소에는 꽤 조용하던 유릭인지라, 놀란 카밀턴은 움찔했다.

"정말 화났군."

"네, 정말 화가 났습니다. 하필 지금! 일이 잘못되면 저만 위험해지는 것이 아니라, 경은 물론이고, 레반투스 대공까지 위험해질 수 있습니다."

"자네는 조무래긴데."

"압니다. 하지만 니콜라스 추기경은 그렇게 생각하지 않아요. 지난번 무도회 때 사건을 아시잖습니까. 그때 브랫 키저가 오지 않았다면, 지금 감옥에 가 있는 것은 저와 카밀턴 경이었을 겁니다. 또 모두를 그런 위험에 처하게 할 수도 없고, 더군다나 뷰겐트 중령님도 안 계시니 제대로 수습하지도 못할 것입니다."

"안심해. 자네 아버지와 자네의 일은 절대로 공개되지 않을 거야. 자네도 알잖아. 자네 아버지는 시시한 죄목으로 잡혀간 게 아니라는 것을, 자네 아버지의 일을 들추는 일은 국가의 기밀을 들추는 일이며, 그 끔찍했던 숙청의 역사, 사람들이 어떻게든 잊고 싶어 하던 그 일을 들추는 일이라는 것을. 유감스럽지만, 자네 집안은 살비에 마델로보다 더욱더 철저하게 보호받을 걸세. 사람들에게 알려지지는 않을 거야."

"다만, 알 만한 사람은 알게 되겠지요."

"니콜라스 추기경? 알라지. 마음대로 하라고 해."

"아뇨. 그가 마음대로 하게 놔둘 수는 없습니다. 그의 눈에 띄는 곳에 가토가 있어서는 안 됩니다."

카밀턴의 눈빛이 미묘해졌다. 동정 같기도 하고 안타까움 같기도 한 따뜻한 슬픔이 그 눈에 어려 있었다.

"동생을 사랑하나?"

"가토는 제 가족입니다. 사랑하다가도 증오하고, 증오하다가도 사랑하지만, 그럼에도 제 영혼의 일부인 제 가족입니다. 그러니까, 전… 가토를 지켜야 합니다. 가토는 저 자신이기도 하니까요."

"정말 어쩔 수 없게 되었군."

"죄송합니다. 파난으로 돌아가라 하시면 가겠습니다."

"그리고 파난으로 돌아가는 자네 짐짝에는 가토 군이 들어 있겠군."

"제 발로 가지는 않을 테니, 패 죽여서라도 데리고 가야지요."

카밀턴은 고개를 저었다.

"유리 군, 트래비스가 고개를 끄덕였을 정도의 능력이라면 그런 자신의 능력을 사랑하지 않을 수 없어. 지금은 끌고 갈 수 있다 하더라도 언젠가는 또 이런 일이 벌어질 거네. 그러니 어쩔 수 없어. 현실을 받아들이고, 현실과 싸워. 때론 피하고 때론 싸워야 하는 것이 섭리, 지금 그 문제는 아무래도 싸워야 할 문제 같네."

"상대는 자그마치 니콜라스 추기경입니다. 저는 그를 상대로 제 동생을 지켜야 하는 겁니다."

"자네는 처음부터 니콜라스 추기경을 상대로 싸워왔어. 그리고 지금까지 버텨왔고, 앞으로도 그리해야 해. 자네가 자청한 싸움이고, 자네가 끼어든 싸움이며, 유감스럽게도 나나 대공 전하나 모두 자네의 포지션을 정해 버린 상태야. 자네를 돌려보낼 수는 없어."

"경과 전하를 위험하게 할 겁니다."

"자네는 처음부터 폭탄 같은 존재였어. 우리가, 그리고 내가 그런 위험을 생각하지 않았을까. 자네를 브란 카스톨에 부른 그날부터 늘 생각하고 있던 거야. 그래도 떠나겠다면—"

카밀턴은 잠시 천장을 바라본 뒤에 말했다.

"그래도 못 떠나. 이제 자네는 앞으로 나가는 것밖에는, 그밖에는 아무것도 할 수 없어. 그리고 오늘밤, 자네가 결코 나를 떠나지 못하도록 만들어주지."

그리고 카밀턴이 주변을 둘러보았다. 유럭이 말했다.

"키케."

서재 안이 한 번 크게 번쩍였다가 다시 어둠으로 덮였다. 모든 것은 굳은 듯 잠잠했다.

"아무것도 없습니다."

카밀턴은 서재의 문을 열었다.

"자네가 부탁했던 대로, 바로 오늘 자네에게 모든 것을 가르쳐 주지. 자네가 그토록 궁금해하던 에드먼드 란셀에 대해. 그리고 그 모든 사실을 알게 되면 자네는 결단코 떠날 수 없게 될 거야. 죽든가 이기든가, 오로지 그것뿐이네."

카밀턴은 마차를 부르지 않고 트래비스의 마구간으로 가서 말 두 마리를 빌렸다. 이제는 카밀턴을 두 번째 주인님 비슷하게 여기고 있는 마부는 어디 가냐고 물어보지도 않고 알아서 좋은 말 두 마리를 꺼내왔다.

"험한 길을 달리게 될 거야."

카밀턴은 말의 등자를 밟고 말안장으로 올라가다가 반대편으로 나동그라졌다. 미리 대기하고 있던 마부가 반대편에서 그의 몸을 받아 들었다. 마부의 두툼한 품에 안긴 카밀턴이 투덜댔다.

"여기 사람들은 나에 대해 너무 잘 알아."

"경이 너무 오래 머물고 계신 겁니다."

두 사람은 저택을 출발했다. 초저녁에는 맑았지만 지금은 뿌연 안개가 밀려들어 오고 있었다. 조명이 하얗게 흐려지고 길은 안개에 지워지기 시작했다. 하얀 어둠 속에서 말발굽 소리는 점점 더 뚜렷하게 떠올랐다. 사방이 그렇게 하얗게 어두워지는데 카밀턴이 실수하는 빈도는 점점 더 줄어들고 있었다. 밤에 눈이 밝아지는 박쥐처럼 그는 능숙하게 길을 찾아갔다. 처음에는 다리를 건너더니, 좁은 골목길을 달리고 굽이친 계단을 올라가다 꺾었다.

"어디로 가는 겁니까?"

"어둠이 고인 곳."

굽이진 골목을 한참이나 지나, 마침내 카밀턴의 말이 푸륵, 하고 울음을 터뜨렸다. 도착한 듯 카밀턴이 말의 안장에서 뛰어내렸다. 유릭도 내렸다. 카밀턴은 말의 고삐를 잡아당기며 좁은 골목길로 들어갔다.

유릭은 주변을 살폈다. 안개는 이제 두텁게 내려앉고 있었다. 사방이 축축하고 차가웠다. 오랫동안 손보지 않아 깨지고 갈라진 블록이 울퉁불퉁 솟아 있어, 조금만 실수하면 발이 걸렸다. 그렇게 걸어가던 유릭은 그의 어깨를 스치는 벽에 기묘한 그림이 그려져 있는 것을 발견했다. 끌로 벗겨내거나 천박한 색의 도료로 덮여 있었으나, 흐릿하게나마 그 윤곽을 확인할 수 있었다. 유릭은 그것이 무척이나 익숙했다.

"이건……."

카밀턴이 그 벽에 손을 얹으며 말했다.

"자네 생각이 맞아. 이건 옛날의 왕국… 크로이바넨의 유적이네."

"어째서 그 유적이 이곳 브란 카스톨에 있는 겁니까."

"팔콘은 오랜 전쟁으로 지쳐 있었다네. 자신을 위해 싸워왔던 병사들에게 살 집조차 마련해 줄 수 없었지. 그래서 그는 옛 왕국의 집들을 잘 이용했다네. 적당히 개조해서 나눠줬어. 그렇게 시간이 흐르자, 돈 좀 있는 사람들은 새로운 저택을 지을 곳을 찾아 이곳에서 기어 나와 도심으

로 들어갔고, 돈 없는 사람들은 이곳에 남게 되었지. 이곳은 파난의 유적
지가 그러하듯 빈민가가 되었다네. 오랜 전쟁으로 나라가 피폐해지자 전
국의 가난한 사람들이 이곳으로 밀려와 쌓이고 쌓였고, 숙청이 시작되자
이번에는 도망자들이 몰려들어 왔다네."

어떤 문 앞에 도착하자, 카밀턴은 말을 멈추어 세웠다.

낡은 문이었다. 문패도 없었고, 번지수를 표시하는 표석도 없었다. 카
밀턴은 그 문을 두드렸다. 아무 소리도 들리지 않자, 카밀턴은 문고리를
힘껏 잡아당겼다. 안에서 걸쇠가 잡아 뽑히며 와지끈, 하는 요란한 소리
와 함께 문이 열렸다. 유릭의 발치로 문의 걸쇠가 날아왔다. 유릭은 그
걸쇠를 툭 차 구석으로 던지며 물었다.

"이래도 되는 겁니까?"

"바쁘잖아."

카밀턴은 집 안으로 들어갔다. 오랫동안 여러 사람이 거쳐 간 낡은 집
특유의 퀘퀘한 냄새가 풍겨왔다. 여러 냄새가 뒤섞여 있었다. 먼지 냄새
가 나는 것 같기도 하고, 오래된 책 창고 같은 냄새가 나기도 하고, 향취
강한 음식 냄새도 좀 풍겨오는 것 같았다. 그때, 갑자기 가스등이 확 켜
졌다. 유릭은 빠르게 총을 꺼내 겨냥했다.

"히, 히엑! 히에엑! 초, 총! 가, 강도?"

좀 기괴한 비명 소리였다. 카밀턴이 총구 앞에 손을 가져갔다.

"아는 사람이야. 총 내리게."

유릭은 등불을 들고 있는 소녀를 발견했다. 나뭇가지처럼 앙상한데다
가, 작고 마른 얼굴에 비뚤어진 코, 주근깨 가득한 볼을 가진 형편없이
못생긴 소녀였다. 피부도 붉은빛이었다. 그녀는 카밀턴을 보자 눈을 동
그랗게 뜨며 외쳤다.

"안녕하세요, 장군님! 주인님은 아직 안 주무세요! 불러드릴게요."

소녀는 거실의 테이블에 가스 램프를 놓고 집 안으로 퉁탕퉁탕 달려 들어갔다. 잠시 우르릉 쾅쾅, 하고 무언가 부딪치고 무너지는 굉장한 소리가 들려왔다. 카밀턴이 엄지손가락으로 그 소리가 나는 방향을 가리키며 말했다.

"마리아 페페, 이 집의 하녀지. 일은 아주 훌륭하게 못하지만, 그래도 이 집 주인은 저 아이를 나름대로 아끼고 있다네. 주인 말로는 쫓아내느니 그냥 엉망진창인 채로 사는 게 더 낫다더군."

"쫓아내는 게 귀찮다는 말이군요. 누군가하고 하는 짓이 비슷한데요."

다시 집 안에서 우당탕, 하는 소리가 들렸다. 그리고 와르르, 하고 벽돌 무너지는 듯한 요란한 소리도 들려왔다. 하녀가 비명을 질렀다.

"주인님, 어떻게 해요! 책이 무너져서 복도가 막혔어요! 치울까요, 정리할까요!"

"네가 알아서 해. 나는 귀찮아서……."

유릭은 그 목소리를 듣게 되자, 이 집의 주인이 누군가와 하는 짓이 비슷한 것만이 아니라는 것을 깨달았다. 어두운 복도에서 달걀처럼 흰 얼굴이 나타났다.

"밤늦게 웬일이신가, 장군님? 그리고 너는 웬일이냐, 하사?"

"당신 집이었습니까, 키저 씨?"

브랫은 엉망진창인 머리를 긁적이며 고개를 저었다.

"내 집은 아니고, 잠깐 머무는 집이지. 그전에는 그레이브 경이 얻어다 준 집에서 살고 있었는데, 일이 꼬여서 그 친구 명의로 된 집에서 계속 살 수 없게 되었잖아… 뷰겐트 자식이 이 집에서 살라고 하더군."

브랫은 잠옷 가운 차림이었다. 옷 속으로 손을 넣어 북북 긁더니, 한참이 지나도 다들 아무도 말이 없자 길게 하품을 한 다음 물었다.

"그런데 왜 온 거야, 장군님?"

카밀턴은 바닥을 가리켰다.

"참 빨리도 묻는군. 뷰겐트가 이곳에 숨겨놓은 그 물건을 구경하러 왔다네. 안내 좀 해주게나."

"장군님이 직접 하면 안 되는 거야? 귀찮은데."

"명령인데."

브랫은 눈살을 잔뜩 찌푸리더니 가스 램프를 집어 들었다.

"내려와. 그리고 장군님도 같이 와. 자빠지던 구르던 절대 안 챙길 테니 알아서 하고."

유릭은 카밀턴을 바라보았다. 하극상에 해당될 정도로 굉장한 대우를 받고 있는 카밀턴은 그저 웃으며 참고 있었다. 그러나 눈썹 가운데에 불끈 솟은 주름만은 그도 어쩔 수 없는 듯했다.

브랫이 바닥의 낡은 카펫을 들추자, 그곳에는 네모진 홈이 곧게 나 있었다. 브랫은 테이블에 놓인 잼 바르는 나이프를 집어 그 틈에 꽂아 넣은 뒤 힘을 주었다. 그러자 우지끈, 소리가 들리더니 그 홈이 벌어졌다. 브랫은 그 틈에 손을 집어넣고 힘껏 밀어젖혔다. 삐걱대며 그 판이 밀려 올라갔다. 브랫이 그 안을 가스 램프로 비추자 나무로 된 계단이 보였다.

"자아, 들어오시지. 은밀한 거래가 이루어졌던 어둠 속으로, 지하의 보물을 찾아."

카밀턴이 먼저 내려가다가 우당탕쿵탕, 와르르, 하는 굉장한 소리를 내며 금세 바닥까지 굴러 내려갔다. 브랫이 안을 깊숙이 비추었다. 유릭은 그다지 가깝지 않은 바닥에 엎어져 있는 카밀턴을 발견했다.

"장군님 본인은 저 모든 것이 자신의 지나친 감응력 때문이라 주장하지만, 나는 저 인간이 그냥 얼간이라서 저러는 거라 생각해."

"동감합니다."

"다 들린다! 그만 조잘대고 어서 내려오기나 해!"

유릭은 계단을 내려갔다. 브랫도 유릭을 따라 내려가며 문을 닫았다. 오려낸 듯 새카만 어둠 속으로 빛이 스며들며 사방을 비추었다. 계단은 나무였으나, 지하는 돌 벽돌로 촘촘히 짜여져 있었다. 빈민가 지하에는 어울리지 않게 섬세함하고 호화로운 지하실이었다. 바닥으로 오니 옷의 먼지를 털고 있는 카밀턴과 만날 수 있었다.

"자, 여기서부터는 같이 가지."

유릭은 이 지하의 공기가 미묘하다는 것을 느꼈다. 아주 건조했다. 몸이 지나치게 가벼워지는 듯한 느낌도 들었다. 맨 몸으로 서 있는 듯, 공기를 두르고 있는 듯 가벼웠다. 유릭은 이 느낌의 이유를 잘 알고 있었다.

"사제가 영구 정화 구역을 설정했군요."

"특무부 본부와 똑같은 방식이지."

특무부의 본부들은 모두 영구 정화 구역으로 설정되어 있다. 특무부원들이 가진 마령들의 힘을 일시에 억제하고, 그 의지의 힘을 약화시키는 것이다. 그래서 본부 건물 안으로 들어가면 순식간에 몸이 가벼워진다. 마령과의 교감이 일시에 끊어지기 때문이다. 그 덕에 부대원들은 본부에서만큼은 편안하고 방만하게 살 수 있게 된다.

"그런데 왜 이곳에 이런 것이 있는 겁니까?"

"저것 때문에."

브랫 키저는 지하실 안쪽을 비추었다. 빛이 사방을 환하게 비추었다. 좁은 지하실 안에 작은 상자 두 개가 놓여 있었다. 유릭은 브랫이 빛을 비추는 대로 안으로 들어가 그 상자를 들여다보았다.

검은 나무 상자였다. 그 위에는 은으로 상감해 넣은 화려한 나비의 그림이 그려져 있었다. 마법에 대해 조금이라도 아는 사람이라면 누구나 그것이 봉인이라는 것을 알아볼 것이다.

"알아보겠나?"

카밀턴이 물었다.

"네, 알아볼 수 있습니다. 본 적이 있으니까요."

"모든 것은 그 나비로부터 시작되었네. 그것들이 사람을 유혹했고, 그것들이 사람들을 타락시켰으며, 그것들이 자신의 주인이었던 그 남자… 에드먼드 란셀을 파멸시켰지. 아니, 정확하게 말하자면 그것을 가지고자 했던 사람들에 의해 파멸한 것이라네."

카밀턴은 무릎을 꿇고 그 상자 중 하나를 집어 들었다.

"모든 것은 마그레노에서 시작되었지. 대륙의 문인 동시에 파난 섬으로 가는 출구인 그 항구에서. 어느 날 철십자 기사단 본부에 그곳의 시장 살비에 마델로, 몰락한 귀족 가문의 후손인 토머스 그레이브, 가난한 평민 소년 발터 스게노차, 그리고 마법사 노버스 크로반이 서명한 고발장 한 장이 접수되었다네. 당시는 숙청 시대였고, 정말 의심스러운 자들에 대한 고발장도 많았지만 멀쩡한 사람을 흑마법사라 고발하는 경우도 많았지. 그 고발장… 시장의 서명이 없었다면 그대로 쓰레기통에 처박혀 사라졌을 거야. 그렇게 니콜라스에게 도착한 그 고발장은 무척이나 특이했지."

카밀턴은 나비의 문양이 박힌 검은 상자를 툭툭 두드렸다.

"바로 이 나비 모양의 인장이 찍힌 밀랍으로 봉인이 되어 있었던 거야. 누구도 그 봉인을 뜯을 수 없었고, 내용을 확인할 수도 없었다네. 그 고발장은 그렇게 봉인된 채로 몇 사람의 손을 거쳐 정화사제단으로 들어갔고, 니콜라스에게 전달되었다네. 그리고 니콜라스는 직접 철십자 기사단에게 명령하여 고발된 남자, 에드먼드 란셀을 체포하게 했지."

"어떻게 그는 그 봉인을 뜯을 수 있었던 겁니까?"

"간단한 것 아닌가. 그 봉인은 오로지 니콜라스만 뜯을 수 있도록 되어 있었던 거야. 오로지 그에게만 전달되는 고발장, 그리고 니콜라스가 없애야 하는 사람에 대한 고발장이기도 했던 거지. 그랬기에 니콜라스는 고발장을 받는 즉시 철십자 기사단을 파견한 거야."

"그건 굉장한 고난도의 기술입니다. 대체 누가 그런 마법을 쓸 수 있었던 건지 모르겠군요."

"자네 백부 노버스 크로반은 평마법을 배우지 않았나?"

유릭은 고개를 저었다.

"제 백부님의 능력은 제가 잘 압니다. 그분의 능력은 그다지 훌륭하지 못합니다."

그러자 브랫이 끼어들었다.

"고발한 놈들 중에 그런 마법을 쓸 수 있을 정도의 실력자가 끼어 있었던 거지. 이름을 들키기 곤란해서 고발장에 서명하지는 않은 거고. 간단하네. 어이, 장군님. 나머지나 설명하시오."

"자네는 내가 자네보다 나이도 많고 계급도 까마득하다는 걸 자꾸 잊는 것 같아."

"하나님의 보살핌 덕에 장군님이 장군님이라는 것도 알고, 턱 빠지게 굉장한 공작가 아들이라는 것도 알고 있어. 걱정 마쇼."

카밀턴이 얼굴을 구겼다.

"결국에는 일부러 개긴다는 말이군."

"일부러 개기는 게 아니라 그냥 개기는 거요. 설명이나 마저 하라고, 장군님."

카밀턴은 후아, 하고 숨을 몰아쉬었다.

"설명이나 마저 하지. 니콜라스가 움직이자, 레반투스 대공파 쪽에서도 움직였다네. 마그레노로 젊은 장교 하나를 파견하며 그에게 당부했다네. 체포당한 사람이 누구인지 알아보고 직접 접촉할 것. 니콜라스의 약점이 될 만한 사람이면 반드시 탈출시킬 것."

"그리고 그 장교가 바로 윌리엄 랜든 경이었던 거군요."

"맞아. 이미 팔시티 공작과 랭카스크 공작을 죽게 한 니콜라스가 그 아들인 윌리엄 랜든까지 해칠 수는 없었으니까. 나를 파견할 수도 있었네만, 나는 잃을 것이 너무도 없는 몸이었거든. 니콜라스가 이것저것 준다고 꼬시면 홀랑 넘어갈 위치였던데다가…… 사실 아무도 내 능력을 믿지 않았어. 그러나 랜든은 마그레노로 내려가 자신의 집안을 배신했지. 체포된 사람이 누구인지, 니콜라스에게 어떤 약점이 되는지 알게 되었음에 분명했지만…… 그는 아무것도 하지 않았다네. 의문의 남자 에드먼드 란셀은 우리들이 손쓸 수 없는 검독수리 감옥으로 끌려갔고…… 몇 년 뒤 마침내 파난으로 끌려갔지."

"그리고 랜든은 에드먼드 란셀의 약혼녀인 아자렛과 결혼했군요."

"뻔하지. 랜든은 그녀에게 홀딱 반해서 그 약혼자가 파멸하는 것을 내버려 둔 것이고, 우리를 배신한 거야. 그리고 니콜라스에게 협조한 거지. 니콜라스는 냉정한 자야. 랜든처럼 무능한 사람을 아무 이유 없이 그 자리에 놔둘 리가 없지."

"랜든 부인이 가엾군요. 약혼자를 파멸시킨 자가 지금 남편이라니."

"영원히 모르는 편이 나을 거야. 랜든은 비겁하게 그녀와 결혼했지만, 그보다 더 좋을 수 없는 남편인 것도 사실이거든."

"그럼, 그 남자와 이 나비 상자들과는 무슨 관련이 있는 겁니까?"

"이건 바로 그 남자가 체포된 직후에 세상에 드러난 거라네. 니콜라스는 이것을 모두 빼돌려 자기가 차지했지. 그런데 묘하게도 몇 년 뒤 이것이 다시 세상에 돌아다니기 시작했다네."

"니콜라스가 다룰 수 없어서 봉인해 둔 것을 누군가가 빼돌린 것 같은데요."

"맞아, 바로 그거네. 브랫 키저의 형인 바셀 아브롤라인의 경우와 마찬가지로…… 봉인되어 있던 마령들은 모두 굉장히 강력한 것들이었다네. 그것들이 세상에 돌아다니기 시작했고, 그중 상당수가 '오래된 클럽'으로 흘러들어 간 거야. 자네 아버지가 속해 있던 그 역사 연구 모임 말이네."

"그리고 우리 형이 속해 있던 모임이기도 하지."

브랫 키저가 거들었다. 카밀턴은 그런 브랫을 지그시 쏘아보았다.

"그 사실을 알게 된 니콜라스는 그 모든 마령을 압수하기 시작했지. 그리고 그 마령에 대해 알고 있을 사람들, 또는 알아낸 사람들을 모두 체포, 고문, 투옥했다네. 조금이라도 의심이 가면 죽이거나 유배를 보냈지. 그러나 아무리 니콜라스라도 모든 것을 다 되찾지는 못했어. 바로 이건 프리델라가 찾아낸 것이지. 그리고 이걸 찾아내며, 그녀는 에드먼드 란셀이라는 남자에 대해 조사하기 시작했지."

"그리고 숨어 다니던 나를 찾아내셨고."

브랫은 자신의 가슴을 짚었다. 유릭이 말했다.

"그러다 결국 파난으로 좌천된 거군요. 모든 문제는 에드먼드 란셀이라는 남자로 귀결되는군요. 니콜라스가 집착하고 있는 남자."

"그리고 그 누구도 정체를 알지 못하는 남자이지만……."

"누구보다 강력한 흑마법사였을 그 남자."

브랫이 뜨거운 눈으로 상자를 노려보았다.

"결국에는 그 남자가 모든 것의 원흉인 셈이다."

"그가 니콜라스의 스승이군요."

유릭의 의견에 카밀턴도 동의했다.

"나도 그렇게 생각하네. 지난번에 자네가 니콜라스를 만나고 온 뒤 한 말을 듣고 확신했지. 그러면 에드먼드 란셀이 체포된 것도, 그에 대해 아는 사람들이 모두 니콜라스의 중추가 된 것도, 그리고 니콜라스가 그 남자에게 그렇게 집착하는 것도 다 설명이 돼. 그는 니콜라스를 키웠고, 니콜라스에게 배신당했고, 니콜라스에게 모든 것을 빼앗겼지."

"그렇다면 대체 무엇 때문에 유죄라는 것입니까?"

"다 설명해 주지 않았나."

"그것뿐이라면 그는 유죄가 아닙니다. 프리델라님이 죄인이 아니듯, 제 동료들이 죄인이 아니듯, 그리고 제가 죄인이 아니듯, 당신과 브랫 키저가 죄인이 아니듯. 그는 죄인이 아닙니다. 단지 제자가 엿 먹을 놈이었다는 것뿐."

"그가 흑마법사라서 유죄라는 게 아니야. 그래서 유죄였던 거라면, 뷰겐트도 프리델라도 자네에게 그 남자가 유죄라 말하지 않았을 거네. 어렸던 니콜라스를 이용하여 이 제국을 뒤엎은 것, 그것이 바로 그의 죄야."

"증거가 있는 겁니까? 그가 제국을 멸망시키거나 불행으로 몰아넣으려 했다는 증거가."

"물론 있지. 그건—"

카밀턴은 나비의 인장을 내려다보았다. 유릭도 그것을 바라보았으나, 특별한 것을 발견하지는 못했다. 다만 그물처럼 정교한 나비의 날개가 아름답다고만 생각했을 뿐이었다. 그러던 유릭은 나비의 날개 아래에 적힌 글자를 발견했다. 언뜻 보면 그저 의미없는 아름다운 음각으로 보였지만, 자세히 보니 아니었다.

"카밀턴 경, 저거 혹시 글자 아닙니까?"

"응?"

카밀턴은 외알 안경을 만지작거리며 그 문양을 자세히 바라보았다.

"잘 모르겠는데? 증거 있나?"

"아뇨, 없습니다. 다만⋯ 그런 느낌은 드는데⋯⋯."

"크로이, 크로이바녠의⋯ 음, 여신의 글자예요."

느닷없이 여자 목소리가 들리자, 카밀턴이 기겁하며 벌떡 일어나다가 바닥에 튀어나온 벽돌에 걸려 넘어졌다.

페페가 들어와 있었다. 그녀는 자신의 턱을 가리키며 말했다.

"저는 북쪽 출신이에요. 포로, 포로가 되어 끌려 내려왔다가 브랫, 브랫님을 만나게 된 거지요. 그래서 저기⋯⋯ 음, 크로이바니안이에요."

유릭이 브랫을 바라보았다.

"정말입니까?"

"어쩌다 보니 줍게 된 거야. 여튼 페페, 크로이바녠의 글자라는 건 무슨 뜻이야? 나도 그 나라 말 조금 배우긴 했는데, 이거랑은 완전히 틀린데."

"그건 보통 사람이 쓰는 거죠. 음, 그러니까― 사제들이나 귀족들이 쓰는 글자는 따로 있어요. 성령이나 정령의 언어라고도 하죠. 저건 그거예요. 처음 여기에 들어왔을 때부터 알고 있었지요."

"그럼 왜 여태 말 안 한 건가, 페페 양?"

"아무도 안 물어봤잖아요. 주인님도 안 물어봤고."

카밀턴은 정말 한심하다는 듯 브랫을 바라보았다.

"귀찮아서."

브랫은 그렇게 그답게 답하며 카밀턴의 시선을 지그시 피했다.

"그래서 읽을 수 있습니까?"

유릭이 묻자, 페페는 멍하니 답했다.

"바티스틸라."

익숙한 이름이었다. 페페가 말했다.

"여신의 이름만은 평민들이라도 많은 사람들이 알고 있어요. 저것은 아야믹탈 바티스틸라. 봉마의 왕이 사악한 와스테 윌린에 의해 봉인되지도 않았고, 살해되지도 않은 유일한 여신의 이름. 그래서 우리들, 크로이바니안들은 믿어요. 승리, 정의를 수호하는 그분은 아직 우리와 연계되어 있으며 우리를 승리로, 정의로 이끌 것이라고."

"봉마의 왕?"

유릭이 묻자 페페는 힘껏 고개를 끄덕였다.

"네, 봉마의 왕. 대정령들, 용과 사도들의 심장을 가진 분들, 여신의 택함을 받아 사제들을 수호하시는 분들, 바로 그 봉마의 왕."

중요한 것을 깨닫게 된 카밀턴이 나른히 한숨을 내쉬었다. 유릭이 말했다.

"니콜라스가 왜 파난의 유적지마다 자신의 철십자 기사단을 파견하는지 알 것 같군요."

"그의 천사들이 강림하는 곳마다 나비의 숲이었겠군."

"제가 간 곳만도 나비 천지였는걸요."

브랫이 이마를 툭툭 두드리며 물었다.

"그럼 그 에드먼드 란셀하고, 저기 저 바트시…… 뭐냐, 페페?"

"아야믹탈 바티스틸라."

"고마워. 여튼, 그 에디와 바티의 관계는 뭐야?"

"…그건 사제들만 아는 거예요. 사제라면 알 텐데……. 저는 잘 몰라요. 읽을 수 없거든요."

이교신의 사제, 그리고 이 브란 카스톨에 이야기를 나눌 수 있는 크로이바넨의 사제가 있었다. 유릭이 말했다.

"이안 블로드를 찾아가야겠군요."

"오늘 팼다며. 만나도 되는 건가?"

"저를 보면 제정신을 잃을 가능성이 높기는 하지만, 어쨌든 제가 패고 나올 때만 해도 제정신이었습니다. 여기로 데리고 오도록 하지요."

"자네는 길을 못 찾아올 테니, 같이 나가지. 브랫, 졸지 말고 기다려."

"오면 깨워, 장군님."

브랫은 지하실에 놓인 소파 위에 벌렁 드러누웠다. 카밀턴이 이마에 힘줄을 세우며 짜증을 냈다.

"프리델라의 부하들은 왜 다 저따위인 거야?"

"프리델라님은 당신 말만 잘 들으면 다른 사람들은 무시하든 말든 아무 상관도 안 하시는 분입니다. 상대가 장군이든 총사령관이든 간에 말입니다."

"……."

브랫은 유릭과 카밀턴을 보낸 뒤 눈을 뜨고 자리에서 일어났다. 사실 잠은 오지 않았다. 귀를 기울이니 아무 소리도 들리지 않았다. 밤이 까맣게 익어가는 시간이었다. 시계 돌아가는 소리조차 없이 적막하기만 했다. 페페는 그의 옆에 웅크리고 앉아 꼼짝도 않고 있었다. 브랫이 다시 눈을 감으려는데 페페가 말했다.

"시끄러워져요."

"조용한데, 뭘."

그러나 페페는 고개를 저었다.

"아주, 아주 시끄러워지고 있어요. 문에서부터 요란해지고 있어요."

브랫은 고개를 돌려 페페를 보았다. 페페는 유릭과 카밀턴이 나간 뒤에 활짝 열려 있는 천장의 지하실 문을 똑바로 바라보고 있었다. 그 문으로 희미한 빛이 비껴들고 있었다.

브랫은 나이트 가운 속으로 손을 밀어 넣었다. 맨살을 미끄러져 내려가는 손끝에 차가운 검이 닿았다. 페페가 무어라 말하려고 입술을 뗐으나 브랫은 고개를 저었다.

"페페, 이를 악물고 있어라. 무슨 일이 일어나더라도 절대 비명을 지르면 안 된다. 온몸에 힘을 꽉 주고 이를 악물어. 그리고 너의 신에게 기도해. 나는 나의 하나님께 기도하겠다."

"무슨 일이지요? 무슨 일인데요?"

"악마가 강림하려고 해. 천둥과 함께."

그 순간 엄청난 굉음이 터졌다.

꽈아앙―!

천장이 우지끈 무너졌다. 정교한 벽돌들이 밀려들 듯 와르르 무너졌다. 모래와 흙이 솟구쳐 부옇게 피어올랐다.

브랫은 페페의 바짝 마른 어깨를 안고 바닥을 박찼다. 계단이 후려 맞은 듯 우지끈 무너지며 먼지가 부옇게 피어올랐다. 브랫은 그 사이를 향해 몸을 날렸다. 흙먼지가 등과 어깨를 후두둑 후려쳤다. 무너지는 계단의 나무와 돌이 그의 몸 위로 쏟아졌다. 브랫은 페페를 꽉 짓눌러 그녀가 비명을 지르지 못하게 하며 몸을 웅크렸다.

파아아아, 먼지가 피어오르는 소리에 뒤섞여 발자국 소리가 들려왔다. 그것은 무너져 비탈이 된 계단과 벽돌의 잔해를 타고 내려왔다. 무언가 뒤적거리는 소리가 들렸다. 돌을 집어 던지기도 하고, 들보와 마루 조각들을 들추는 소리도 들려왔다. 가슴 아래에 있는 페페의 숨소리가 거칠어졌다. 브랫은 힘을 꽉 주어 그녀가 숨소리조차 내지 못하도록 했다.

마침내 그 소리가 멈추었다. 탁탁, 하고 먼지 터는 듯한 소리가 들렸다. 잠시 조용하더니 그 발자국 소리가 다시 비탈을 타고 올라갔다. 순간, 브랫이 마주하고 있는 거울의 파편 위로 구두를 신은 발과 먼지가 가득 묻은 바짓단이 얼핏 보였다. 그것이 스치듯 사라지자 거울은 새카맣게 변하고 사방은 아주 조용해졌다.

브랫은 그대로 꿈쩍도 하지 않았다. 하나, 둘, 셋, 넷, 다섯— 그렇게 숫자만 세고 있었다. 중간 중간에 신의 이름을 불렀다. 제기랄 하나님, 젠장할 하나님! 그리고 드디어 쉰을 세었을 때 몸을 일으켰다. 페페가 파아, 파아, 하고 숨을 크게 몰아쉬었다.

"아직 아무 소리도 내지 마."

브랫은 작게 속삭였다. 그때 갑자기 사람 달려오는 소리가 들려와 둘 다 다시 납작 엎드려야 했다.

"브랫, 브랫—! 브랫, 괜찮습니까!"

유릭의 목소리였다. 페페가 반가워하며 발딱 일어나 달려가려 했지만, 브랫은 그녀를 붙잡아 눌렀다. 어둠 속에서 페페의 눈이 반짝였다. 브랫은 눈동자를 굴려 맞은편에 놓인 거울 조각을 가리켰다. 페페도 그 거울을 보았다. 거울에 비친 발은 유릭의 발이 아니었다. 방금 전에 보았던 먼지가 가득 묻은 바짓단과 구두였다. 그 바지 아래로 가느다란 발목이 보였다. 키가 큰 유릭의 발목이 저렇게 가늘 리도 없고, 발이 저렇게 작을 수도 없다. 페페의 눈이 커졌다.

잠시 뒤, 그 구두와 바지의 주인이 바닥의 돌멩이 하나를 툭 차고는 뒤돌아섰다. 고개만 돌리면 그 얼굴을 확인할 수 있었으나, 브랫은 납작 엎드린 채로 꿈쩍도 하지 않았다. 조금만 몸을 뒤틀어도 소리가 날 것이다.

발자국 소리가 멀어졌다. 돌 바닥 위를 걷는 소리가 이어지더니, 어느 순간엔가 꺼진 듯 잠잠해졌다. 이제 정말로 조용해졌다 안심하는 순간에, 거친 말발굽 소리가 사방을 울렸다.

두두두두두두!

말 한 마리가 미친 듯이 질주해 들어왔다. 그 말에 탄 사람이 뛰어내리며 외쳤다.

"키케!"

순간에 온 사방이 금빛으로 번쩍였다. 페페가 비명을 질렀다.

"끼악!"

브랫의 검이 파랗게 빛났다. 빛은 그들을 덮은 잔해더미 속으로 푸른 액체처럼 스며들며 밖으로 퍼져 나갔다.

"거기 있습니까, 브랫!"

"오냐! 어서 발굴해라!"

돌 치우는 소리가 쾅쾅, 우지끈, 우지끈 들렸다.

"카밀턴 경, 좀 도와주십시오! 그리고 이안 블로드, 당장 와서 안 도울 겁니까!"

"제기랄, 네놈이 오늘 팬 곳이 쑤신단 말이다! 꿈쩍도 못하는데 침대에서 뽑혀져 나오셨다, 이거야!"

"열일곱 살밖에 안 된 동생을 데리고 도망친 남자와 만나면 누구나 그럴 겁니다. 닥치고 와서 치우세요. 그리고 카밀턴 경, 거기서 딴 짓 하지 말고 어서 오세요."

"아아, 저 별은 범선 자리로군……."

여기저기 얼룩덜룩 멍이 든 것을 제하고는, 발굴된 브랫은 그다지 큰 상처는 없었다. 이안, 유릭과 함께 상황 설명을 다 듣게 된 카밀턴이 눈살을 찌푸렸다.

"그러니까 그 상황에서 가만~ 히 있었다, 이건가? 싸울 수 있었는데?"

"센 놈이었어."

브랫은 쑤시는 목덜미를 주무르며 심드렁하게 말했다.

"그리고 나는 그걸 목숨 걸고 지키라는 명령은 듣지 못했지. 이봐, 장군님. 그게 그렇게나 중요한 거면 떠나기 전에 목숨 걸고 지키라고 미리 말해줬어야지."

"그런 건 눈치로 짐작해야 하는 거 아닌가? 그리고 미리 명령해 두었으면 목숨 걸고 지켰을 건가?"

"하나님께 맹세하건대, 결단코 아니지."

유릭은 폐허가 된 빈민가의 건물 주변을 살폈다. 거인이 한 방 걷어찬 듯 완전히 박살나 무너져 있었다. 벽은 모조리 주저앉아 있고, 골재들도 부러져 널려 있었다. 망가진 가구들은 씹다 버린 뼈다귀처럼 처량하게 누워 있었다. 서랍에서 쏟아져 엉망으로 흩어져 있는 옷가지들과 깨진 접시들은 보기 서글플 정도였다. 하늘이 밝아오며 그들이 있는 빈민가의 건물들도 파릇하게 떠오르기 시작했다.

"그런데 그렇게 엄청난 소리가 났었는데도 한 사람도 나와보지 않는군요."

"여기를 만들 때, 행여나 이런 사고가 생길까 봐 조치를 취해두었지. 여기가 무너지든 꺼지든 사람들은 아무 소리도 못 들었을 거야. 그러나 해가 뜨면 사람들이 깨어날 테고, 이 굉장한 광경을 보게 될 테지."

그렇게 아무렇지도 않은 척 떠드는 브랫은 눈살을 찌푸리고 있었다. 아픈 것이다. 유릭은 그에게 줄 진통제를 찾으려고 주머니를 뒤지다가, 자신에게 약이 한 알도 남지 않았다는 것을 깨닫고 그만두었다. 도둑맞은 약은 도둑맞은 대로 모두 없어졌다. 브랫이 그런 유릭 옆으로 다가왔다.

"어린애다."

"네?"

마침 카밀턴은 이안과 이야기하고 있었다. 이안이 눈살을 잔뜩 찌푸리며 짜증을 내고 있었다. 아무래도 카밀턴이 마차 좀 잡아와 달라고 명령하는 듯 보였다.

"무슨 말씀이십니까?"

"계단 옆에 있던 거울을 통해 봤다. 어린애였다. 그리고 사내아이야."

"어째서 그리 생각하시는지요."

"발목이 가늘었다."

"여자일 수도 있습니다."

"바지와 구두였어."

"바지와 구두를 신은 여자일 수도 있습니다."

"장담하지. 나는 절대 남자와 여자를 헷갈리지 않아. 살이 희고, 발목이 가느다란 남자애를 찾아. 너를 알고, 한 번이라도 대화를 나눈 사람들 중에서."

이안과 카밀턴이 싸우는 소리가 들렸다. 대강 들어보니, 누가 마차를 잡으러 갈지 정하느라 싸우고 있었다. 귀찮아, 싫어, 명령 들어, 내가 왜! 등등의 윽박지름이 오고가고 있었다.

"알고 계신 게 있습니까?"

"뷰겐트와 나 사이에는 연락망이 있다. 내 마령인데, 속성은 '멀리 가는 목소리'지. 곰이 죽은 날, 곰은 그 녀석을 통해 아침 일찍 사무실로 나오라는 말을 전했다. 그러나 새벽 즈음에 한 번 더 메시지가 왔다. 단 한 마디, '어린아이'였지."

"왜 여태 말하지 않았습니까?"

"누굴 믿고 이야기해야 할지 알 수 없었기에 그런 것이다. 뷰겐트가 죽은 후, 나는 하나님만을 믿을 수 있었다. 그런데 방금 전 그 일 덕에 그게 무슨 뜻이었는지 알게 되었다."

"그 어린아이가 뷰겐트님을 죽인 거라는 말씀입니까?"

"정확하지는 않아. 단, 방금 전 이 집을 박살 낸 장난꾸러기 녀석이 뷰겐트의 죽음과 관련이 있다는 것만은 분명하지."

"저를 아는 사람이라는 건 무슨 뜻입니까?"

"마령 중에 목소리를 흉내 내는 녀석들이 있지. 이것들의 속성은 '사악한 메아리'. 싸구려 영매술사들이 써먹는 거야. 죽은 사람 불러왔다고 사기 칠 때 써먹는 마령이지. 그 녀석들은 그 주인이나 주인이 지정하는 사람이 기억하고 있는 목소리를 그대로 흉내 내. 그래서 그 주인이 너를 아는 사람이라는 뜻이야."

유릭은 눈살을 찌푸렸다. 입술 안쪽이 떨리자 윗니로 꾹 짓눌렀다. 선뜩한 고통과 함께 입술 사이로 피가 스며 나왔다. 브랫이 물었다.

"짐작 가는 사람이라도 있나?"

"네, 있습니다."

브랫의 속눈썹이 가라앉았다.

"어쩔 생각이냐?"

"죽여 버릴 겁니다."

"그래, 죽여 버려."

*　　　　*　　　　*

알렉산더가 돌아왔을 때, 성문을 열어준 사람은 오터였다. 알렉산더는 그에게 코트를 맡기며 말했다.

"빨리 돌아왔군, 오터."

"크로반 군은 그리 멀지 않은 곳에서 내렸습니다. 내려주자마자 최대한 빨리 돌아왔지요. 백작님은 어딜 다녀오신 겁니까?"

"그냥 사춘기 소년처럼 여기저기 서성였지. 블랑쉐는 어디 있지?"

말이 끝나자마자 블랑쉐가 달려 나와 알렉산더의 허리에 매달렸다. 오터는 알렉산더의 코트에서 먼지를 털어내며 말했다.

"그런데 백작님, 크로반 군이 이상한 말을 하더군요."

"무슨 말을?"

"혹시 랜든 부인에게 마음이 있는 것입니까?"

알렉산더의 허리를 안고 있던 블랑쉐의 눈이 파랗게 빛났다. 그 섬뜩한 분노와 증오의 표정에, 오터는 흠칫 놀라며 뒤로 물러났다. 알렉산더가 그런 오터에게 물었다.

"그렇다면 어쩔 것이고, 아니라면 어쩔 것인가?"

"제가 상관할 바 아니지요. 주인님이 결정할 바. 주인님이 원하신다면 가질 것이고, 아니라면 그것으로 끝이지요."

"유감스럽게도—"

그러나 알렉산더의 말은 끝나지 못했다.

"저런, 놀라운 비밀을 듣게 되었군."

나른한 목소리가 불 꺼진 성의 어둠 속에서 들려왔다. 블랑쉐가 알렉산더의 등 뒤로 숨었다. 오터가 흐끅, 하고 신음을 삼키며 뒤로 물러났다. 알렉산더는 오터에게 눈치를 보냈다. 오터는 급히 주머니 안에서 성냥을 꺼내 현관 홀 테이블에 놓인 램프에 불을 붙였다. 알렉산더는 그 빛나는 램프를 들어 어둠을 밝혔다.

빛이 비껴드는 그곳에 붉은 평사 제복을 입은 남자가 서 있었다. 황금색 빛이 그 눈부신 얼굴을 비추었다. 그를 보는 블랑쉐가 부들부들 떨며 알렉산더의 옷자락을 꽉 움켜쥐었다.

알렉산더는 성의 안쪽을 가리키며 정중하게 말했다.

"안으로 들어오십시오, 예하."

니콜라스는 컴컴한 성안을 둘러보았다.

"이곳은 텅 비어 있군. 지난번에 왔을 때는 그래도 하인들이 많이 있었던 것 같은데, 다 어디 갔나?"

"그때는 사람 손이 많이 필요했으니까요. 그러나 지금은 아닙니다. 정리될 곳은 다 정리되었고, 청소될 곳도 다 청소되었습니다. 파난에서 돌아온 뒤에 두둑한 퇴직금과 함께 모두 좋은 곳으로 보냈습니다."

"그러나 성은 지나치게 깨끗하군. 저 하인 혼자서 이 모든 곳을 관리하는 건 아닐 텐데."

"오터가 알아서 합니다. 자, 일단 응접실로 가시지요. 이곳은 너무 춥거든요."

니콜라스는 알렉산더의 앞을 지나 성의 응접실로 향했다. 알렉산더는 램프를 들고 그 뒤를 따랐다.

"몰래 들어온 덕에 아주 웃기는 이야기를 듣게 되었군. 자네, 랜든 경의 부인을 노리고 있나?"

"아름답고 상냥한 여자이지 않습니까. 남자 보는 눈은 그다지 좋지 못한 듯하지만."

니콜라스가 웃었다.

"남자 마음을 흔드는 검은 눈을 가진 여자인 건 사실이지. 그러나 가엾은 여자, 자신이 자신의 약혼자를 파멸하게 만들었다는 걸 알고는 있을까? 자네가 그 여자를 가지고 싶어 그 남편을 파멸시킨다면, 아마도 자신을 사랑하는 남자들을 파멸시키는 게 그녀의 운명인 듯하군."

달려들어 온 오터가 응접실의 벽난로를 열고 불을 지폈다. 불은 금세 타올랐다. 알렉산더의 옷자락을 붙잡고 늘어지던 블랑쉐도 알렉산더가 그녀의 어깨를 밀자 도망치듯 사라졌다. 니콜라스는 그녀를 눈여겨보며 물었다.

"저 아이가 파난에서 데려왔다는 자네의 양녀인가? 꽤 예쁘군."

"클로디유 데지레 양만큼이나 예쁘죠."

니콜라스의 얼굴이 굳어졌다.

"그 애가 자네에게 치근덕댔다는 건 벌써 알고 있어."

"추궁하실 겁니까?"

"아니, 눈부시게 아름답지만 치명적일 정도로 변덕스러웠지. 내게 헌신적인 듯 굴지만 언제 날 버리고 도망칠지 알 수 없는 여자. 내 정부였던 건 사실이지만, 그것으로 끝이지. 떠나고 싶어서 떠났으니 가라지. 구질구질하게 찾지는 않아."

말은 관심없다는 듯하고 있었으나, 니콜라스의 어조에는 굉장한 불쾌감이 어려 있었다. 알렉산더는 테이블 위에 램프를 놓고 진열장 문을 열었다.

"무언가 드시겠습니까?"

"싫어. 텅 빈 내 집에 앉아 있기 싫어서 여기로 온 것뿐이니까……. 게다가 요즘 들어 아무것도 먹기 싫어지더군."

알렉산더는 술병을 꺼내 테이블 위에 놓인 잔에 따랐다.

"랜든 가에 다녀왔지?"

"네."

"카밀턴 경도 랜든 가로 갔더군. 그곳에서 무슨 일이 있었나?"

"별일없었습니다. 가벼운 다툼이 있었고, 안타깝게도 손님들이 쫓겨나가거나 자발적으로 나가는 것으로 끝났습니다. 저도 중간에 나와 윌리엄 랜든 경이 카밀턴 경과 무슨 이야기를 했는지는 모르겠습니다."

"윌리엄 랜든 경…… 제일 쓸모없고 믿을 수 없는 녀석이 남았군. 헨리 카밀턴을 물고 늘어질 개 한 마리 키우는 셈치고 출세시킨 것뿐인데, 정작 필요했던 건 그레이브 경과 살비에 마델로였는데, 그런데 그 둘이 먼저 그렇게 자멸해 버리다니."

"그래도 윌리엄 랜든 경은 사관학교 졸업생에, 굉장한 명문가 출신이지요."

"그래, 그는 모든 것을 갖춘 남자이지. 재능만 빼고."

알렉산더가 피식 웃었다.

"그리고 카밀턴은 아무것도 없지. 재능만 빼고."

"언제나 그를 증오하는군요."

"가장 위험한 인물이니까."

"그럼 멀리 보내 버리십시오. 그를 수도 안에 계속 두면 계속 위험해 질 뿐입니다. 차라리 먼 전선으로 보내어 공을 세우고 계속 추앙받도록 하십시오. 사람들은 그를 떠받들 테지만, 그것으로 끝일 테지요. 전설은 역사보다 위대하지만 그만큼 쓸모없거든요."

"그래도 내 눈 안에 있는 편이 나아. 게다가 지금 먼 곳으로 보내면, 이번에는 대체 무슨 핑계로 다시 수도로 기어들어 올지 몰라. 지난번 암살 사건을 보라고. 느닷없이 다리가 부러졌다고 요양을 하더니, 그 다음 에는 암살 사건이 일어났느니 뭐라느니 하면서 수도로 돌아오고. 나실레 섬에서도 암살 시도가 있었다고 했지?"

"아직도 그 암살 사건이 그의 자작극이라 생각하고 있는 겁니까?"

"어쨌든 내가 한 건 아니니까……. 물 없나? 목이 마르군."

"그냥 술을 드십시오."

"그걸 마시면 온몸이 타는 것 같아. 나는 술이 싫어."

알렉산더는 탄산수 한 컵을 따라 니콜라스에게 내밀었다. 니콜라스는 그 찬 음료수를 반쯤 마셨다.

"언제부터 일이 꼬이기 시작했던 걸까."

"그 소년이 이 브란 카스톨에 입성하면서부터 시작되었지요."

니콜라스의 눈이 알렉산더를 향했다. 빛과 어둠 속에서 그 극명하게 다른 눈 색깔은 서로 다른 세계에 속한 듯 차갑고도 뜨거웠다.

"겨우 식민지 하사 따위가 일을 엉망으로 만든다는 말인가."

"바셀 아브롤라인은 그의 손에 죽었습니다. 발터 스게노차는 그의 눈 앞에서 체포되었습니다. 그리고 살비에 마델로가 파멸하는 데 그 소년이 꽤 많은 공헌을 했다는 것 역시 분명하지요. 게다가 방금 전에 다녀온 랜든 경의 저택에서 그 소년을 만났답니다. 자, 이제 무엇이 더 필요합니까. 이게 다 우연일까요?"

"설마. 자기 몸 하나 추스르는 것도 버거운 녀석이, 운명에 비틀거리다 쓰러져 사라질 하찮은 그런 녀석이 그렇게 많은 일을 했을 리가 없어."

"당신은 고작 열 살이었을 때 이 제국을 뒤엎었습니다. 그 누가 예상했을까요. 감시에 칭칭 묶여 황무지에 유폐되어 살던 꼬마가 그 엄청난 일들을 계획하고 저지를지. 그러니 예하, 아무것도 우습게 여기지 마십시오. 세상은 언제나 우연과 경이로 차 있거든요."

"그건 내 경우이니 가능했던 거지. 그리고 나는 나를 도와준 행운을 무시하지도 않아. 하지만 그런 꼬마 하나 죽이는 건 간단해."

"그렇다면 어서 죽이십시오. 그 소년의 운명은 지금 당신의 손에 있습니다."

"그러나 한 번 실패했다. 누군가가 방해했지."

"보호자가 있을 테지요. 어쩌면 유릭 크로반은 그 보호자의 대행인일 뿐일 수도 있고요."

"그래, 당연히 그렇겠지. 그것도 아주 강한 보호자가 있을 거야. 유릭 크로반 그 녀석은 앞에 내세운 인형일 뿐이고, 정말 일을 꼬이게 만드는 것은 그 의문의 보호자일 테지."

니콜라스의 눈이 가늘어졌다.

"그래, 코지마가 말했지. 그가 돌아왔다고."

"누굴 말씀하시는 겁니까?"

"내 옛 스승."

"당신이 죽인 그 사람?"

"알아서 죽은 거야. 내가 죽인 건 아니다."

알렉산더는 잔에 술을 한 잔 더 따랐다. 니콜라스가 말했다.

"그 꼬마 녀석. 없애긴 없애야 할 테지만, 간단히 죽일 수도 없고, 죽일 생각도 없다. 정말 코지마의 말대로 그가 돌아온 것이라면, 그리고 그가 그 유릭 크로반 녀석 뒤에 있는 것이라면, 그렇다면……."

니콜라스는 잔을 돌리며 그 안에서 회오리치는 술을 내려다보았다. 얼굴은 조용했지만, 그 손길은 조급해하고 불안해하고 있었다. 알렉산더가 물었다.

"당신의 스승은 어떤 사람이었습니까?"

"나를 사악한 왕자라 말하셨지. 왕이 될 거라고, 그리하여 언젠가는 세상을 뒤엎고 지배할 것이라고."

"그리되셨군요. 당신의 운명과 당신의 사명대로. 지나치게 이르긴 했지만."

"전혀 이르지 않았어. 아니, 오히려 너무 늦었어."

잠이 오는 듯 니콜라스는 안락의자에 기대었다.

"우리가 만난 지 몇 년이나 되었지?"

"3년? 그쯤 된 것 같군요."

"생각보다 오래되었군. 바로 어제 만난 것 같은데."

"저도 그렇습니다."

니콜라스가 눈을 감았다.

"칼 뷰겐트의 사건은 어찌할 겁니까?"

알렉산더가 묻자 니콜라스는 눈을 감은 채로 눈살을 찌푸렸다.

"그것참, 골치 아픈 사건이지. 그 사건을 핑계로 프리델라가 파난에서 돌아오기라도 하면 정말 골치야. 어떻게든 범인 하나라도 만들어 그 여자가 오는 걸 막아야 하는데…….”

“당신의 권한으로도 막을 수 없습니까?”

“알잖아. 지금 지클린데가 제도에서 설치고 있어. 게다가 도무지 실체를 알 수 없는 적이 내 옆에 있기까지 하지. 그런데 특무부는 내 권한 밖이고, 내 마음대로 누군가를 치우고 갈아 끼울 수 있는 것도 아니야. 프리델라를 파난으로 보낸 것도 식민지 반란이라는 핑계가 있었기에 가능했던 것뿐.”

“그렇다면 방법을 생각해 내십시오.”

“자네는 없나?”

“하나 있습니다.”

“지금은 피곤하니 나중에 말해줘. 잠시 눈 좀 붙이고 싶어.”

그러나 얼마 지나지도 않아 니콜라스가 물었다.

“알렉산더, 혹시 코지마와 연락하나?”

“가끔.”

“내게 돌아오고 싶어 하지는 않아?”

“전혀요. 그분은 아주 즐거워 보였습니다. 궁금하시면 예하께서 오페라 구경이나 가보십시오. 초대장이 갈 겁니다.”

“흥미없어…….”

잠시 아무 소리도 들리지 않게 되었다.

탁, 탁—

마른 장작에 불붙는 소리만 들려올 뿐이었다.

알렉산더가 말했다.

“랜든 경의 아들이 흑마법사이더군요. 굉장한 자질을 가지고 있어요.”

“무슨 소리야……?”

졸음에 겨운 목소리였다. 알렉산더는 벽장에서 담요를 꺼내, 어머니가 아이에게 해주듯— 부드럽게 니콜라스를 덮어주었다.

"방금 전 제가 말씀드린, 칼 뷰겐트의 사건을 무마하기 위해 제가 생각한 단 한 가지의 방법입니다."

"한번 만나보라는 이야기군. 자네가 알아서 날 잡아."

"그러지요."

니콜라스의 목에 힘이 빠졌다. 마침내 푹 잠든 것이다. 알렉산더는 그의 금발 머리를 뒤로 넘겨주었다. 희고 매끄러운 볼이 난로의 불에 불그스레하게 물들어 있었다. 알렉산더는 그 이마에 키스했다. 그러자 니콜라스가 눈살을 찌푸렸다. 알렉산더는 곤히 잠든 니콜라스를 남겨놓고 응접실 문을 나섰다.

어둑하던 성안은 이제 해가 뜬 듯 환하게 밝혀져 있었다. 무표정한 하녀들이 나타나 가구를 닦고, 역시나 무표정한 하인들이 나타나 바닥을 쓸고 있었다. 알렉산더가 지나가자 그들 모두 공손히 머리를 숙였다.

블랑쉐가 달려와 알렉산더의 허리를 안았다.

"저런, 겁먹었구나."

블랑쉐는 부들부들 떨며 알렉산더의 옷자락에 매달렸다.

"거짓 왕이 이곳으로 왔잖아요. 우리들 모두 겁먹었어요. 저는 그를 기억해요. 임금님이 잡혀가신 다음, 우리들의 보금자리로 쳐들어왔지요. 사악한 어린아이, 그 사악한 어린아이! 우리들을 잡아 가두었어요. 우리들에게 낙인을 찍고, 필요한 것은 자신의 노예로 삼고, 다른 이들은 팔아 버렸지요. 우리가 택하지 않은 주인에게 복종하도록 했어요."

블랑쉐의 호흡도 거칠어져 갔다.

"이플릭서스, 떠나 버린 이플릭서스가 모든 것을 망쳤어요!"

"나도 알고 있다. 그저 왜 배신한 건지 궁금할 뿐."

"그가 말했어요. 임금님이 그를 배신했다고, 그를 속였다고. 임금님이 지목한 왕자는 거짓이며, 진짜 왕자는 따로 있다고."

알렉산더는 무릎을 꿇고 블랑쉐와 눈을 맞추었다. 블랑쉐의 눈동자는 떨리고 있었다.

"왜 내가 그를 속였다는 거지? 왜 거짓이라는 거냐? 말해다오."

"임금님은 사랑에 빠졌어요. 행복해지고 싶어 했잖아요. 모든 것을 버리고 모든 것을 잊고! 그 항구, 그 푸른 바다와 돛대, 하얀 배들이 가득한 그곳으로 돌아가셨어요! 그 여자, 그 여자를 다시 만나러! 그 여자와 결혼하러! 하지만 당신은 떠났어야 했어요, 그 항구로 돌아가지 말았어야 했어요! 그곳이 모든 것을 망쳤잖아요!"

블랑쉐의 목소리는 흥분으로 들떠 있었다.

"이플릭셔스는 그곳에서 알아낸 거예요. 당신이 지목한 왕자, 당신이 당신의 모든 것을 승계할 자로 점지한 왕자가 거짓이라는 것을! 하루빨리 당신의 의무에서 벗어나고자, 당신의 약속에서 벗어나고자, 그 검은 눈에 흰 목을 가진 아가씨와 결혼하고자 서둘러 지목한 왕자, 그 사악한 아이가 거짓이라는 것을! 임금님, 그는 애당초 임금님의 것이 아니었어요. 그는 그녀의 것이고, 우르간의 동생이에요. 그는 임금님의 배신을 용서할 수 없었던 거예요."

알렉산더는 자신이 지나온 복도 너머를 바라보다가 고개를 돌렸다.

"왜 이제야 그걸 이야기하는 거니, 블랑쉐?"

"그가 말했어요. 언젠가, 언젠가 내가 임금님께 이 이야기를 하면… 그때는 바로 그가 돌아올 때가 가까워졌기 때문이라고. 그리고 저는 모든 것을 잊었어요. 임금님과 왕자님이 당신을 알아보지 못하도록 하셨듯, 저 역시 그 진실을 말할 수 없게 되었던 거예요."

제54장
전갈의 독

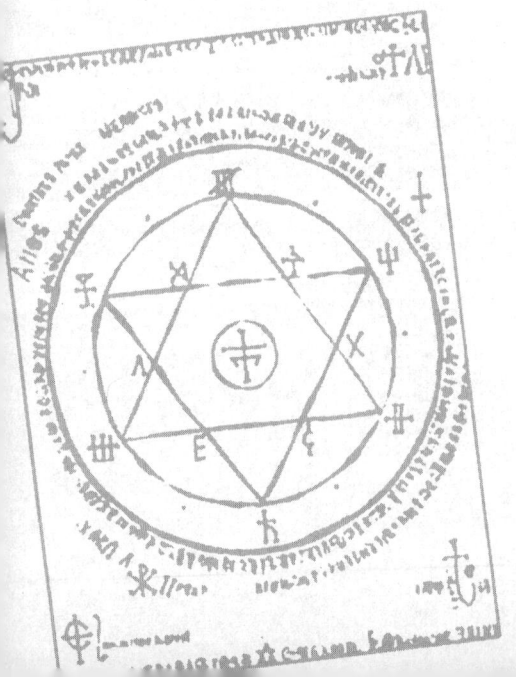

유릭은 그날 밤 잠들지 못했다. 그러나 불면은 꿈보다 많은 환상을 강압적으로 보여주기도 한다. 잠들지 못하는 그의 하얀 머리 속으로 수많은 영상이 몰아쳤다.

유릭은 눈을 감고 귀를 막았으나 머리 속을 휘몰아치는 그것들은 더욱 더 혼란스러워질 뿐이었다. 가슴이 답답해지며 숨이 가빠오기 시작했다. 속삭임 같은 소리가 들려왔다. 두런두런거리는 소리도 들려왔다. 옷자락 스치는 듯한 소리도 들려왔다. 유릭은 손을 내리고 급히 뒤를 돌아보았으나 그곳에는 아무것도 없었다.

순간, 등 뒤에서 차분한 목소리가 들려왔다.

―어쩔 수 없는 일이 닥치면 어떻게 하지, 넌?

유릭은 뒤를 돌아보았으나 그곳에는 아무것도 없었다.

―나쁜 아이. 너는 도망치기만 하겠지.

"닥쳐!"

고함을 지른 순간에 아침 햇살이 방 안으로 스며들며 어둠을 휩쓸어갔다. 유릭은 땀에 젖은 이마를 닦으며 몸을 일으키고 세수를 했다. 불안한 하루였다. 그리고 더욱 불안한 일이 시작될 것만 같았다.

"대체 왜……."

그러나 허무한 중얼거림일 뿐이었다.

이 불안을 없애기 위해 지금 해야 하는 건 하루라도 빨리 가토를 파난으로 돌려보내는 것. 그러나 지금은 시간이 없다. 당장 해야 할 일이 있다.

유릭은 제복을 꺼내 입고 특무부 본부로 향했다. 새벽이기는 했으나, 특무부가 비어 있는 시간은 없다. 아침 근무를 하고 있는 부대원들이 유릭을 맞이했다. 유릭은 계급표를 보인 후에 본부 지하에 있는 급전실로 들어갔다. 급전실의 담당이 유릭을 보자 자리에서 일어났다.

"파난의 특무부로 연결해 주십시오."

"누구에게?"

담당이 급전기의 번호판을 눌렀다.

"파난 서부 특무부대장, 프리델라 마고 앤더슨 대령."

잠시 뒤 연결이 되자, 담당은 프리델라 마고 앤더슨 대령, 유릭 크로반 하사라고 짧게 말한 후에 수화기를 건네주었다.

일을 마친 유릭은 정오 즈음에 트래비스의 집으로 돌아왔다. 그리고 그를 기다리고 있는 것은 카밀턴 경 앞으로 도착한 레반투스 대공의 편지였다. 정오가 다 되도록 침대에 처박혀 있던 카밀턴을 한 시간 만에 간신히 깨워놓자, 그는 유릭더러 그 편지를 읽어달라 했다.

"어차피 사랑 편지는 아닐 테니 괜찮아."

유릭은 별수없이 그 편지를 열어 내용을 확인했다.

"오늘 저녁 서부파의 회합 장소는 경의 성이라는데요."

카밀턴은 졸린 목소리로 응, 그래…… 하다가 벌떡 일어났다.

"뭐! 아니, 아니!! 어제 그 고생을 한 사람더러 손님맞이 준비를 하라는 거야? 게다가 뭐, 오늘 저녁? 언제 준비하라고? 이런 경우 없는 일이 있나!"

"어제 그런 일이 있었는지 전하가 알 게 뭡니까? 게다가 이건 어제저녁 경의 저택으로 보내졌다가 오늘 아침 이곳으로 온 겁니다."

"미치겠네! 그냥 여기서 하지…… 젠장."

유릭은 트래비스가 요즘 거의 매일 밤을 새워 극장 일에 매진하느라 집에 돌아올 틈이 없는 것을 매우 다행으로 여겼다.

"짐 챙기겠습니다."

"아니, 그냥 내버려 둬. 어차피 회합 끝나면 바로 돌아올 테니까."

카밀턴은 침대에서 기어 나오다가 고꾸라졌다. 그리고 카밀턴의 정수리가 떨어진 곳에는 이 저택의 하녀가 가져다 놓은 푹신한 매트릭스가 놓여 있었다.

"다들 나에 대해 너무 잘 알아."

카밀턴은 그 매트릭스로 파고들며 중얼거렸다.

카밀턴이 투덜대며 트래비스의 저택을 나온 것은 오후 네 시가 다 되어서였다.

"그런데 손님맞이 준비 안 해도 되는 겁니까?"

"집사가 알아서 했겠지. 지크도 내 성격을 아니까 집사에게 말해두었을 테고. 그리고… 걱정 마, 걱정 마. 다들 각오하고 올 테고 어차피 다아는 사인데 거창하게 준비할 것도 없어. 정 안 되면 다들 저녁 먹고 오라고 하지, 뭐."

카밀턴은 트래비스의 마차를 빌려 브란 루게나에 있는 자신의 성으로 향했다. 유릭으로서는 처음으로 카밀턴의 저택을 방문하게 되는 것이다. 처음 이 브란 카스톨에 왔을 때는 암살 위협 때문에 호텔에 묵게 되었고, 두 번째로 온 지금은 내내 트래비스의 저택에 머물고 있었다.

그렇게 오게 된 카밀턴의 성, 하일 브릿지는 동화책 삽화에서라도 나온 듯 굉장히 고풍스럽고 우아한 곳이었다.

정방형으로 만들어진 본성에, 그 양끝에는 둥근 탑들이 아름답게 솟아 있었다. 붉은 벽돌로 만들어진 벽은 진한 갈색으로 물든 담쟁이들로 덮여 있었다. 넓고 네모진 정원은 단정하게 꾸며져 잘 가지치기 된 정원수들로 채워져 있었다. 네모진 연못에는 황금빛 잉어들이 유유하게 헤엄치고 있었으며, 꼿꼿하게 선 꽃대에 보랏빛 꽃이 수북하게 핀 화초들이 그 연못 주변에 구름처럼 모여 있었다.

처음으로 카밀턴의 성에 오게 된 유릭에게, 그런 성에서 먹고산다는 건 굉장한 반칙처럼 생각되었다. 게다가 이런 집을 놔두고 거의 매일같이 트래비스의 저택에 처박혀 있는 카밀턴을 도무지 이해할 수 없었다.

"굉장하잖습니까."

"결혼했을 때 어머니가 신혼집 하라고 주신 거지. 원래는 외가의 성이었는데 팔시티 공작가의 성이 되었다가 어머니 아버지가 이혼한 다음 다시 어머니의 성이 되었지. 어머니가 각별히 아끼시던 거네."

카밀턴은 착잡한 표정으로 성을 둘러보았다.

"그런데 내 딸아이는 저택의 2층 어린이 방에서 죽었고, 나는 이 정원의 벤치에 앉아 있다가 프리델라로가 보낸 이혼 서류를 받았지. 그래서 이 성이 싫네. 아주 싫어."

성으로 들어오자 둥글게 파인 천장에 아름다운 대리석 기둥을 브라키니아 식으로 둘러 세운 멋진 현관 홀에 들어서게 되었다. 키가 큰 늙은 집사가 그들을 맞이하러 달려 나왔다.

"주인님, 어서 오십시오! 정말 오랜만이군요."

"금방 갈 거야. 준비는 잘했나?"

"그럭저럭했습니다만, 너무 허겁지겁해서 형편없습니다. 이분은 오늘 손님이신가요?"

그리고 유릭의 제복을 보더니 표정이 아주 부드러워졌다.

"프리델라 마님과 같은 제복이군요. 드디어 특무부대원들과 화해하신 겁니까? 다행이군요! 아아, 그 망측한 저주는 정말 생각만 해도……."

카밀턴이 기겁했다.

"제발 닥쳐! 그리고 유릭 크로반 군은 제도 특무부가 아니라 파난 특무부 소속이라고! 그 일에 대해 잘 모르니까 제발, 제발 부탁이니 다시는 그 이야기 꺼내지 말아줘!"

집사는 웃으며 어깨를 으쓱해 보였을 뿐이었다. 카밀턴은 시뻘건 얼굴이 되어 현관 계단을 올라가다가 미끄러져 나동그라졌다. 집사는 조금도 당황하거나 놀라지 않았다. 카밀턴은 옷의 먼지를 탈탈 턴 다음, 다시 그 계단을 올라가기 시작했다. 몇 번 더 넘어지고 부딪치고 나동그라지는 소리가 들렸으나 집사는 조금도 신경 쓰지 않았다.

"놔둬도 괜찮은 겁니까?"

"태어날 때부터 저러셨는데 아직 살아계시잖습니까. 이제 다들 익숙해져서 아무도 신경 안 쓴답니다. 그런데 파난 특무부라면…… 그래도 마님의 부하 아닙니까?"

유릭에게는 '프리델라 마님'이라는 말이 굉장히 어색하게 들렸다. 크리스펠로 선생님, 카바냐 영애, 비슷하게 들리는 건 어찌할 수 없었다.

"맞습니다. 직속이었죠."

집사의 얼굴이 어두워졌다.

"불행한 일이 있긴 했지만, 그래도 마님은 정말 좋은 분이셨지요. 리디아 아가씨가 그런 사고를 당하시고, 마님마저 떠나시니… 주인나리는 이 성에 오래 머물고 싶어 하지 않게 되셨지요."

집사는 결국 눈물을 훔쳤다.

"트래비스 나리는 늘 싫다, 귀찮다 하시며 화를 내시지만, 그래도 그분은 주인나리의 마음을 잘 알고 계시지요. 일부러 신경 안 쓰는 척하시는 거랍니다. 다정하게 대하거나 동정하면 더 상처가 된다는 걸 잘 아시는 거예요……. 참 좋은 분이죠. 그분 덕에 나리도 잘 버티고 계시는 거랍니다."

유릭은 그다지 적극적으로 동의할 수는 없었다. 유릭이 보기에, 트래비스와 카밀턴은 속마음을 숨기려고 일부러 그런 식으로 행동하는 것이 아니었다. 그러기에는 두 사람은 서로에게 너무도 자연스러웠고, 너무도 뻔뻔했다. 일부러 서로의 상처를 외면하는 것이 아니다. 그들은 상처와 고달픈 운명을 짊어진 서로를 상처가 있는 그대로 받아들이는 것이다.

유릭은 웃으며 말했다.

"아버지가 그러셨지요. 운명을 이길 수는 없을 거다. 하지만 운명과 더불어 살아가는 법은 알게 될 거다… 사람들은 그렇게 살아간단다, 라고요. 두 분도 그러는 겁니다. 오래 본 건 아니지만, 적어도 제가 보기에는 그랬습니다. 늘 싸우지만 누구보다 좋은 친구 사이예요."

"크로반 씨도 나리의 좋은 친구가 되기를 바랍니다. 참 좋은 분 같으니까요."

"그러기에는 제가 너무 어리군요. 차라리 양자라면 모를까."

유릭의 말에 집사가 갑자기 발걸음을 멈추었다. 그리고 휙 돌아서더니 유릭을 빤히 바라보기 시작했다.

"왜 그러십니까?"

"어느 가문 출신이십니까?"

"크로반 가요."

집사가 눈살을 찌푸리자, 유릭은 대충 둘러댔다.

"시골 기사 가문이라 잘 모르실 겁니다."

"그러면… 혹시, 부모님이?"

"두 분 다 돌아가셨습니다."

"보호자는요?"

"저는 열여덟이고, 조금 뒤면 열아홉이 됩니다. 게다가 이미 군인이기도 하고요. 후견인이든 보호자든, 있었든 없었든, 어쨌든 더 이상은 필요 없습니다."

"혹시, 프리델라 마님께서 직접 카밀턴 경과 만나게 해주신 겁니까?"

집사의 어조가 꽤나 다급했기에, 유릭도 다급해졌다. 카밀턴과 연관되어서 멀쩡한 일이 일어난 적이 없었기에, 조금도 생각하지 않고 솔직하게 답했다.

"그런 셈이지요. 많은 후보들 중에 우연히 뽑힌 거랍니다."

"맙소사!"

집사가 기겁하더니, 지나가던 하녀를 붙잡았다.

"너, 너! 지금 푸른 방을 청소해. 어서! 한 시간 안으로 모두 정리해 놔라. 불도 지펴놓고, 어서! 크로반 도련님, 제가 모든 고용인들에게 명령해 놓겠습니다. 이제부터 편안히, 편안히, 그렇게 자기 집처럼 여기시길 바랍니다."

유릭이 왜 그러시는 건데요, 하고 물을 틈도 없었다. 집사는 총알처럼 자리를 떠났다. 그리고 그 사람이 그렇게 당황하고 호들갑을 떤 덕에, 유릭은 거대한 저택에 안내자도 없이 혼자 덩그러니 남게 되었다.

어디로 가서 뭘 해야 할지, 유릭은 도무지 알 수 없었다. 우두커니 서있던 유릭은 가장 가까운 응접실 비슷한 곳으로 들어갔다. 어둠에 잠겨 들어 가는 성이지만 그곳만은 밝혀져 있었기 때문이다. 어느새 멀리서 마차 소리, 말소리, 손님 맞이하는 소리가 들려왔다. 그러나 트래비스의 떠들썩한 손님들과는 달랐다. 그들은 은밀하게 들어와 은밀하게 안내를 받아 성 깊숙한 곳으로 들어갔다.

유릭이 들어간 응접실에는 랭카스크 공작가의 고성이 그러했듯 옛 조상들의 초상화와 사진들이 즐비하게 붙어 있었다. 당연한 일이지만, 벽난로 위에는 게오르드 카밀턴의 사진이 걸려 있었다. 그 사진을 중심으로 여러 사진이 붙어 있었는데, 그중 가족이 함께 찍은 사진도 있었다.

유릭은 그 사진을 물끄러미 들여다보았다. 게오르드 카밀턴 옆에는 카밀턴 경의 어머니가 있었다. 특별히 못생긴 부분도, 특별히 예쁜 부분도 없는 얼굴이었다. 강렬한 눈매의 미남인 게오르드 카밀턴 옆에 있기에는 지나치게 평범한 여자였다.

그런데 그 부부 사진 옆에 굉장한 미녀의 사진이 있었다. 키도 크고 몸매도 아주 늘씬했다. 숱 많은 갈색머리에 게오르드 카밀턴을 닮은 강렬한 눈매를 가지고 있었다. 콧날도 오뚝하고, 콧등과 이어지는 이마는 조각한 듯 완벽했다. 멋진 여자였다. 사진 밑에는 그녀의 이름이 적혀 있었다.

헨리에타 카밀턴.

"……."

그러니까, 줄리안의 어머니인 것이다. 유릭은 그녀를 골똘히 들여다보았으나, 아무리 들여다보아도 줄리안과 닮은 점은 도무지 찾아낼 수 없었다. 혹시나 그녀의 남편이나 줄리안과 함께 찍은 사진은 없나 찾아보았으나, 그것뿐이었다. 그제야 유릭은 청년 카밀턴의 사진도, 프리델라와 카밀턴의 결혼 사진도, 그 딸인 리디아의 사진도 없다는 것을 알게 되었다.

"리디아의 사진은 없어요."

유릭은 고개를 돌렸고, 그의 옆에는 레오폴트가 조용하고 검은 눈으로 유릭을 보며 서 있었다.

"원래는 이곳에 카밀턴 경의 가족 사진이 있었습니다."

레오폴트가 빈 벽을 가리켰다. 그곳에는 여러 개의 못이 박혀 있었다.

"리디아는 좋은 아이였습니다. 좀 왈가닥이긴 했지만."

"죽은 아이는 언제나 좋은 아이지. 집을 지저분하게 만들지도 않고, 물건을 깨지도 않고, 거짓말을 하지도 않고, 성적이 나쁘지도 않고, 선생님의 벌을 받지도 않고, 반항을 하지도 않으니까."

레오폴트가 웃으며 물었다.

"어제 잘 들어가셨습니까?"

"덕택에. 여러 가지 사건이 있긴 했지만… 최종 목적지인 트래비스 씨 댁에는 잘 도착했지. 지클린데 전하가 널 초대한 거냐? 여긴 웬일이냐?"

"찾아뵙고 싶은 분이 있어서 모험을 감행했습니다."

"누굴 만나러 온 건데?"

"지클린데 레반투스 전하, 그리고 당신도 만나고 싶었습니다."

"나는 왜?"

"어제 아버지가 그렇게 화를 내시는 바람에 거의 이야기를 나누지 못했잖아요. 무척이나 아쉬웠습니다."

"지난번처럼 푸념할 거면 들을 가치 없어. 나는 자신의 불행을 늘어놓는 녀석은 질색이니까."

"당신이 누구 못지않게 불행하게 살아왔으니까 그런 겁니까?"

"파난에서는 거의 대부분의 아이들이 그렇게 살아. 나도 고아였고, 보살펴 주는 사람도 없었다. 그러니 그 애들이 사는 듯 살아야 했지. 그렇다고 다른 사람 원망할 생각은 없다. 네 불행이 그에 비해 가당찮아서 그러는 게 아니야. 너하고 나는 아무 상관도 없고, 나는 너에게 아무런 관심도 없어. 단지 그뿐이다."

"하지만 저는 당신에게 관심이 있습니다. 중요한 건 그거죠."

"와아, 영광이군. 대체 왜 관심이 있는 건데?"

"저에게도 당신 같은 힘이 있습니다. 네, 저도 흑마법사입니다."

"특무부에 들어오고 싶으면 제도 특무부 사령부로 가서 신고해라. 너는 귀족이니, 성인이 되면 단번에 장교가 될 거다. 내 위에서 명령하게 될 테지. 어차피 나는 특별한 배려가 없는 한 하사일 테니."

"그런 건 관심없습니다. 어차피 특무부는 레반투스 대공파에 의해 장악되어 있고, 제 아버지가 니콜라스 추기경파인 이상 저는 꽤 괴로운 처지가 될 테니까요. 그래서 아버지께도 말씀드리지 않았습니다."

"그래서 지금 네가 원하는 건 뭐냐?"

"당분간은 흑마법사라는 사실을 숨길 생각입니다. 그러나 저는 이제 막 힘을 자각했고, 그런 만큼 옆에서 누군가 도와주고 가르쳐 줬으면 해요. 당신이 그리해 주셨으면 좋겠습니다."

유릭은 어처구니가 없어서 웃었다.

"나는 카밀턴 경과 앤더슨 대령님의 보호를 받아야 목숨을 부지할 수 있는 몸이다. 그런데 너는 니콜라스의 보호를 받아야 목숨을 부지할 수 있는 사람의 아들이지. 너하고 내가 사귀면 어르신들 반응이 끝내주겠는데? 관두자. 너하고 이루지 못할 사랑 놀이 같은 거 할 생각 없어."

레오폴트의 얼굴이 붉어졌다. 눈살을 찌푸리는 것으로 모멸감을 표한 그는 애써 차분하게 말했다.

"저희 집안이 언제까지나 니콜라스 예하의 밑에 있을 거라고 생각하지 마십시오. 저는 고작 열세 살이지만 대공 전하와 깊은 인연이 있는 랭카스크 공작가의 후손이기도 합니다. 물론 공작가에서는 저도, 제 어머니도, 제 아버지도 인정하지 않습니다. 하지만… 언젠가는 가문을 되찾고, 제 가문의 전통을 이어나가고 싶습니다."

"너는 어제저녁 카밀턴 경도 있는 자리에서 니콜라스 추기경의 팬을 자처했어."

"영웅이나 승자는 언제라도 바뀔 수 있지요. 니콜라스 예하에서 레반투스 대공 전하로. 누가 누굴 돕느냐에 따라서. 하사, 지금 제 아버지는 위기에 처해 있습니다. 아시다시피 그레이브 경이 죽었고, 발터 스게노차는 체포되었으며, 살비에 마델로 씨는 폭탄을 안은 채 브라키니아의 헌법수호청에 잡혀 있습니다. 이제 곧 제 아버지도 위험하게 될 것입니다."

"이제는 니콜라스가 네 아버지를 해치우려고 한다, 이거냐? 그리고 너는 네 아버지를 지키고 싶다는 거고. 그래서 당분간은 네가 흑마법사라는 건 숨기겠다는 거군. 일이 복잡해지니까."

"그렇습니다. 지금 제 아버지에게 남은 길은 레반투스 대공 전하의 보호를 받고 랭카스크 공작이 되는 것뿐입니다. 그러나 제 아버지는 그동안 해오셨던 일 때문에 레반투스 대공 전하를 직접 뵐 수 없는 몸입니다. 그러니 아버지 대신 제가 그분을 뵙겠다는 겁니다."

"네가 과연 대공 전하를 설득할 수 있을까? 만만한 분이 아니다. 니콜라스가 그러하듯."

"예상은 하고 있습니다. 하지만 당신이 도와주면 좋겠는데요."

"너는 수도방위군 부사령관의 아들인 동시에 유서 깊은 랭카스크 공작가의 후손이지만, 나는 식민지 특무군의 하사일 뿐이야. 내가 돕는다고 레반투스 대공 전하가 너를 받아들여 줄지는 의문인데."

"설마요. 당신은 카밀턴 경이 가는 곳은 어디든 따라다녔습니다. 카밀턴 경이 그저 하인 하나가 더 필요해서 당신을 데리고 다닌 건 아니라 알고 있습니다."

아니, 하인이 아니라 메이드란다. 유릭은 진실을 말해주고 싶은 것을 꾹 참느라 애써야 했다.

"일단은 같이 가자. 단, 나는 중매쟁이로서는 꽤나 꽝이니 너무 기대하지 마."

"그것만으로도 감사합니다."

유릭은 응접실을 나가 길을 찾았다. 불이 켜진 복도를 따라 한참을 가자, 드디어 둥글고 커다란 홀에 도착하게 되었다. 카밀턴을 비롯한 많은 사람들이 모여 있었다. 카밀턴은 트래비스 집에서 입고 나온 복장 그대로였다.

"어서 오게나, 크로반 군."

카밀턴이 일어나며 두 소년에게 인사를 했다. 집주인이 일어나서 맞이한다는 것은 굉장한 예우였다. 장군인 카밀턴의 그런 태도는 새로 등장한 유릭의 위치를 단숨에 높여주었다. 게다가 유릭은 제복 차림이었다. 프리델라의 부하라는 건 이미 알려졌고, 칼 뷰겐트와의 관계도 지난번 회합 이후 다들 알게 되었다. 유릭의 신분이나 과거도 알려져 있다. 그래도 학자 집안 출신인 덕에 그곳에 모인 귀족들은 유릭에게 대놓고 반감을 표하지는 않았다. 정작 사람들의 반감과 분노를 일으킨 것은 유릭의 옆에 있는 예쁘장한 소년이었다.

"아버지 심부름 온 건가, 레오폴트 군. 여긴 웬일이지?"

카밀턴이 물었다.

"아버지께서 제가 이곳에 온 줄 안다면, 당장에 저를 끌고 나가실 겁니다. 제 의지로, 제 결정에 따라 온 것입니다."

"스스로 결정해서 알아서 온 거라, 이거로군."

그러자 누군가의 목소리가 끼어들었다.

"네 나이라면 올바른 길이 무엇인지 선생님들에게 맞아가며 공부할 나이지, 스스로 판단할 만한 나이는 아니야. 왜 온 건가?"

레오폴트는 경멸 어린 시선으로 그 말을 한 비쩍 마른 귀부인을 바라보았다.

"제 아버지를 위해 온 겁니다."

"갸륵하군. 하지만 레오폴트 군은 성인이 아니고, 우리들 중 그 누구도 레오폴트 군의 참석을 허락하지 않았어. 돌아가."

"회합에 참석하러 온 것은 아닙니다. 저도 제게 그런 자격이 있다고는 생각하지 않으니까요. 저는 그저 제 의견을 말하러 온 것뿐입니다. 그리고 부인, 부인이 누구인지는 모르겠으나 이 회합의 주최자는 아닐 것입니다. 저를 참석시키고 쫓아낼 수 있는 권한이 없습니다."

여자의 얼굴이 시뻘겋게 물들었다.

"그렇다면 내게 말해보아라. 어떤 의견이기에 무례를 감수하고 무모한 방문을 한 것인가?"

그 우아한 목소리가 들려온 곳은 창가였다. 검고 차가운 밤하늘을 바라보는 그 창 옆에, 은빛 드레스를 입은 지클린데가 서 있었다. 레오폴트는 놀랐다. 지클린데가 미녀라서가 아니라, 그 볼의 흉측한 흉터 때문이었다.

"말해봐라, 레오폴트 마렐 랜든 공자. 어차피 회합에 참석하지는 못할 터, 할 말이 있다면 여기서 해라."

"누구십니까?"

레오폴트가 그리 묻자, 다른 사람들의 얼굴에 불편한 기색이 어렸다. 그런 무례에 익숙한 지클린데는 머리카락을 뒤로 넘기며 웃었다. 흉터는 더욱 흉하게 드러났다.

"무엄하지만 참으로 올바른 순서로군. 내 이름은 지클린데 클링조르,

서부의 주인인 레반투스 대공이며, 이 회합의 주최자이지. 그러니 말해 봐. 내게는 너를 받아들일 권리도 쫓아낼 권리도, 그리고 쫓아내기 전에 엉덩이를 걷어찰 수 있는 권한마저 있으니까."

"곧 비게 될 수도방위군 사령관 직에 관해 말씀드리러 왔습니다."

망설임없이 나온 너무도 무모한 말에 지클린데가 눈살을 찌푸렸다. 응접실 안이 술렁이며, 사람들은 서로의 얼굴을 멍하니 바라보았다. 소년이 말하기에는 지나친 주제였다. 지클린데가 말했다.

"아직 아무것도 결정되지 않았다. 그리고 혹시나 해서 말하는 건데, 네 아버지인 윌리엄 랜든 경은 이 자리에 모인 사람들과는 그다지 친하지 않아. 아니, 네 아버지가 잘되면 아주 속 쓰려 할 사람들로 가득하지. 너는 원수들 앞에서 네 아버지를 추천하려는 거다."

"알고 있습니다."

"적을 설득하는 방법은 두 가지지. 마제스가 그러했듯 적을 감복시키거나, 아니면 그들이 원하는 것을 내놓거나. 너는 무엇이냐?"

"후자가 될 테지요."

"좋아, 말해봐라."

"일단은 그 자리에는 제 아버지가 적임입니다."

"어째서?"

"카밀턴 경이 적임이 아니기 때문이지요. 카밀턴 경께서는 서부 전선의 영웅이지만, 그렇기에 전쟁이 없는 수도의 사령관 직으로는 어울리는 분이 아닙니다."

"혼란을 다스린 자가 평화를 다스리지 못할까."

"그러나 서부 전선이 혼란하게 되면요? 그리되면 돌비체 수상께서는 카밀턴 경의 직업을 수도방위군 사령관 직에서 서부 전선 사령관 직으로 바꿀 것입니다. 그러면 혼란한 쪽은 오히려 수도가 될 테지요. 한 번 전하의 뜻대로 수도방위군 사령관을 정했으니, 다음에는 돌비체 수상의 뜻을 따라야 할 것입니다. 그때가 되면 전하와는 무척이나 사이 나쁜 사람이 사령관이 될 수 있습니다."

"나와 네 아버지는 충분히 사이가 나쁘단다. 설마, 아버지가 너를 통해 가문으로 복귀하겠다는 뜻을 밝히는 건가?"

"적어도 제 아버지는 가능성이 있습니다."

"―그리고 선택의 여지가 없기도 하지요."

모두의 시선이 그 말을 한 유릭에게 쏠렸다.

"윌리엄 랜든 경은 모두가 알다시피 살비에 마델로와 친분이 있습니다. 살비에 마델로가 제거된 지금, 그는 조금도 안전하지 못합니다."

"살비에 마델로는 니콜라스 추기경의 도덕성에 흠집을 낼 거야. 윌리엄 랜든을 받아들인다면, 우리는 살비에 마델로의 흠집도 받아들이게 된다."

"윌리엄 랜든 경이 랭카스크 공작이 된다면, 그 문제는 해결될 테지요."

지클린데는 들고 있던 부채를 휘둘러 자신의 손바닥을 때렸다. 술렁이던 사람들이 일제히 입을 딱 다물었다.

"그건 또 무슨 말이냐, 크로반?"

"저는 귀족들의 법칙에 대해서는 모르지만, 귀족들을 바라보는 평민의 심정은 잘 알고, 귀족들의 등을 바라보는 기사와 군인의 심정도 잘 압니다. 배신자이자 집안으로부터 배척받은 윌리엄 랜든 경과 돌아온 탕아, 랜든 경은 다르답니다. 랭카스크 공작께서 윌리엄 랜든 경을 인정하고, 윌리엄 랜든 경이 참회하여 집안으로 돌아가 공작이 된다면 모든 문제는 해결될 것입니다. 추방당한 왕자는 무시받지만, 돌아온 왕자는 어쨌든 왕자니까요."

"그 고지식한 랭카스크 공작이 랜든을 인정할까?"

그것은 카밀턴이었다. 유릭의 눈이 가늘어지며 미소를 보였다.

"그 모든 것은 대공 전하의 의지에 달려 있는 일이지요. 공작께서는 전하의 결정을 존중하실 겁니다."

모두의 시선이 지클린데를 향했다. 지클린데가 레오폴트에게 말했다.

"레오폴트, 단둘이서 이야기하고 싶다. 자세히 이야기해 보지. 모두들 잠시만 기다리오, 다녀올 테니."

응접실이 방금 전과 비교도 할 수 없이 엄청나게 술렁이기 시작했다. 레오폴트는 활짝 웃으며 고개를 숙였다.

"영광입니다, 전하."

회합은 만찬 뒤로 미루어졌다. 만찬이라고 해봤자 힘겹게 장만한 샌드위치들이 고작이었으나, 카밀턴의 저택이라는 특수 상황이 그들로 하여금 자신의 고통을 납득(아니, 감수)하게 해주었다. 유릭과 카밀턴은 일찌감치 식사를 마치고 나와, 정원을 바라보는 빈 방에 앉았다. 둘만 있게 되자 카밀턴이 말했다.

"아주 무모한 짓을 했어, 저 꼬맹이."

"무모해서 일을 벌인 걸 테지요. 그리고 왠지 기대가 됩니다."

카밀턴은 웃으며 파이프를 물었다. 유릭은 그의 파이프에 불을 붙여주며 말했다.

"그 꼬맹이는 흑마법사입니다."

"윌리엄 랜든의 저택에 갔을 때부터 알고 있었네. 최근에 힘을 각성한 것 같더군. 마령을 구성할 수 있을 만큼 강한 에너지가 모여 있었어. 위험할 정도로 강했지. 제대로 된 스승을 만나지 못한다면 자기 자신을 망치고 말 만큼. 하지만 그 힘이 어째서 자네를 기대하게 하는 건가?"

"그의 힘이 제 생각만큼 강하다면, 우리 둘은 서로 도움을 주고받는 좋은 사이가 될 것입니다. 지금의 저는 힘을 자제해야 하는 상황이니까요."

"아예 못 쓰는 건 아닐 테지."

"물론 예전만큼의 힘은 쓸 수 있습니다. 다만, 죽고 싶을 정도의 고통은 감수해야겠지요."

"좋아. 저 소년이 자네 생각보다 못하다면? 그러면 어쩔 건가?"

"우리는 아무 사이도 아니게 될 것입니다."

"더 강하다면?"

"별수없이 나쁜 사이가 될 테지요, 안타깝게도."

"만만한 꼬마가 아니야. 조심하는 게 좋을걸."

그것은 유릭이 한 말도, 카밀턴이 한 말도 아니었다. 유릭과 카밀턴은 동시에 돌아보았다. 어둑한 문 앞에 달빛 드레스를 입은 지클린데가 서 있었다.

"고작 열세 살이지만 굉장한 꼬마였어. 나 말고 다른 이가 이야기를 나누었다면 단숨에 그 꼬마의 말에 귀를 기울였겠더군."

"그래서 그와 단둘이 이야기하신 거군요."

"그래, 그 꼬마가 입을 여는 순간부터 다들 그 의견이 그럴싸하다고 생각하고 있는 게 보였으니까. 너도 그 때문에 그 녀석 말을 끊으며 끼어든 거 아냐?"

"네, 뭐, 사실 그런 셈이지요. 레오폴트 군이 뭐라고 하던가요?"

지클린데는 흐음— 하고 길게 한숨을 내쉬고는 말했다.

"일단은 윌리엄 랜든을 사령관 직으로 추대한다. 그 다음 랭카스크 공작을 승계하도록 한다. 명예로운 귀족인 아버지께서는 가문에서 아내와 아들을 인정하기만 하면 랭카스크 공작가의 전통을 따를 것이며, 자신도 설득할 것이다."

"그리고 나는 다시 서부로 가고."

카밀턴이 말했다.

"아마도…… 물론 윌리엄 랜든이 다루기 쉬운 인물인 건 사실이야. 그는 자신의 약점이랄 수 있는 아내와 아들을 굉장히 사랑하거든. 그들이 이 브란 카스톨 상류층 사회에서 인정받을 수 있다면 무슨 일이든 할 사람이야."

"인간적이군요."

"그래. 예전의 살비에 마델로가 그러했듯, 이쪽 세계 사람이 보기에는 불가사의할 정도로 인간적이지. 그리고 그 점이 치명적인 약점이라는 것도 사실이고."

"그래서 어쩌실 겁니까?"

"윌리엄 랜든 경의 어머니인 고집쟁이 할망구를 협박하는 건 쉽다. 랭카스크 공작은 이제 다 늙어 죽어가는 마당이니 많이 약해져 있어. 카밀턴에게 집안을 물려주네, 마네 하고는 있지만, 사실 그것은 손자가 고집을 꺾고 집안을 돌아오길 바라는 마음에서 협박하는 것뿐이야. 헨리는 랭카스크 공작가의 친척이기 전에 팔시티 공작가의 직계다. 랭카스크 공작이 되면 팔시티 공작가를 일으킬 수 없게 돼. 게다가 자식도 없지. 랭카스크 공작도 알고 있는 거야. 그에게 넘겨주면, 언젠가는 다시 자기 후손에게 돌아갈 거라는걸."

"그리고 레오폴트도 언젠가는 공작이 되겠지요."

"너는 내가 레오폴트를 어떻게 해야 한다고 생각하고 있지?"

"레오폴트 군을 유혹하세요. 그러면 그 녀석은 당신께 매달려 사랑을 구걸하고 숭배를 바칠 것입니다. 저런 조숙하고 시건방진 녀석은 아름다운 연상에게 무척이나 약하거든요."

카밀턴이 딸꾹질을 했다. 지클린데는 너무 어이가 없어서 입을 떡 벌리고 유릭을 보았다.

"제정신인가?"

"물론 제정신입니다. 자의식 과잉의 천재를 다스리는 데는 최고의 방법이거든요. 그가 나를 자기 것이라 믿는 그 순간에 그는 저의 것이 될 것입니다."

"너, 정말 미쳤냐?"

"글쎄요."

유릭은 무시무시한 지클린데의 눈길을 피하며 그녀가 등진 문을 가리켰다.

"이야기는 끝난 듯하니, 저는 레오폴트 군을 만나러 가겠습니다."

"대체 왜 그 녀석을 만난다는 거냐?"

"데려다 줘야죠. 아무리 그래도 열세 살 꼬맹인데."

"아하, 데려다 주면서 꼬셔보게?"

"전하가 하고 싶으면 전하가 하시던가요."

도망치는 유릭의 뒤통수를 향해 지클린데의 부채가 날아갔다.

레오폴트는 현관 홀에 있었다. 유릭이 계단을 달려 내려오자 웃으며 반겼다.

"바래다주러 오신 거군요."

"적의 성으로 온 용감한 왕자님을 위한 배려지."

"괜찮습니다. 갈 곳이 있어서요."

"어딘데?"

"지금 말씀드릴 수는 없습니다."

유릭은 레오폴트의 자신만만한 얼굴을 빤히 바라보았다. 그렇게 말없이 있다가 갑자기 레오폴트의 팔을 잡아당겼다.

"거기까지 같이 가주지. 가자."

레오폴트가 피식 웃었다.

"고맙군요. 적의 아들에게 이런 친절이라니."

"랜든 경은 적은 아니야. 때에 따라서는 얼마든지 아군이 될 수도 있지. 특히나 지금 같은 상황에서는. 어서 가자, 레오."

유릭은 레오폴트를 데리고 저택을 나섰다. 달빛이 물씬 흐르는 밤은 아주 상쾌했다. 그다지 춥지도 않았고, 번잡한 제도의 외곽이었던지라 조용하기도 했다. 그 덕에 돌아다니는 마차가 하나도 없어 두 사람은 한참이나 걸어가야 했다. 한동안은 말없이 걸어만 갔다. 카밀턴의 성이 지평선 너머로 사라질 무렵에 레오폴트가 말했다.

"크로반 하사, 당신은 언제 힘을 자각했습니까?"

"여섯 살 때. 외할머니가 돌아가시는 바람에 나를 돌봐줄 사람이 하나도 없었지. 아버지는 바쁘고. 그래서 기숙사가 있는 기초 학교로 보내졌는데, 그곳에서 꽤 험한 일을 당했다. 한밤중에 상급생들에게 두들겨 맞은 다음, 기숙사 복도로 쫓겨났지. 거기서 밤새도록 앉아 있다가…… 그때 처음으로 알게 되었다."

"어떻게요?"

"어둠 속에 혼자 있었지……. 고요했다. 새카맣게 고요해지자 갑자기 많은 것들이 내게 말을 걸었다. 속삭이고, 비웃기도 하고, 위로도 건네고, 그러며 내 옆으로 모여들더군. 그렇게 시간이 지나자 나 혼자 있었지만 모두가 함께 있게 되었지. 나는 그들에게 부탁했다. 나를 쫓아낸 내 상급생들을 좀 혼내달라고."

"혼내주던가요?"

"아니, 그들은 거부하더군. 내게는 그들을 다스릴 힘이 없다고, 아직 너는 그저 우리들이 잠시 몸을 녹일 모닥불에 지나지 않는다고. 결국 새벽까지 그러고 있어야 했지. 상급생이 들여보내 주자마자 옷가지들을 챙겨서 도망쳤어. 그리고…… 그것이 내 유일한 학교 생활이 되었지."

"그 후로는 어찌 되었습니까?"

"별거없어. 아버지는 체포되어 파난의 유형지로 가셨고, 나는 따라갔지. 아버지가 돌아가시자 고아원에 있다가, 징집 대상이 되어 신체 검사를 받으러 갔다. 그곳에서 특수 무력 부대 입대 대상이란 판정을 받고 그대로 끌려갔지. 그 다음은 뻔해. 파견, 파견, 파견, 파견."

"그래도 그 덕에 강해졌지 않습니까?"

유릭이 웃었다.

"강해진다는 게 뭐지?"

"약한 자들을 지배할 힘을 가지고 있다는 거지요."

"지배자의 의자는 오래 앉아 있으면 금방 다리가 부러진단다. 좋을 거 없어."

마침내 두 사람은 길가에 쉬고 있는 마차 한 대를 발견했다. 저녁 도시락을 먹고 있던 마부가 그들을 맞이했다. 레오폴트는 마부에게 굉장히 복잡하게 갈 곳을 설명했다. 마부는 치즈가 든 빵을 다 삼킨 다음 문을 열었다.

"하지만 깊이는 못 들어갑니다, 도련님들. 어서 다 타시지요."

작은 이륜 마차는 잘 포장된 길을 달리기 시작했다. 얼마 지나지 않아 달빛을 받아 하얗게 빛나는 브란 카스톨의 윤곽이 드러났다.

낮의 빛은 공평하지만 밤의 어둠은 공평하지 않은 것이 브란 카스톨이었다. 번화가와 고급 주택가는 휘황찬란했지만, 빈민가 쪽은 새카맣게 어두웠다. 마차는 번화가를 지나 빈민가 쪽으로 달려갔다.

마차로 달리는 내내 레오폴트는 아무 말이 없었다. 마차가 멈추고 마부가 내리라 말하자, 소년은 마차 삯을 지불하고 내렸다. 그들이 내린 곳은 까만 어둠에 젖은 빈민가였다.

"잘 찾아갈 수는 있는 거냐?"

"걱정 마세요. 자, 오세요. 문 앞까지 같이 가주서야죠."

"까다롭군."

레오폴트가 앞장서 걷기 시작했다. 유릭은 별말없이 그 뒤를 따랐다. 컴컴한 바닥은 블록이 깨지거나 흙바닥이 그대로 드러나 있어 조심해야 했다. 한참 걷고 난 뒤에 레오폴트가 말했다.

"처음 당신과 만났을 때, 저는 당신이 정말 부러웠습니다."

"키가 커서?"

레오폴트가 웃는 소리가 들렸다.

"그것도 그렇지만, 당신의 환경이 부러웠습니다. 당신을 강하게 만드는 그 환경이. 저도 강해지고 싶습니다. 무한한 가능성을 시험하고, 저 자신을 단련하며, 그렇게 강해지고 싶습니다."

"곱게 어른 말 듣고 살 때가 가장 행복한 거야."

"그러나 영원히 그리 살아갈 수는 없지요. 언젠가 저는 집을 떠나 제가 원하는 것을 위해 살아가게 될 겁니다."

좁은 골목길을 지나다가 레오폴트가 넘어지거나 유릭이 넘어질 뻔한 적도 많았다. 어디로 어떻게 가는지 감 잡기도 어렵게 복잡한 길을 지나, 드디어 레오폴트는 어딘가에 멈추어 섰다. 그곳 역시 어두웠으나, 달빛이 스며들어 어슴푸레하게나마 주변이 보이기는 했다.

낡은 대문이었다. 껍질이 벗겨지고 갈라져 울퉁불퉁한 표면이 어슴푸레하게 보였다. 레오폴트는 그 문을 두드렸다. 안에서 아무런 답도 없었으나 문을 열고 안으로 들어갔다. 유릭은 눈을 가늘게 뜨고 그 문 너머를 보았다. 그 안에서 야릇한 향내가 풍겨왔다.

"어서 들어오세요."

레오폴트가 재촉했다. 그러나 유릭은 문지방에 발만 걸친 채 안을 들여다보았을 뿐이다. 어슴푸레하게 밝혀진 방 안이었다. 뿌연 연기가 여기저기 늘어진 천 사이를 배회했다. 유릭이 눈살을 찌푸리며 말했다.

"여긴……"

레오폴트가 웃으며 물었다.

"와본 적이 있지요?"

불그스레한 조명을 받아 레오폴트의 검은 눈이 깊고도 선명하게 빛났다.

"이곳에서 저는 제약에 묶인 몸에서 벗어나 자유를 찾았지요. 제게 그 축복을 내려준 여주인인 마사 골다바는 당신을 기억하고 있더군요. 그녀는 10여 년 전 당신에게 제약을 걸었지요."

레오폴트는 구석진 곳을 가리켰다. 희미한 연기가 피어오르는 냄비 옆에 낡은 옷을 꿰입은 노파가 쭈그리고 앉아 있었다. 눈은 감겨 있었다. 어깨만 고요하게 오르락내리락할 뿐, 낡은 덤불처럼 꼼짝도 하지 않고 있었다.

"너는 어떻게 이곳을 알아낸 거지?"

"가르쳐 준 사람이 있었습니다. 그리고 저는 이곳에서 저와 당신이 같은 병에 걸려 있다는 것을 알게 되었지요. 그리고 오늘, 저는 당신이 당신의 족쇄를 풀기를 바랍니다. 저 여자가 당신에게 족쇄를 걸어주었으니 풀어줄 수도 있겠지요."

"안 한다."

"왜요? 고통에서 벗어나 더 강해질 수 있는 기회인데."

"아버지와 약속한 것들 중 하나니까. 물론 아버지와 약속한 것 중 지킨 것도 별로 없지만, 그래도 지킬 수 있는 건 지키고 싶다. 그래서 기회는 많았지만 다 거절했다. 지금도 거절한다."

"당신 아버지는 흑마법에 대해 아무것도 모르는 사람이었지 않습니까. 아무것도 모르니 막연히 두려워한 것뿐이에요. 자식에게 그 정도의 고통을 안겨준다는 걸 알았다면, 그런 약속을 시키지 않았을 겁니다."

"아버지와의 약속은 내게는 아버지의 유품 같은 거다. 너에게 중요하지 않다고 내게도 중요하지 않은 게 아니다. 장난은 여기서 끝내자. 나를 화나게 하지 마."

레오폴트가 유릭에게 다가갔다.

"유릭 크로반, 제가 당신을 더욱 화나게 하면 당신은 저를 어찌할 겁니까?"

"때려주지."

"때릴 수 없을 겁니다. 저는 족쇄를 풀었고, 당신보다 강해요."

"나를 지배하려면 지배해라. 나를 굴복시키려면 굴복시켜라. 내게 명령하고 싶다면 명령해라. 하지만 그런 식으로 도발하지는 마라. 나는 내 몸을 바꿀 생각 없어."

"그래도 푸십시오."

"왜 그렇게 집착하는 거냐?"

"저는 족쇄에 묶인 당신을 상대로 이기고 싶지는 않으니까요."

유릭의 허리에서 뽑혀져 나온 권총이 레오폴트의 이마에 닿았다.

"레오폴트, 이제 막 족쇄에서 풀려나 처음으로 흑마법을 쓰게 되어 많이 들떠 있는 것 같은데, 너보다 몇 년이라도 선배인 입장에서 말한다. 집어치워."

"싫습니다. 저는 당신을 이기고 싶어요."

"대체 왜 그러는 거냐?"

"당신은 강하니까요."

그리고 레오폴트는 그 총구를 올려다보며 말했다.

"아질리아함."

총 끝에서부터 압력이 느껴졌다. 방아쇠를 당기기도 전에, 엄청난 압력이 밀려들며 유릭을 내동댕이쳤다. 방 안에 가득한 천이 휘감겨 올라갔다. 유릭은 몸을 일으키며 총구를 들었다. 그러나 천의 폭풍 너머에서 레오폴트의 목소리가 들렸다.

"카산테."

빛이 번쩍이며, 천 너머에서 선홍색의 마법진이 나타났다.

유릭은 그 마법진을 겨냥하며 외쳤다.

"암만!"

유릭의 눈앞에 마법진이 나타났다. 유릭은 그 마법진을 겨냥하며 방아쇠를 당겼다. 푸른 탄환이 그 중앙을 통과하는 순간에,

파아앙!

엄청난 파공음과 함께 폭발이 일어났다. 천이 밖으로 터져 나갔다. 바닥이 둥글게 패이며 바닥의 블록이 튕겨 나갔다. 돌조각이 퍽퍽 떨어져 나갔다. 주변이 간신히 진정되자, 둥글게 패인 바닥에 엎어져 있는 레오폴트의 등이 보였다. 유릭은 숨을 몰아쉬며 그의 등을 겨냥했다.

"장난치지 말라고 했다."

"이게 장난으로 보이십니까?"

레오폴트는 몸을 일으켰다. 눈처럼 흰 얼굴은 흙과 먼지투성이였다. 그는 찢겨져 피투성이가 된 흰 손을 들며 외쳤다.

"상크레아!"

또 한 번, 이번에는 진홍색의 마법진이 유릭과 그의 사이에 번쩍 나타났다. 유릭은 이를 악물며 방아쇠를 당겼다.

카앙!

푸른 탄환이 마법진의 표면에 맞아 튕겨 나갔다. 탄환은 유릭의 옆에 있는 벽에 박혔다. 마법진 너머의 레오폴트가 빙그레 웃었다. 유릭은 다시 외쳤다.

"크리게아!"

유릭의 앞에 푸른 마법진이 나타났다. 방아쇠를 당기려는 찰나에, 레오폴트의 마법진에서 시뻘건 불길이 솟구쳤다. 짐승이 으르렁대는 듯한 소리가 사방에 가득 찼다. 천을 휘감아 태우고 벽을 이글이글 덮었다. 끔찍한 열기가 바닥을 시뻘겋게 녹였다. 유릭은 방아쇠를 당겼다. 싸늘한 푸른 탄환이 번쩍인 찰나, 흰 눈보라가 솟구쳐 불길과 같이 뒤엉켰다. 치직, 치직, 하며 흰 수증기가 피어올라 사방을 뿌옇게 뒤덮었다.

"파쇼어!"

연기 속에서 레오폴트의 외침이 터졌다. 유릭은 급히 엎드렸다. 등 뒤로 육중한 것이 스치고 지나갔다.

콰앙!

등 뒤의 벽이 뚫리며 그 벽돌과 돌조각들이 후두둑 쏟아졌다. 유릭은 뒤를 돌아보았다. 벽이 둥글게 뚫려 있었다. 유릭은 숨을 몰아쉬며 이를 악물었다.

"제기랄."

"자아, 이제 마지막 마령을 불러보세요."

뿌연 수증기가 바깥바람에 흩어졌다. 그 너머에는 검은 옷을 입은 레오폴트가 서 있었다. 유릭은 그를 겨냥하며 외쳤다.

"히게아—!"

시뻘건 마법진이 나타나 피 같은 불꽃을 토해냈다. 야수가 몸을 뒤틀며 으르렁대듯, 사방을 휘감았다. 천이 맥없이 사그라져 타올랐다. 이글거리는 불길에 휘감긴 벽이 시뻘겋게 달아올라 녹아내렸다. 유릭은 가슴을 꿰뚫는 통증에 옷깃을 움켜잡으며 숨을 몰아쉬었다.

"학!"

"자아, 이제 끝낼 시간이 다 되었군요!"

레오폴트는 유릭의 마법진 앞으로 다가갔다. 엄청난 열기가 가득한데도, 레오폴트는 찬물을 헤치듯 느긋하게 그 열기를 헤치고 나타나 마법진에 손을 얹었다. 그 하얀 손끝에서 붉은빛이 스며 나왔다. 그 빛이 닿자, 그곳을 중심으로 히게아의 마법진이 얼어붙듯 하얗게 물들었다. 불길이 쓸어내듯 사라지고 열기가 얼어붙었다. 지독한 냉기가 방 안으로 휘몰아쳐 들어왔다.

"뭐 하는 거냐!"

유릭이 가슴을 움켜쥐며 외쳤다. 그러자 레오폴트가 웃으며 말했다.

"노예의 의식."

"뭐?"

"제게도 당신과 같은 자질이 있지요. 마령들이 직접 찾아오도록 만드는 힘. 그리고 더 나아가 타인의 마령을 지배할 수도 있는 힘, 사악한 왕자의 힘이."

아아, 저 사악한 왕자니 뭐니, 요즘 엄청나게 많이 듣네. 유릭은 고통 속에서도 참 지겹다고 생각했다.

"하지만 저는 당신과는 달리 제약이 없답니다. 그러니 저는 당신의 마령을 지배할 수 있게 되는군요."

레오폴트는 허공에 손을 얹었다. 그 손을 중심으로, 뿌리가 퍼지듯 화려한 마법진이 펼쳐졌다. 유릭은 흐릿한 눈으로도 그것이 무엇인지 알아볼 수 있었다.

바람의 속성을 가진 마령, 암만의 소환진이었다. 유릭의 마령이며, 유릭만이 부릴 수 있는 마령이며, 유릭이 가진 것만이 유일한 마령이었다.

그것을 지금 레오폴트가 불러내고 있는 것이다.

"암만이라고 했던가요?"

순간, 엄청난 힘이 유릭의 턱을 후려갈겼다.

"큭!"

유릭은 호되게 밖으로 내동댕이쳐졌다. 턱에 지독한 통증이 몰려들었다. 입술도 화끈해지는가 싶더니, 턱을 타고 피가 주륵 흘러내렸다. 레오폴트는 주머니에 손을 꽂아 넣으며 말했다.

"제가 이겼네요."

"그래, 네가 이겼다."

너무도 쉽게 나온 그 말에 레오폴트가 어이가 없어 입술을 뒤틀었다.

"별로 화도 안 내시는군요. 제가 당신을 지배하게 되었다니까요!"

"고아원 시절에 확실하게 배웠지. 어쩔 수 없거든 서둘러 받아들이고, 잽싸게 적응해라."

"그러나 그렇게 쉽게 받아들이면 저는 재미없습니다."

"네가 재미있든 없든 그게 무슨 상관일까. 이건 결투가 아니라 전쟁이다. 전쟁에서는 룰은 없지만 목표는 확실하지. 이겨라, 아니면 살아라. 졌어도 살기는 살아야지. 별수있냐."

"정말 실망입니다!"

"네가 실망하든 말든 결과는 달라지지 않잖아. 기뻐하라고, 너는 이겼어. 네가 나보다 강한 거다."

모멸감에 레오폴트가 이를 악물었다. 흰 얼굴이 이제는 시뻘겋게 물들어 있었다. 제아무리 설친다 한들 레오폴트는 귀족가에서 고이고이 자라온 도련님에 불과했고, 유릭은 얌전하게 앉아 예의바르게 군다 한들 파난의 빈민가에서 닳고닳은 소년이었다.

유릭은 심장이 정지한 듯 가슴이 답답해지는 것을 느꼈다. 숨이 더욱 가빠오고 뇌가 부풀어 오르듯 지독한 두통이 머리를 조였다. 현기증이 일며 의식이 아득해졌다. 유릭의 얼굴이 더욱 창백해지자 레오폴트가 분노를 채 삭이지 못해 떨리는 목소리로 말했다.

"끝내죠. 당신, 아주 고통스러워 보입니다."

"죽이려면 지금 죽이지…… 쿨럭!"

기침이 터지며, 바닥에 피가 튀었다. 눈앞은 희미해지고 숨은 더욱더 조급해져만 갔다. 금방이라도 고꾸라져 새까만 무의식 속으로 사라질 듯했다.

"제가 당신을 지배할 수 있는데 뭐 하러 죽이나요. 말을 듣는 개는 오래 사는 법이지요. 당신을 지배하고 당신을 이용할 겁니다."

"너, 진짜 재수없는 놈이다."

의식이 캄캄해졌다. 차가운 바닥이 머리를 호되게 쳤다. 동시에 모든 것이 끊어졌다. 느낄 수 있는 것은 이마에 닿는 지독한 냉기와 끊어질 듯 저린 손목뿐이었다. 레오폴트가 그 자리를 떠나는 것 같다고 생각한 게 기억의 끝자락이었다.

꿈결에 부드러운 속삭임을 들은 것 같기도 했다. 따뜻한 손길이 목에 닿는 것을 느낀 것 같기도 했다. 감미로운 깃털 같은 것이 어깨를 감싸는 듯도 했다. 그 부드러운 것이 떠나자 강한 힘이 그의 몸을 들어 어딘가로 옮겼다.

"정신이 드나요?"

그리고 눈을 떴을 때, 유릭은 어둑하게 밝혀진 방 안에 누워 있었다. 작은 램프와 활활 타오르는 벽난로가 보였다. 그 옆에 커다란 괘종시계가 우뚝 서 있었다. 화려한 바늘이 가리키는 시간은 고작 밤 10시였다. 눈앞에 작은 컵 하나가 나타났다. 컵 안에 든 것은 꽤나 맛이 고약할 것 같은 갈색 액체였다.

"진통제예요. 고통만은 사라질 겁니다."

유릭은 그 작은 잔을 들어 단숨에 마셨다. 보기와는 달리, 지독하게 달아서 먹을 만했다. 다시 물 잔이 건네졌다. 유릭은 잔을 받아 한 모금 마셨다. 잠시 뒤 열기가 가라앉고, 숨소리도 고요해져 갔다. 정신 나간 듯 뛰던 심장도 조용해져 갔다.

그제야 정신을 차리고 주변을 제대로 둘러볼 수 있었다. 침대 옆에 의자가 놓여 있었다. 그리고 유릭에게 물과 약을 건넨 사람은 침대에 앉아 유릭의 얼굴을 살펴보고 있었다.

코지마였다. 늘 입는 검은 옷차림으로, 그 머리는 평소처럼 틀어 올리지 않고 땋아 내리고 있었다. 유릭은 그녀가 자신이 생각했던 것보다 훨씬 더 젊어 보인다고 생각했다.

"여기가―"

유릭은 그렇게 물어보며 몸을 일으켰다. 그제야 제복 상의는 벗겨져 있고, 셔츠와 바지 단추도 모두 풀어헤쳐져 있다는 것을 알게 되었다. 이런…… 유릭은 민망해져서 이불을 끌어 올렸다. 코지마가 웃으며 말했다.

"제가 한 건 아니에요."

"그것참, 아쉽네요. 당신의 손길이라면 무척이나 달콤했을 텐데. 그런데 제가 어떻게 여기 있는 겁니까?"

"저는 모든 것을 볼 수 있답니다. 당신이 어떤 처지가 되었는지 보았고, 도와주러 간 거랍니다."

"왜 도와준 겁니까? 당신과는 아무 상관도 없는 저인데."

"그냥 도와주고 싶어서요. 모르는 사람은 아니잖아요. 하지만 하사, 제가 도우러 오지 않았다면 어찌하려고 그랬나요? 그 차가운 바닥에 누워, 고통에 헐떡대며 심장을 쥐어짜고 있었을 건가요?"

"피난에서 몇 번 겪어본 일입니다. 저 같은 사람이 흔한 건 아니니, 약은 언제나 부족했지요."

"죽을 수도 있었어요."

"그래도 어쩔 수 없죠."

"저는 당신이 그렇게 어리석다고는 생각지 않았는데."

"그렇다면 당신이 저를 잘못 보신 거죠."

코지마는 테이블 위에 엎힌 카드 더미에서 카드 한 장을 뽑았다. 그녀가 그 카드의 그림을 보여주자, 유릭은 웃으며 고개를 돌렸다.

"말씀드렸지요. 저는 모든 것을 볼 수 있으며, 제가 악한 마음을 먹는다면 많은 사람들의 일을 엉망으로 만들 수도 있어요. 당신은 그 소년이 당신에게 어떤 짓을 할지 알면서도 일부러 같이 가고, 일부러 걸려준 거예요. 설마, 그곳에서 죽고 싶었던 건가요?"

"반쯤은요."

"바보군요, 당신은."

유릭은 침대에서 일어나려 했다. 그러나 현기증이 치밀며 바닥이 온몸을 빨아들이는 듯 어지러웠다. 코지마가 그의 어깨를 잡아 눌렀다.

"누워 있어요. 좀 쉬어도 괜찮답니다. 이대로는 못 나가요. 몸은 여전히 엉망이에요. 내일 아침까지는 그대로 누워 있는 게 좋아요."

"여기가 어딘지 알아야 편히 누워 있지요…… 어딥니까?"

"얼마 전에 구입한 제 집이지요. 좋은 집이에요. 고요하고 평화로우며, 아름답답니다."

유릭은 창밖을 보았다. 아담하고 예쁜 정원이 집 안의 불빛을 흠뻑 받고 있었다. 정원을 꾸민 솜씨나 넓이를 보니, 중산층 가정이 모여 있는 외곽의 주택가 같았다.

갑자기 그리움이 느껴졌다. 엉망진창이 되기 전의 일상이, 그 조용하고 외롭던 일상이 미치도록 그리웠다. 돌아갈 수만 있다면, 이 모든 것이 꿈이 될 수만 있다면 무엇이든 할 수 있을 것 같았다.

"유리."

코지마가 타이르듯 그를 불렀다. 묘한 느낌이었다. 애칭을 부르는 그 목소리가 너무도 다정하고 부드러웠다. 가족 외에는 그 누구도 그런 목소리로 그를 불러주지 않았다.

"그 아이, 레오폴트에게 화가 났나요?"

"그 꼬마는 자기 집을 낭비벽 심한 난봉꾼보다 엉망진창으로 만들고 말 겁니다."

"그 꼬마는 어쩔 건가요? 그대로 놔둘 건가요?"

"저를 화나게 했으니 화난 만큼 화풀이는 할 생각입니다. 저지른 일에 대한 대가는 치러야겠지요."

"고작 열세 살인데도요?"

"저는 그 나이 때 사람을 죽였습니다."

코지마는 눈살을 찌푸렸다. 유릭은 침대에 누운 채로 활활 타오르는 벽난로를 바라보았다. 그리고 무엇을 해야 할지, 어떻게 해야 할지, 차분하게 생각해 나갔다.

*   *   *

"그래도 많이 나아진 거야."

로웨나는 애써 가토에게서 시선을 돌리며 그렇게 말했다. 그러나 가토는 울적하게 거울을 바라보며 고개를 저었다.

"아직도 시커매요. 아니, 더 시커멓게 변한 것 같아요."

"그게 다 나아간다는 증거니까 걱정 마."

"그런데 왜 똑바로 쳐다보지 못하는 거예요?"

"아아, 달이 참 밝아서."

두 사람은 극장의 연습실에 앉아 있는 중이었다. 로웨나까지 극장에서 숙식을 해결하게 되었다. 특별 연습이라는 미명하에 로웨나가 가토를 보호하고 있는 것이다. 로웨나는 대체 왜 자기가 가토와 함께 있어야 하느냐고 짜증을 냈지만, 이안은 네가 가토를 버리면 가토는 죽는다는 둥 가토가 죽으면 나도 죽고 무대도 끝이라는 둥 제발 우리들 좀 살려달라는 둥 온갖 억지를 다 부리며 애걸복걸했다.

"이게 다 너 때문이야. 이게 뭐야, 정말! 내일 모레 개막인데 얼굴이 저렇게 떡이 된 녀석과 같이 있어야 한다니!"

"내 얼굴이 이렇게 된 게 내 탓이에요?"

"네 탓이잖아. 네가 말없이 학교 그만두고 여기로 와서 유리가 화 난 거 아냐! 말하고 왔으면 그렇게 얻어터질 일도 없고, 얻어터지지 않았으면 얼굴이 그 꼴이 될 일도 없었을 거 아냐!"

"같이 연습하면 좋잖아요! 어차피 그동안 싸워서 연습 못한 것까지 합치면 매일매일 연습해도 부족하다고요!"

"미안하지만 나는 너보다 몇 배는 더 열심히 연습한다. 너야 이제 막 수도에 도착해서 이제 막 시작했지만, 나는 근 10여 년 만에 꿈꾸던 걸 얻게 될지도 모르는 상황이라고. 그런데 내가 연습을 안 할까?"

"아하, 꿈꾸던 게 뭔데요?"

"어머니 빚을 다 갚는 거."

가토는 기가 막혀 하며 얼굴을 구겼다.

"근사한 목표네요! 이 무대가 굉장히 성공해서 누나가 돈 많고, 나이 많은 남자의 애인이 되었으면 좋겠어요. 그래야 형이랑 헤어질 테니까."

로웨나는 눈을 부라리며 얼굴을 들이밀었다.

"나는 네 형이랑 헤어질 수 있는 사이가 되어보지도 못했다, 이 바보야!"

"아하, 저도 다행으로 생각합니다. 누나같이 못생기고 성질 더러운 여자가 형수가 된다니, 끔찍해요."

"나도 너같이 속 좁고 키 작은 시동생 필요없어."

"누나는 형을 감당할 수도 없어요."

"내가 왜?"

"형은 누나가 생각하는 것보다 훨씬 더 힘들게 살아왔어요. 바라는 것도, 꿈꾸는 것도 없이, 현재도 미래도 없이, 그냥 걸어만 왔어요. 아버지가 돌아가신 뒤, 내내 그렇게 살았어요. 누나가 그런 형을 알기나 해요?"

로웨나는 갑자기 바보가 된 것 같았다. 말은 당차게 했지만, 사실 로웨나는 이 가토에 비하면 유릭에 대해 전혀 모르는 것이나 마찬가지였다.

"형은 위험해요, 불안하고. 그래서 형에게는 저밖에 없어요."

"아버지 재혼을 반대하는 응석받이 같은 말이구나."

"잘난 체 그만해요! 형의 모든 것을 알고도, 그리고 형의 미래가 어찌 될지도 알고도, 형의 곁에 남아줄 사람은 저 밖에 없으니까요! 형은 제 전부이고, 저는 형의 유일한 존재예요. 그러니 누나, 형에게 더 이상 다가가지 말아요. 그러면 누나는 행복해질 거예요."

"협박이니?"

"네, 협박하는 거예요. 그리고 경고하는 것이기도 하고요. 저와 형 사이에 끼어들지 말고, 형을 고독에서 꺼내지도 마세요. 혹독한 고독은 형의 운명이고, 형의 숙명이고, 형의 의무예요."

로웨나는 멍하니 가토를 바라보았다. 이제 가토는 고개를 들고 로웨나를 똑바로 바라보고 있었다.

그 아름다운 초록색 눈동자를 보며 로웨나가 생각한 것은 클로디유였고, 블랑쉬였으며, 알렉산더였다.

"너는 이상한 아이구나."

"저도 알아요. 하지만 늘 평범한 아이이고 싶어요."

제55장

천사의 날개, 악마의 발톱

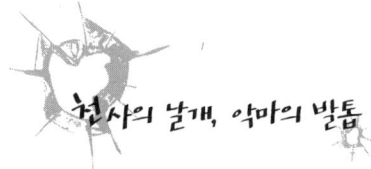

얼음물이 쏟아질 듯 새파란 하늘, 새빨간 단풍잎들, 누렇게 익어가는 풀숲과 울긋불긋한 가을 풍광에 흠뻑 젖은 연못.

유리로 만들어진 듯 차갑고 맑은 가을날의 하루였다.

아버지의 서재에 앉아 레오폴트는 그 광경을 지켜보고 있었다. 예전에 그를 찾아온 어느 곰 같은 남자가 죽은 날, 아버지는 그곳에 앉아 내내 정원을 지켜보고 있었다. 대체 누가 그를 죽인 걸까. 레오폴트는 아주 궁금해졌다. 누군지는 몰라도 레오폴트와 아주 비슷한 생각을 가지고 있는 사람일 것이다.

레오폴트는 서재를 나서 자신의 별채로 돌아갔다. 코트를 입은 다음, 아무도 눈치채지 못하도록 조심조심 저택을 나섰다. 문을 열고 거리로 나서자 날 세운 듯 차갑고 따가운 바람이 옷깃으로 파고들었다.

평일 오후에 좋은 옷을 입은 소년이 돌아다니는 건 드문 일이었다. 가게에 들어가도, 마차를 잡아도 '학교 안 가니?' 라는 말을 듣곤 했다. 몸이 약해 가정교사와 함께 공부한다고 답하면 고개를 끄덕이기는 해도 그다지 믿는 듯 보이지는 않았다.

그 녀석은 어땠을까?

레오폴트는 유릭을 생각했다. 그가 레오폴트의 나이였을 때는 무엇을 하고, 무슨 생각을 하고 살았을까? 그 안에 힘의 비밀이 숨겨져 있어 무엇을 어떻게 해야 하는지 제대로 적혀 있을 것만 같았다. 그러자 죽도록 궁금해졌다. 그 비밀을 알아내어 펄펄 뛰어 훨훨 날아 이기고 싶다, 맨 위에 서고 싶다, 군림하고 싶다.

레오폴트는 마차를 잡아타고 흘라그로 성으로 향했다. 마부는 어린 소년이 보호자 없이 마차에 타자, 의아해하기는 했지만 그 의젓한 태도와 좋은 옷차림 때문에 함부로 대하지는 않았다. 낙엽이 수북하게 쌓인 길을 가르고 골목길을 돌아, 브란 카스톨의 정경을 환하게 내려다보이는 흘라그로 성에 그를 내려놓았다.

마차에서 내리니, 문 앞에 블랑쉐가 나와 기다리고 있었다. 새하얀 코트 차림이었다. 가슴에는 푸른 장미 브로치가 달려 있었다.

"어서 오세요, 공작님. 기다리고 있었어요."

어쩐지, 블랑쉐의 '공작님' 이라는 칭호가 귀에 거슬렸다. 조롱하는 것 같았다. 게다가 블랑쉐는 같이 들어갈 생각도 하지 않고, 손가락을 들어 현관을 가리켰을 뿐이다.

"가세요."

"너는 왜 같이 가지 않지?"

"저 안에는 피의 천사가 있답니다. 그가 사라질 때까지는 들어가지 않을 거예요."

레오폴트는 그것이 누구를 말하는지 알 것 같았다. 두근거리는 가슴을 달래며 정원을 걸어, 서두르는 듯 보이지 않기 위해 노력하며 현관 홀로 들어갔다. 얼굴이 익숙한 하인 오터가 나타났다. 그는 말 한마디 없이 무뚝뚝하게 돌아서더니 뚜벅뚜벅 걷기 시작했다. 레오폴트가 멍하니 있자, 험악한 표정으로 돌아보았다. 그제야 레오폴트는 그가 자신을 따라오라 말하는 것임을 알게 되었다. 급히 따라가자 오터는 성의 응접실까지 가더니 그 문을 열었다. 레오폴트는 그 안으로 들어갔다.

"어서 와, 레오폴트 군."

알렉산더가 그를 맞이했다. 오후의 햇살이 환히 비껴드는 응접실은 온통 빛으로 가득했다. 알렉산더는 창 쪽으로 고개를 돌리며 말했다.

"레오폴트 군이 왔습니다, 예하."

레오폴트는 가슴이 터질 듯 두근대는 것을 느끼며 고개를 돌렸다. 그러나 동시에 실망했다. 그곳에 서 있는 것은 분명 니콜라스, 처음으로 가까이에서 보게 되는 니콜라스였다. 그러나 그 얼굴은 예전에 만난 지클린데와 너무도 닮아 있었다. 다른 점이라고는 가슴 높이와 허리 사이즈 정도였을 뿐이다.

"무모한 소년, 레오폴트 랜든 군이 왔군."

니콜라스가 나른하게 말했다. 지클린데의 목소리가 그러하듯 그의 목소리 역시 아주 아름다웠다.

"놀라운 소식들이 전해지더군. 꼬마의 신분으로 서부파의 회합에 갔다지?"

"아버지를 위해 간 것입니다."

"윌리엄 랜든을 수도의 사령관으로 만들고자? 놀랍군. 열세 살 먹은 아들의 도움으로 사령관이 되다니. 제국사에 전무후무하게 남을 거야."

"열세 살이든 세 살이든, 할 일은 하는 것입니다. 예하께서 이 제국을 손에 넣으신 건 저보다 어린 나이였습니다."

"아이답지 않게 도도하고 자신감 넘치는군. 지금은 마음에 들지만, 다음에는 어찌 될지 모르지. 자아, 이리 와봐. 그리고 내 누이에게 했던 말과 똑같은 말을 해보아라."

그리고 니콜라스는 그의 옆 자리를 가리켰다.

"저는—"

"내 누이가 어제 내게 제안하더군. 수도 사령관 직으로는, 유감스럽게도 그녀의 오빠이자 나의 형인 헨리 카밀턴 경이 적합하다고. 물론 나는 헨리 카밀턴 경이 내 옆에서 얼쩡거리는 것보다야, 네 아버지가 내 옆에 있는 편이 나으니 반대했지. 그러나 유감스럽게도, 그녀는 나를 협박할 만한 주머니를 몇 개 가지고 있지. 그중 상당수가 내 손이 미치지 않는 먼 곳에 있고. 그중 하나만 열어도 나는 참 난처해져."

그리고 다시 옆 자리를 가리켰다. 레오폴트가 그곳으로 오자 물었다.

"자아, 내게 말해봐. 내 누이에게 대체 무어라 말한 거지?"

"수도 사령관 직에는 헨리 카밀턴 경이 맞다 말씀드렸습니다."

"그렇다면, 그 회합의 자리에서는 왜 그렇게 말한 거지?"

"저는 제 아버지가 적합한 이유에 대해 말씀드린 것뿐, 그걸 주장하지는 않았습니다."

"유감스럽게도, 지클린데와 단둘이 있을 때는 헨리 카밀턴 경을 추천했다는 거로군. 그래, 왜 그런 거지?"

"모든 것을 책임질 수 있는 위치이기 때문입니다. 지금 안보위원회는 마비 상태입니다. 그러다 보니 치안청 역시 분열되어 예하의 통제권을 벗어나려 하고 있습니다. 결국, 지금 이 도시를 통제할 수 있는 것은 수도방위군뿐. 그러나 현 수도방위군 사령관은 곧 물러날 예정입니다."

"그래서?"

"카밀턴 경이 수도방위군 사령관이 되는 것이 지금의 레반투스 전하께서 원하시는 것. 카밀턴 경이 사령관이 되면 수도는 일시적으로나마 레반투스 전하의 영향력 아래에 놓이게 될 것입니다."

"나는 그 상황이 그다지 달갑지 않은데."

"하지만 동시에 어떤 일이 일어나든 카밀턴 경이 책임져야 할 것입니다. 사고가 일어날 수도, 암살 기도가 일어날 수도 있겠지요. 물론 예하께서는 무사하실 테지만, 어쨌든 그런 시도가 일어나면 매우 곤란해지겠지요. 어쩌면 카밀턴 경 본인이 그 테러의 배후일 수도 있고요."

레오폴트가 무슨 말을 하는 것인지 금방 짐작한 니콜라스가 웃었다.

"그 말은 나더러 너를 아주 소중하게 여기라는 말도 되는군. 카밀턴 경이 수도 방위군 사령관 직에 취임한 뒤에 나를 위해하려는 사특한 시도가 일어난다면, 그것이 누가 벌이는 일인지 너는 아주 잘 알고 있을 테니 말이다."

"그렇습니다."

"그 다음 무얼 할까?"

"네?"

니콜라스가 레오폴트에게 다가갔다. 순간에 레오폴트는 공포를 느꼈다. 그가 성큼 다가오는 순간에 그에게 잡혀 먹힐 듯한 숨막히는 공포가 느껴졌다.

"네가 말하는 대로 한다면, 카밀턴 경을 다시는 수도 근처로 오지 못하도록 추방할 수 있다. 감옥에 처넣을 수도 있고, 유배지에 처박을 수도 있고, 저 깊은 바다에 처박을 수도 있지. 그 다음 나는 무엇을 해야 할까?"

"다시 수도를 청소하십시오. 예하께서 처음으로 이 수도에 입성하셨을 때 그러하셨듯."

"어째서?"

"예하께서는 그때 옛날의 곰팡이들을 너무 많이 남겨두셨습니다. 지나친 자비였습니다. 그것이 다시 온 브란 카스톨을 덮고 악취를 풍기며, 포자를 퍼뜨리고 있습니다. 다시 한 번 청소를 하십시오. 그리고 하나도 남겨놓지 말고 모두 치워 버리십시오."

"수도는 다시 피로 목욕하겠군."

"더러운 인세는 피로써만 정화할 수 있습니다."

"놀라운 아이군. 아주 마음에 들어. 그래, 아주 좋은 의견이야."

레오폴트는 다시 가슴이 뛰기 시작했다. 해냈다는 만족감에 온몸이 뿌듯해졌다.

"아이야, 볼일은 끝났으니 이제 집에 돌아가 있어라. 시간이 지나고 때가 되면, 너 역시 영광을 누릴 날이 오겠지."

"제가 할 일은 없나요?"

그러자 니콜라스의 웃음이 스산해졌다.

"너는 네 할 일을 아주 훌륭하게 하고 있어. 나를 대신하여 싸워주고 있고, 앞으로도 그리할 테니까."

알렉산더가 레오폴트의 어깨를 당겼다. 니콜라스는 뒤로 물러났다. 데리고 가라는 말은 없었으나 알렉산더는 레오폴트를 데리고 응접실 밖으로 나갔다. 문밖으로 나오자 알렉산더는 레오폴트의 어깨에서 손을 떼고 말했다.

"일단은 여기서 기다리고 있어라."

알렉산더는 자리를 떴다. 레오폴트는 벽에 기대려다가, 그 옆에 앉아 있는 푸른 원피스의 소녀와 눈이 마주쳤다. 레오폴트는 흠칫 놀라 뒤로 주춤 물러났다.

"블랑쉐, 어떻게—"

"여긴 제가 사는 미궁이랍니다. 저는 하얀 고양이처럼 어디든 가지요.

요즘 왕자님을 뵐 수 없으니 공작님이나 따라다니지요, 뭐."

"너는 언제나 그를 왕자라 칭하고, 나를 공작이라 칭하더군. 그런 건 태어날 때부터 정해지는 건가?"

"그럴 수도 있고, 아닐 수도 있지요. 그러나 바로 지금 이 순간, 그분은 왕자이고 당신은 공작이랍니다. 앞으로 어찌하느냐에 따라 그분이 살해당한 왕자가 될 수도 있고, 당신이 왕이 될 수도 있겠지요. 그리고 우리는 왕자에게 복종하고 왕에게 복종한답니다."

"흥미롭군. 그럼, 왕자는 무엇이고 공작은 뭐야?"

"간단해요. 당신은 왕자님께 복종해야 해요. 그리고 당신은 끝없이 왕자님의 자리를 탐내야 하고, 왕자님은 자신의 자리를 지켜야 하지요. 그러나 왕자님이 당신보다 강한 이상, 당신은 그분께 복종해야 하는 거예요."

"그렇다면 지금의 왕자는 나야. 내가 그를 지배하게 되었으니까."

"유감스럽게도 저희들은 아직 인정하지도, 선택하지도 않았어요. 그래서 당신은 아직도 공작이고, 그분은 왕자랍니다."

"너희들의 선택 기준은 뭐지?"

"우리를 다스릴 수 있을 것. 오로지 그것뿐이랍니다. 그분의 인격도, 그분의 아름다움도, 아무 상관 없어요. 우리의 눈과 우리의 귀와 우리의 영혼은, 우리의 주인 된 임금님께 의지하고 있으니까요. 우리는 영혼의 힘을 먹고사는 정령들. 그분이 강해야 우리도 강하며, 그분이 우리에게 빛을 주셔야 우리가 볼 수 있으며, 그분이 우리의 귀를 열어주셔야 들을 수 있습니다. 그분은 우리들의 유일신 같은 분. 그 후계자인 우리들의 사악한 왕자님 역시 마찬가지. 우리는 그분을 사랑하고 증오하게 될 거랍니다."

"임금이 물러나면 어떻게 되는 건데?"

"인간이 되시는 겁니다. 평범하게 살며, 사랑하고 증오하다 늙고 병드는, 그런 평범한 인간이 되시는 거지요."

"단지 그뿐?"

"물론 제대로 된 왕자님에게 승계했을 때 얻을 수 있는 행운일 뿐이랍니다. 왕자의 힘이 약하면, 우리들은 임금님께 돌아가요. 그러면 임금님은 또 왕자를 찾아야 하죠."

"제대로 승계를 하지 못하는 왕자는 어떻게 되는 거지?"

"우리가 잡아먹어요."

블랑쉐가 새빨간 혀로 입술을 훑었다.

"거부할 수 없는 건가?"

"물론 가능하죠. 하지만 그 어떤 왕자도 승계를 거부하지 않았어요. 왕자로 선택된 이상, 자신이 분명 그 모든 운명을 감당할 수 있을 거라 확신하기 때문이지요. 자신이 선택된 자이기에 그런 선택된 운명이 찾아왔다고 생각하지요. 하지만 운명은 그렇게 쉬운 게 아니에요. 멋대로 찾아오는 건 사실이지만, 다스릴 수 없으면 운명은 운명을 받은 사람을 파괴하지요."

"지금의 왕자, 그 유릭 크로반은 그 운명을 거부할까?"

"그야 모르지요. 하지만 확신할 수 있는 건, 그분은 아주아주 강해요. 멀리서도 그분의 숨소리를 느낄 수 있고, 그분의 심장 소리를 들을 수 있어요. 지금의 임금님과 행복했듯이, 왕자님과도 행복할 수 있을 것 같아요."

"승계할 자를 찾지 않으면, 왕이 계속 왕으로만 남겠다면 어찌 되는 거지?"

"왕자의 운명을 거부하는 자가 없었듯, 영원히 왕이었던 자 역시 없었어요."

"나이를 먹고 늙기 때문인가?"

"늙을 수 없기 때문이에요."

레오폴트는 비웃었다.

"참 시시한 이유로군. 왜 그런 걸 거부할까?"

"한때, 임금님께서는 인간으로 돌아가, 인간과 더불어 늙을 수 있기를 갈망했던 적이 있었지요."

"대체 왜?"

"사랑을 하셨거든요."

블랑쉐는 새빨간 혀를 내밀었다 집어넣고는 그 자리를 떠났다.

랜든가로 돌아오니, 잠시 외출했을 뿐인데도 집 안은 발칵 뒤집어져 있었다. 레오폴트가 현관문을 열자마자 아자렛이 달려 나왔다.

"어디 갔었던 거니! 말도 없이. 너는 정말이지…….."

파랗게 질려서 다그치던 그녀는, 그제야 레오폴트와 함께 온 알렉산더를 발견했다. 아자렛의 얼굴이 새빨갛게 변했다. 알렉산더가 정중하게 말했다.

"잠시 만나 이야기를 나눈 것뿐입니다. 이런 저런 이야기를 나누다보니 좀 길어졌더군요. 죄송합니다."

"하, 하지만… 백작님과 만날 거라고 한마디도 하지 않았는걸요. 레오, 너는 들어가 있으렴."

어머니가 백작에게서 직접 레오폴트가 사라졌던 이유를 듣고 싶어 한다는 걸 레오폴트도 눈치챘다. 레오폴트는 인사를 하고는 저택 안으로 들어갔다. 소년이 사라지자 알렉산더는 웃으며 말했다.

"벌써 열세 살. 어머니 모르는 비밀 한두 개 정도는 가지고 싶은 나이지요. 너그러이 생각하십시오."

"그래도…… 레오가 귀찮게 했을 것 같군요. 백작님도 바쁘신 분인데, 어린아이를 상대로……."

"아닙니다. 레오폴트 군은 놀라운 자질을 가진 영특한 소년입니다. 또래 아이들과는 어울리지 않을 정도로 영리해요."

"이제는 몸도 건강해져서 다행이지요. 저기, 들어가서 차라도 하지 않으시겠어요? 너무 실례를 해서……."

"아닙니다. 레오폴트 군을 바래다주고 바로 돌아갈 생각이었습니다."

그러자 아자렛이 갑자기 안절부절못하며 허둥댔다. 작은 현관 홀에는 아자렛과 알렉산더뿐이었다. 알렉산더는 현관문을 열며 말했다.

"잠시 이야기라도 나눌까요? 날이 아주 좋습니다."

"바쁘실 텐데……."

"아무리 바쁘더라도 모든 일에는 순위가 있는 법이지요. 부인과 시간을 나누는 것은 언제나 최우선 순위입니다."

아자렛은 숄을 당기고 알렉산더가 열어주는 문을 지나 정원으로 나갔다. 화창한 햇살이 깨끗하게 쏟아지는 가을 하루였다. 정문 앞에서 알렉산더를 기다리던 마차의 마부 오터가 그 둘을 보고 놀라 눈을 크게 떴다. 그러나 애써 아무렇지도 않다는 듯 다른 곳을 보았다.

"최근에… 저, 에닌 마델로 양의 사건은 참 안되었어요."

"부인은 언제나 다른 여자 이야기를 꺼내는군요. 저와 할 이야기가 그것뿐입니까?"

아자렛의 얼굴이 더욱 새빨갛게 물들었다.

"죄송해요. 하지만……."

"다시 한 번 말씀드리지만 결혼은 하지 않습니다. 그러니 다른 이야기를 하고 싶군요."

"저, 레오폴트와 무슨 이야기를 나누었나요?"

"다른 여자 이야기를 할 수 없으니 이제는 아들 이야기군요. 레오폴트 군은 호기심 많고 영리한 소년이지만, 오랫동안 병석에 있어서 그런지 무엇이든 탐욕스럽게 궁금해하지요. 저는 그런 레오폴트 군과의 만남을 즐거워합니다. 하지만 이것 말고 다른 이야기는 안 될까요?"

"죄송해요… 저는 제 가족밖에 몰라요. 이곳 귀부인들은 저를 싫어하고, 남편의 친구들은 그 부인들과 제가 어울리는 것을 무척이나 불쾌하게 생각해요. 그러니 제가 아는 곳은 제 집뿐이고, 제가 아는 사람은 제 가족뿐이지요."

"로웨나 그런 양과는 친한 듯 보이던데요?"

"네. 고향에서부터 알던 아이이고, 레오폴트의 친구이기도 하거든요. 마델로 부인과도 친했는데, 그분이 그렇게 되셔서 이제 제게 남은 사람은 로웨나뿐이네요. 하지만 그 아이도 곧 유명해질 거예요. 그러면 정말 저 혼자가 되겠군요."

"고향 생각이 나지 않으십니까?"

"자주 해요. 여기서는 남편밖에 없지만, 그래도 그곳에는 친구도 있고 좋은 분들도 많았지요. 이런 말을 해선 안 된다는 건 알아도…… 돌아가고 싶어요."

"행복하시지 않습니까?"

"네, 남편과 아들 덕에 행복해요. 하지만… 때로는 그들의 행복을 위해 제가 참아야 하기도 하지요. 고향이 그리운 것도, 그 때문에 참을 수밖에 없어요. 그이는 저 때문에 가족을 잃었는데……."

"남편 이야기도 하지 마십시오."

"네?"

아자렛은 놀라서 발걸음을 멈추었다. 알렉산더는 한 걸음 더 앞으로 나아가 돌아섰다. 눈이 마주쳤고, 그 순간에 아자렛은 숨막히는 듯한 두려움과 입 안이 바짝 마르는 듯한 긴장을 느꼈다. 그녀의 눈을 내려다보던 알렉산더가 고개를 들고 그녀의 어깨 너머를 보았다. 아자렛은 등이 저릿해지며 불안해졌다. 제발 아니길 바라며 돌아보았으나, 그녀가 확인한 것은 그 불안감이 적중했다는 것뿐이었다.

남편, 윌리엄 랜든이었다.

"여보, 저—"

태연히 말하려 했으나, 목소리는 입술을 열 때부터 떨리고 있었다. 눈이 뜨거워지며, 죄책감과 두려움이 밀려들어 왔다.

"아자렛, 당신은 돌아가. 저 남자와 단둘이 이야기해야겠군."

"무슨 이야기를 하려고요?"

"나는 귀가 먹지도 않았고, 내게 당신의 행실에 대해 험담을 늘어놓는 헛바닥은 수북하지. 하지만 나는 그 어떤 것도 믿지 않았고, 앞으로도 믿지 않을 거야. 당신이 어떤 여자인지 내가 누구보다 잘 아니까. 하지만 당신이 그런 여자인 것과 저 남자가 당신에게 치근덕댄다는 건 별개 문제지."

"오해예요!"

"나도 내 눈으로 보기 전까지는 오해라고 생각했어."

"여보, 오해예요. 만약 그렇게 생각한다면 제 잘못이에요. 제가 잘못해서 당신이 오해한 거예요."

"말이나 되는 소리를 해! 당신이 그럴 리 없잖아. 이봐, 백작. 대체 무슨 속셈이지? 니콜라스가 나를 죽이고 내 아내를 가지라 하던가? 응?"

"내가 자네 같은 사람인 줄 아나?"

알렉산더의 말에 랜든의 얼굴이 창백해졌다. 그 눈 위를 스치고 지난 공포를 아자렛은 놓치지 않았다. 분노가 나와도 당연하고, 증오가 나와도 당연했다. 그러나 남편이 어째서 공포를 느낀 것인지, 아자렛은 이해할 수 없었다.

"여자에게 선택의 여지를 주지 않는 건 비겁한 짓이지. 나는 그런 짓은 하고 싶지 않아. 특히나 자네처럼 그런 짓은 하고 싶지 않아."

랜든이 장갑을 움켜잡았다. 손이 덜덜 떨리며 하얗게 질려가기 시작했다.

"개자식 같으니. 그럼 내 아내에게 흑심을 품었다는 건 인정하는 건가?"

"애당초 그녀는 남의 아내가 될 예정이었지. 그렇게 따지면 자네도 그다지 결백하지는 못할 텐데?"

격분한 랜든이 장갑을 집어 던졌다. 아자렛이 말릴 틈도 없었다. 랜든은 길바닥에 내동댕이쳐진 장갑을 가리키며 외쳤다.

"결투다! 어서 집어! 네 머리를 날려 버리고 말겠어! 어서 집으라고!"

그러나 알렉산더가 집으러 갈 필요도 없었다. 랜든의 장갑 위로 손이 얹혔다. 그 손은 매우 불결한 물건을 집듯 손끝으로 장갑을 집어 올리더니, 허공에서 탈탈 흔들었다. 경악한 랜든이 외쳤다.

"네가 왜 집어!"

유릭이 장갑을 집어 들고 서 있었다.

"있길래."

"백작보고 집으라고 한 거다! 다시 던져, 다시!"

"싫은데요."

랜든은 얼굴을 무시무시하게 일그러뜨리며 험악하게 말했다.

"그럼 네가 그 결투를 받아들이는 거냐?"

유릭은 손가락으로 집고 있던 장갑을 튕겨냈다. 장갑이 날아가 랜든의 발치에 떨어졌다.

"반사. 안 합니다."

순간 랜든의 어깨가 치솟아올랐다. 유릭이 아차— 하는 순간에, 돌아갈 듯한 충격이 그의 턱을 후려갈겼다. 나가떨어질 뻔했지만, 알렉산더가 팔을 뻗어 유릭을 부축해 주었다. 그러나 입 안이 비릿하다 싶더니 입술 사이로 피가 스며 나왔다.

"요즘은 여기저기서 맞네요."

유릭은 그렇게 말하며 소매로 피를 닦아냈다. 랜든이 으르렁거렸다.

"꺼져, 유릭 트로반! 오늘 나를 조롱한 대가는 언젠가는 반드시 치르게 될 거다! 그러니 오늘은 꺼져 버리라고!"

크로반이라니까. 유릭은 애써 고쳐 줄 필요성도 느끼지 못했다.

"대가는 벌써 치렀습니다. 이렇게 맞고, 이렇게 피가 났으니 충분하다고 보는데요."

"닥쳐!"

랜든은 고함을 지르고는 유릭의 기대와는 달리 돌아서 저택을 향해 도망치듯 사라졌다. 목덜미가 새빨갛게 물들어 있었다. 남편이 돌아서자 아자렛이 달려와 유릭의 얼굴을 살폈다.

"괜찮아요? 맙소사, 얼굴이……!"

"괜찮습니다. 저기, 백작님은 어서 돌아가세요. 여기서 백작님이 계속 얼쩡대다가는 질투에 불타는 늑대에게 또 얻어맞고 말 겁니다."

"미안하군."

"아니, 아니, 괜찮습니다. 어서 돌아가기나 하십시오. 계속 계시면 제가 더 위험해진다니까요."

아자렛도 간절한 눈으로 알렉산더를 보며 말했다.

"죄송해요. 어서 돌아가 주세요. 남편 대신 제가 사과드리겠어요. 정말 죄송해요."

알렉산더는 품 안에서 손수건을 꺼내어 유릭에게 내밀었다.

"이걸로 누르고라도 있어. 나 대신 맞은 거니, 미안하네."

유릭은 손수건을 받아 피를 닦았다. 알렉산더는 유릭의 어깨를 두어 번 툭툭 쳐주고는 팔을 내리고 마차가 있는 곳으로 갔다. 오터가 길까지 나와 알렉산더를 맞이해 마차로 데리고 갔다.

"피라도 씻어요. 근처에 식수대가 있으니 어서 와요."

유릭은 순순히 그녀를 따라갔다. 아자렛이 말한 그곳은 작은 수반이 딸린 분수였다. 허리 높이의 식수대에서 맑은 물이 퐁퐁 샘솟고 있었다.

"앉아요."

유릭은 아자렛이 시키는 대로 근처의 돌 벤치에 앉았다. 아자렛은 유릭이 들고 있던 손수건을 가져가 찬 물에 적신 후 유릭의 피를 조심스럽게 닦기 시작했다.

"맙소사, 이렇게 찢어지다니… 병원에라도 갈까요?"

"괜찮다니까요. 저는 군인입니다. 이 정도 상처는 다반사예요."

유릭은 웃으며 아자렛의 손목을 잡아 밀었다.

"그러니 정말 괜찮습니다."

"죄송해요."

유릭은 손수건을 식수대의 물에 넣고 피 얼룩을 빨아냈다.

"남편 분이 질투가 많더군요."

"아니에요… 그저 오해를 한 것뿐이에요."

"사랑받고 계시니 질투도 하는 거지요. 부인은 여러 사람에게 사랑받는군요."

유릭은 손수건을 턴 다음 돌 벤치 위에 얹어놓았다.

"부인, 혹시 에드먼드 란셀이라는 남자에 대해 아시나요?"

유리처럼 얼어붙었던 수면이 와장창 깨진 듯한 충격과 두려움이 휩쓸려 들어왔다. 몸 끝이 부서질 듯, 차가운 물에 휩싸인 듯 아자렛의 얼굴이 창백해졌다.

"하사님이 대체 어떻게 아시는 거죠?"

"저희 아버지는 파난의 유형수였습니다. 그 앞방에 있던 죄수의 이름이 에드먼드 란셀이었습니다."

아자렛이 유릭의 옷자락을 잡았다.

"그이와 만난 건가요?"

"네. 벌써 몇 년 전 일이 되어버렸긴 하지만…… 생각해 보니 그리 오래된 일도 아니군요."

아자렛의 두 눈 가득 눈물이 차 오르기 시작했다.

"왜, 왜 이제야 말하는 건가요? 대체 왜……?"

"그야 말할 틈이 없었으니까요. 그러니까 로이로부터…… 부인의 예전 약혼자 이름이 에드먼드 란셀이었다는 걸 알게 된 후로 계속 말씀드리려 했습니다."

"어떻게 되었던가요? 몸은, 건강은, 아니… 아니……."

"제가 그와 만났을 때, 그는 팔다리의 힘줄이 끊겨 있었습니다. 그가 있었던 곳은 검독수리 성채였고, 그곳의 죄수들은 의무적으로 팔다리가 잘립니다. 최근에야 너무 잔인하다는 이유로 힘줄을 자르는 것으로 고쳐졌지만요."

아자렛이 입을 막으며 신음을 흘렸다. 이미 볼은 눈물 범벅이었다. 유릭은 돌 벤치 위에 얹어놓았던 수건을 들어 그녀에게 건네주었다. 그러나 아자렛은 고개를 저었다.

"더 말해줘요, 제발! 그리고 어떻게 되었나요?"

"그러다 파난의 유형지로 와서 제 아버지 방 맞은편에 수감되었지요. 그곳에서 많은 이야기를 했습니다. 그는 자주 부인에 대해 이야기하곤 했습니다."

"뭐라던가요?"

"아름답고, 상냥하고, 착한 분이라고요. 행복하게 지냈으면 좋겠다고, 그렇게 말씀하셨습니다."

"그리고 어찌 되었지요?"

"몇 개월 뒤에 죽었습니다."

아자렛은 눈을 감고 한숨을 내쉬었다.

"그가 무슨 죄로 갇혔는지…… 당신은 알고 있나요? 아무 이야기 안 하던가요?"

"그건 에드먼드 란셀, 본인도 모르고 있었습니다. 다만…… 지금의 실권자인 니콜라스 예하와 관련이 있을 것이다, 정도로 예상한 게 고작이었습니다……. 그런데 최근에 사건 조사를 하다보니, 당시 랭카스크 공작가에서 그를 구하려 했다는 걸 알게 되었습니다."

아자렛의 눈이 커졌다. 흠뻑 젖은 새카만 눈동자가 혼란스럽게 흔들리기 시작했다.

"랭카스크 공작가가요?"

"네. 어쨌든 니콜라스 예하와 랭카스크 공작가는 앙숙 사이니까요. 아마도…… 에드먼드 란셀이 예하의 비밀을 알고 있을 거라 생각해서 그를 구하려 했던 듯합니다. 성공했더라면 그렇게 되지 않았을 텐데……. 그 당시에는 제가 어려서 몰랐지만, 지금은 안타깝게 생각합니다."

이제 아자렛은 입술을 꾹 물고 있었다. 눈물은 더 이상 흘리지 않았다.

"에드는 저를 어찌 생각할지 모르지만, 저는 그를 좋아했습니다. 그 당시의 저에게는 마음을 놓을 친구가 없었으니까요. 그래서 그가 죽은 지금, 누군가에게라도 그가 무죄이고, 자유의 몸이 될 수도 있었다는 걸 알리고 싶었습니다."

"더 자세히 말씀해 주시겠어요?"

"무엇을요?"

"랭카스크 공작가가 그를 구하려 했다는 거요. 대체 어떻게, 대체 언제…… 언제 그런 거죠? 제발! 그런데 왜 구하지 못한 건가요!"

"부인, 진정하세요."

"당신은 제게 그가 무죄라는 걸 알리면 끝날 거라 생각할 테지만, 저는 아니에요! 말해줘요! 랭카스크 공작가는 어떻게 그이를 구하려 했던 거죠?"

"자세히는 모릅니다. 하지만 에드가 체포된 직후 공작가에서 사람을 보냈다는 말은 들었습니다. 중요한 사람일 테지요. 누군지는 모르겠지만…… 아마도 마그레노에 갔을 겁니다. 제가 아는 건 여기까지 입니다. 더 자세히는 모릅니다."

아자렛은 떨리는 손으로 치마를 꽉 움켜잡았다.

"지금 말씀하신 것 중…… 혹시 거짓이 있나요?"

"부인은 에드먼드의 약혼녀였으며, 그가 사랑했던 사람입니다. 저는 그런 당신이 그분을 죄인이 아니라 생각해 주길 바라기에 이리 말하는 것입니다. 거짓을 말할 리가요."

"고마워요."

"당연히 할 일이었습니다."

아자렛은 힘겹게 몸을 일으키더니 비틀비틀 걸어가기 시작했다.

"부인, 괜찮습니까?"

"괜찮아요…… 정말 괜찮아요. 고마워요, 너무 고마워요. 그이가 무죄라는 걸 알게 해주어서. 그이에게 희망이 있었다는 걸 알게 해주어서."

"그러하시다면, 오히려 제가 기뻐할 일이지요."

"아니에요, 아니에요. 너무나 고마워요. 잘 가요… 그리고 미안해요."

아자렛은 손목으로 눈물을 닦으며 걸어가기 시작했다. 그러나 얼마 걷지도 못하고 두 손에 얼굴을 묻고 흐느끼기 시작했다. 유릭은 그녀를 위로하지 않았다. 그 뒷모습을 묵묵히 지켜보다가 조용히 자리를 떴다.

레오폴트는 가정부가 험악한 얼굴로 내미는 물 잔과 약 한 더미를 받았다. 이제는 그다지 쓸모없다는 걸 알지만(예전에도 쓸모없었다), 그가 더 이상 아프지 않아도 된다는 걸 아는 사람도 없었고, 알기를 바라지도 않기에 그냥 고분고분 약을 받았다.

그때 현관문이 깨질 듯 열리며 아버지 랜든이 들어왔다. 레오폴트는 가정부가 눈치채지 못하도록 약을 앞 주머니에 슬그머니 쏟아 넣고는 현관으로 달려갔다.

"아버지, 어서 오세요."

험악하게 씨근대던 랜든은 아들이 달려오자 화들짝 놀라며 돌아보았다. 웃으며 반기려던 레오폴트는 랜든의 얼굴이 이상한 것을 발견했다. 자주 화를 내는 랜든이었다. 물론 아자렛이나 레오폴트에게는 단 한 번도 화를 내지 않았지만, 조금만 일이 꼬여도 고함을 버럭버럭 지르며 물건을 내던지거나 걷어찼다.

그러나 이렇게 공포에 얼어붙은 모습은 레오폴트가 기억하기로는 단 한 번뿐이었다. 바로 지난번에 칼 뷰겐트 중령이라는 거대한 남자가 찾아온 날 저녁에, 식사도 제대로 하지 못하고 서재로 도망치듯 사라지던 아버지의 얼굴도 저렇게 공포에 질려 있었다.

"왜 그러십니까, 아버지?"

"아니, 아니다! 서재로 가고 싶구나…… 나를 내버려다오. 제발 부탁한다."

"진정하세요. 안나, 안나! 뜨거운 차 한 잔을 가지고 와요! 응접실로 오십시오, 어서요. 지금 서재로 가면 쓰러지고 말 겁니다. 진정하세요,

아버지."

"아니라고! 그럴 필요 없어! 나를 혼자 내버려 둬!"

겁에 질려 고함을 내지르다가 랜든은 당황했다. 아들에게 보일 모습이 아니었다. 그러나 레오폴트는 침착하게 아버지의 손을 잡았다.

"오십시오. 제발요."

응접실 테이블에는 가정부 안나가 금방 준비한 따뜻한 차와 우유가 놓여 있었다. 랜든은 떨리는 손으로 찻잔을 집어 입으로 가져갔다. 그러나 제대로 마시지도 못해 차는 절반이 흘러내려 옷깃이 흠뻑 젖고 말았다.

"대체 왜 이러시는 겁니까, 아버지?"

"묻지 말아다오. 제발 묻지 마."

레오폴트는 그의 손에서 찻잔을 가져다 테이블 위에 놓았다. 그때 문 열리는 소리가 들렸다. 들어온 사람은 아자렛이었다. 그녀가 조금 전 백작을 배웅하러 나간 건 레오폴트도 알고 있었다. 레오폴트는 그녀가 돌아온 것에 안심하며 응접실로 오기를 기다렸다. 얼마 지나지 않아 아자렛이 응접실로 왔다. 그러나 그녀 역시 랜든만큼이나 창백했다. 레오폴트가 바라보자 아자렛이 어색하게 웃었다.

"레오, 잠시만 나가 있어줄래? 아버지와 단둘이 있고 싶구나."

"하지만……."

"어른들끼리의 이야기란다. 나가 있으렴, 어서."

레오폴트는 망설이며 아버지의 등을 보았다. 넓고 커다란 아버지의 등이 오그라든 듯 보였다. 그러나 랜든도 아자렛과 똑같이 말했다.

"가 있어라, 레오. 중요한 이야기인 것 같구나. 엿듣지도 말아라. 우리가 이야기해 줄 때까지 알려 하지도 말거라."

"아버지."

"가, 어서."

아자렛이 다가와 레오폴트의 어깨를 부드럽게 밀었다. 어머니의 부드러운 몸짓이 얼마나 거역할 수 없는 힘을 가지고 있는지 레오폴트는 잘 알고 있었다. 레오폴트는 멈칫거리면서도 응접실을 나갔다. 엿듣고 싶었지만, 아버지의 목소리가 귀에 울리는 듯해서 도저히 그리할 수 없었다.

레오폴트가 나간 뒤에도 랜든은 아자렛을 등지고 있었다. 아자렛은 테이블 위의 잔을 가지런히 놓았다.

"떨고 계시네요."

"춥군."

아자렛은 소파로 가서 헝클어진 쿠션을 두드려 바로 놓았다. 랜든 때문에 쓰러진 꽃병을 바로 세우고, 그 꽃을 가지런히 정돈했다.

"기억하시죠? 당신과 제가 처음으로 만났던 그날을……."

"기억하다마다."

"당신을 소개한 사람은 제 아버지 친구 분의 아들인 필립 하사였지요. 그 사람은 약혼자가 약혼식 직전에 체포되어 슬퍼하던 제게, 당신이 마그레노에 왔다고 가르쳐 주었어요. 당신이 수도에서 온 높은 귀족이라고 했어요. 그러니…… 제 약혼자인 에드먼드, 그 사람을 구명해 줄 수 있을 거라 했지요."

"그랬지."

"절실했어요. 저는 그 사람을 되찾고 싶었고, 그 사람이 무사하기를 바랐어요. 당시는 참 흉흉하던 때였고, 철십자 기사단에게 체포되면 그 누구도 돌아오지 못했어요. 저는 제 약혼자의 결백을 믿었고, 그래서 당신을 찾아갔던 거예요. 당신이 죄없는 그를 구해줄 거라 생각했으니까요."

"그는 유죄였소."

"무슨 죄였나요?"

"그는… 그는 흑마법사였어! 반역자 무리라고!"

"어떤 반역을 꾀했던 건가요?"

"그건……."

"그가 누군가의 인생을 망쳤나요?"

"그랬을지도 몰라."

"누군가의 소유물을 강탈했나요?"

"그랬을지도 몰라."

"누군가를 죽였나요?"

"그랬…… 을지도 몰라."

"구해줄 수 있었나요?"

"아니."

"여보, 저를 봐요. 제 눈을 보고 말해줘요. 정말 그를 구해줄 수 없었어요?"

그러나 랜든은 돌아서지 않았다. 둘 사이의 침묵은 한밤의 눈송이처럼 모든 소리를 빨아들였다.

"잠시 떠나 있겠어요."

마침내 아자렛이 말했다. 랜든이 돌아서서 아자렛의 팔을 잡았다.

"무슨 소리야? 잠시 떠나 있다니!"

"그가 잡혀가고 힘들게 살았어요. 그이의 재산이 사라져서도, 제 아버지가 병석에 눕고 집은 파산 직전으로 내몰려서도 아니었어요. 그 흉흉한 때, 잡혀간 사람들이 어찌 되는지 소문으로만 들었지요. 목이 잘린 시체들과 그 목들이 수북하게 묻힌 구덩이가 발견되었다는 말을 듣게 되면 그 안에 그 사람이 있을지도 모른다 생각했고, 호수의 수면 위에 시체 무더기가 떠올랐다는 말을 들으면 역시나 그 안에 그 사람이 있을지도 모른다고 생각했지요. 그 소문들은 저를 몇 번이나 죽였어요!"

"그 사람은 감옥으로 갔어! 처형당하지 않았다고!"

"알아요. 천천히 죽어가는 형벌을 받았지요. 그런데 그때의 당신은 그를 구해주지 않았어요."

"말했잖아! 그는 유죄였고, 그를 구하려고 했다면 내가 죽었을 거야!"

"정말, 정말 도저히 구할 수 없었나요?"

"정말이야, 믿어줘! 나는 그를 구할 수 없었어."

그렇게 외치던 랜든은 아자렛의 눈과 마주 보게 되었다. 검고 차분한 눈동자가 그의 눈을 향하고 있었다. 진실을 원하는 눈동자가 그의 심장을 꿰뚫었다. 랜든은 고개를 떨구었다. 그녀의 어깨를 쥐고 있던 손도 힘이 풀리며 아래로 툭 내려갔다.

"윌리엄, 당신을 원망하지는 않겠어요. 그 모든 것은 당신의 선택이었을 테고, 당신이 내린 결정이고, 당신의 권리겠지요. 그것에 제가 무어라 말할 수 있겠어요. 제가 무엇을 비난할 수 있겠어요. 그러니 당신이 그런 선택을 내렸다 하더라도 원망하지는 않겠어요. 괜찮아요, 당신에게는 죄가 없어요."

"미안해, 정말 미안해……! 하지만 난, 난……."

"윌리엄, 이건 당신이 사죄할 일이 아니에요. 자비도, 동정도, 도움도, 모두 주는 자의 권리일 뿐… 저는 아무것도 할 수 없는 무능한 소녀였을 뿐이에요. 그러니 당신이 자비를 베풀어주지 않았다고 원망할 수는 없겠지요. 그러니 괜찮아요."

아자렛은 랜든의 손에 자신의 손을 얹었다. 랜든은 주린 듯 그녀의 손을 움켜잡았다. 그러나 아자렛은 고개를 저으며 그의 손을 떼어놓았다.

"하지만 지금은 혼란스러워요. 그러니 혼자 있게 해줘요."

"안 돼, 안 돼. 그럴 수는 없어. 나는 당신 없이는 잠시도 살 수 없어!"

"죄송해요. 지금의 저는 당신과는 잠시도 같이 있을 수 없어요."

예정된 시간이 되어 물이 빠지듯 그녀는 돌아보지도 않고 응접실을 나갔다. 그리고 문을 닫았을 때, 그녀는 2층 계단의 난간에 서 있는 레오폴트와 만나게 되었다.

"들었니?"

아자렛이 상냥하게 묻자 레오폴트는 고개를 저었다.

"거의 듣지 못했습니다. 하지만 어머니가 떠난다는 말은 들었습니다. 대체 무엇 때문입니까?"

아자렛이 잔잔하게 웃었다. 흐린 날의 햇살 같은 그런 미소였다.

"네가 건강해져서 다행이야, 레오."

그리고 아자렛은 고요한 걸음으로 침실로 갔다. 어머니가 무엇을 하려 하는지 레오폴트는 금방 알게 되었다. 레오폴트는 급히 응접실로 달려가 문을 열어 젖혔다. 그리고 그가 본 것은 주저앉아 머리를 감싸 쥐고 있는 아버지, 랜든이었다. 레오폴트는 달려가 그의 어깨를 잡으며 물었다.

"무슨 일입니까, 아버지? 어머니가 왜 떠나려 하시는 겁니까?"

"이플릭셔스."

"네?"

"그를 찾아야 해."

레오폴트는 그 이름을 단 한 번도 들어본 적이 없었다. 이플릭셔스— 이름도 기묘했다. 너무도 터무니없는 이름이라, 엉터리 가명 같았다.

"누굴 말하는 겁니까?"

"그 자식이 악마라는 걸 증명할 유일한 증인. 그 남자를 찾아야 해."

"네? 증인?"

"내가 악마에게 속아 그 신부가 될 뻔한 그녀를 구한 거야! 그런데 다시 악마가 나타나 네 어머니의 귀에 거짓을 속삭여 나를 떠나게 만드는

구나… 그러니 그 남자, 이플릭셔스를 찾아야 해. 그 남자만이 악마를 증언할 수 있어!"

아버지의 등이 흔들리기 시작했다. 레오폴트는 급히 주머니를 뒤져, 그의 약에 포함된 진정제를 찾아내 랜든의 입술 사이로 넣었다. 그리고 이미 식은 차가 담긴 찻잔을 가져와 랜든에게 내밀었다. 랜든은 무엇을 먹는지도 모르며 약을 삼키고 차를 마셨다.

"주무십시오. 주무시는 동안 제가 다 알아서 하겠습니다…… 레이널드, 레이널드! 어서 와서 아버지를 모시고 가요! 어서!"

가정부와 집사가 숨넘어갈 듯 급히 달려와 랜든을 끌고 갔다. 덩치 크고 험상궂은 아버지가 그렇게 울며 무너지는 모습은 결단코 보고 싶지 않았다. 집의 기둥이 무너지고 벽이 쓰러지는 모습을 보는 건 비참하다. 가장 믿고 의지하던 존재가 휩쓸려 무너지고 있는 것이기에.

어떻게 응접실을 나와 자신이 머무는 별채로 왔는지 기억나지 않았다. 정신을 차렸을 때는 별채 응접실이었다. 소파에 앉아 머리를 감싸 쥐고 있었다. 눈앞의 벽난로 옆에 누군가가 서 있다는 것을 깨달은 것은 한참이나 뒤였다.

"정신 차렸나?"

그제야 눈앞에 있는 키 큰 소년이 누구인지 알아볼 수 있었다. 유릭이었다.

"어떻게—"

"와야 할 이유가 있으니까, 주인님."

화가 치밀어 올랐다. 어느 정도 예의를 갖추어 대해줄 때는 몰랐지만, 정작 그 벽이 허물어지자 당황하게 되는 쪽은 레오폴트였다. 만나면 만날수록 상처에 유리 칼을 대는 듯한 유릭을 다룰 자신이 없어져 가고 있었다.

유릭이 담배를 물고 불을 붙였다. 피우지 말라 말하고 싶었지만, 저 유릭이 대체 어떻게 말할지 알 수 없어 두려워 아무 말도 하지 못했다.

"내일 모레 회합이다. 지클린데 전하께서 너를 보고자 하시지. 오려면 와라. 올 거냐?"

"갈 겁니다."

"레오, 그만두고 싶으면 지금 그만둬. 하지만 여기서 한 발자국 더 나간다면, 다시는 벗어날 수 없게 돼."

"지금도 충분히 많이 왔습니다. 돌아가지 않아요. 돌아갈 수도 없고."

"나는 너를 이해할 수 없다. 이렇게 많은 것을 가지고, 많은 것을 가질 수 있는데 왜 여기로 오려고 하는지. 이 어둠을 넘보는 것인지."

"저는 당신을 이해할 수 없군요. 왜 저를 착한 아이로 만들려 하십니까?"

"가르쳐 주는 게 가르쳐 주지 않는 것보다 편하기 때문이지. 그리고 나는 이로써 내가 저지른 죄악을 씻을 수 있게 되기 때문이기도 하지."

레오폴트는 유릭이 대체 무엇을 말하는 것인지 알기 어려웠고, 동시에 이 소년을 다루는 것에 더 더욱 자신감이 없어졌다. 궁금해지기까지 하다.

로웨나는 정말 이 소년을 좋아하는 걸까. 이 소년은 정말로 로웨나를 좋아하는 걸까. 이 얼어붙은 바다 같은 소년이, 새카만 심해에서 잠자는 미지의 생물 같은 소년이, 정말 누군가를 좋아하거나 사랑받을 수 있는 걸까. 처음에는 끌리다가도 이내 그 가슴 안에 숨은 바닥 없는 암흑과 마주하게 될 것이다. 그 가혹함과 냉혹함과 마주하게 되면 누구라도 도망치고 싶어질 것이다. 로웨나는 과연 이런 유릭의 섬뜩하게 드러나는 잔인함과 마주한 적이 있을까.

레오폴트는 그만두기로 했다. 그러면 그럴수록 자신이 싫어졌기 때문이다.

"그런 이야기는 그만 하죠… 유릭, 혹시 이플릭셔스라는 사람에 대해 압니까?"

"그런 사람은 모른다."

유릭의 답은 참 간단했다. 레오폴트는 그럴 줄 알았던지라 허탈하게 웃으며 고개를 저었다.

"역시나 그렇군요. 하긴, 그런 엉터리 같은 이름이 본명일 리 없죠. 좋아요, 어차피 기대도 하지 않았으니까. 다음 회합 때 뵙지요. 하지만 그 전에…… 당신이 해주실 일이 있습니다."

"말해라."

"지클린데 전하, 헨리 카밀턴 경과 따로 만나 뵙고 싶습니다. 어차피 제가 회합에 참석할 수 있을 리도 없고……."

"너는 그들을 증오하지."

"네."

"이제 고삐 풀린 용 같은 너를, 동굴에 돌아갈 필요가 없는 그런 용 같은 너를, 그들 앞으로 데리고 가야 하는 걸까?"

"당신은 명령대로 해야 합니다."

"너는 어른들이 하는 짓이 우습겠지. 어리석어 보이고, 터무니없어 보이고, 바보 같아 보일 테지. 네가 그들을 지배할 수 있을 듯하고, 네가 그들의 왕이 될 수도 있을 듯 보이겠지."

"그래도 어른들은 어른들이니 존중하라는 말씀입니까?"

"아니, 정말 멍청한 사람들은 분명히 있지. 그러니 무조건 존경해야 한다는 말은 아냐. 단지―"

"단지?"

"네가 할 수 있는 일이 있으면 없는 일도 있어. 너는 아직 어리고, 그런 네가 해야 할 일은 지금의 네가 무엇인지 파악하는 거다. 다행히 너는 보호받고 있고, 사랑받고 있잖아. 네가 차분히 성장해 나간다고 너를 탓할 사람도, 너를 밀어붙일 사람도 없어."

"노인네 같은 말이군요."

"자신을 이해할 수 없는 사람은 타인도 이해할 수 없어. 타인을 이해할 수 없으면 그들을 지배할 수도 없다. 힘으로만 지배하려 한다면 그들은 너를 증오할 테고, 네가 조금이라도 약해지는 순간 그들은 무자비하게 닥쳐와 너를 난도질할 거다."

"악마처럼 자유롭다면, 악마처럼 강하다면, 악마처럼 사악하다면 괜찮아요."

"악마들은 자유롭게 사악하지만, 단 한 가지 원칙은 분명하게 지킨다. 그건 단 한 가지지만, 단 한 가지인만큼 분명하고 가혹하다."

"뭐죠, 그게?"

"서열."

별거 아니라는 생각이 들었다. 그까짓 거, 내가 맨 위로 올라가면 되는 일 아닌가.

"잘 있어라."

유릭은 담배를 카페 위에 던지고 발로 비벼 끈 다음 응접실을 떠났다. 레오폴트는 그 담뱃재를 망연하게 바라보았다. 보통 때라면 화가 치밀어야 정상인데, 아무 생각도 들지 않았다.

지금 절실히 필요한 것은 어머니의 손길이었고, 어머니의 품이었고, 어머니의 위로였다. 아버지의 손길이었으며, 아버지의 목소리였으며, 아버지의 미소였다. 그런데 지금 그 어떤 것도 없었다. 머리를 감싸 쥐며 흐느끼는 것밖에는 달리 할 수 있는 일이 없었다. 이제야 자신이 작다는 것이, 왜소하다는 것이, 초라하다는 것이 너무도 절실하게 느껴졌다. 그러나 레오폴트는 아버지를 지켜야 한다는 것, 아버지를 위해 무언가 해야 한다는 것만 생각하기로 했다. 게다가 랜든이 저렇게 무너진 지금, 정말 무엇이든 해야 한다. 그렇지 않으면 아버지의 적들이 아버지를 파멸시킬 것이다.

＊　　　＊　　　＊

지클린데의 회합 일정이 또 발표되었고, 그것은 안보위원회가 완전히 와해되어 거의 무용지물이 되었다는 말과 비슷했다. 또한 브란 카스톨에서의 니콜라스의 영향력이 상당히 식었다는 것을 의미하기도 했다.

회합에 참석하는 귀족들은 점점 늘어났고, 참석하는 신분 계층도 점차 확대되기 시작했다. 대의회가 소집되면 지클린데는 분명 몇 가지 법률을 상정할 것이며, 세력의 확대는 의회에서의 영향력으로 실현될 것이다. 그러나 그것은 곧 구귀족들의 세력 회복과 복귀를 의미하는 것이기도 했다. 신성처럼 나타난 지클린데는 너무 젊었으며, 그 능력을 공개적으로 시험받았던 적도 없다.

남편의 암살 직후, 그녀는 칩거하며 찬찬히 길을 닦아왔다. 친아버지와 외할아버지도 죽였던 니콜라스다. 얼굴 몇 번 마주한 적 없는 지클린데에게 자비로울 거라는 기대는 애당초 무가치했다. 그녀는 차분히 침묵하고 침묵하며 때를 노렸고, 살비에 마델로의 몰락과 함께 세상에 나왔다.

"본격적으로 세상에 나왔으니, 본격적으로 위험해지겠지. 하지만 어차피 내가 해야 할 일이야. 나더러 죽어달라는 사람이 많아지겠지만, 나를 원하는 사람도 그만큼 많아지는 거다."

차라리 남편을 맞이하여 안전하게 있어 달라 만류하는 늙은 측근들에게 지클린데는 그렇게 말했다.

"니콜라스의 적은 나고, 내 적은 니콜라스지. 어머니 뱃속에서 얼굴을 마주하고 있을 때부터 그렇게 운명 지어진 거야."

그리고 유릭이 지클린데를 만나러 갔을 때, 노천 카페의 의자에 앉아 그를 기다리던 지클린데는 그렇게 말했다.

"정말 그 꼬마를 만나러 가실 겁니까?"

"당연하지. 만나야 해."

지클린데는 웨이터를 불러 찻값을 치른 뒤에 일어났다. 유릭은 주변을 둘러보았으나 경호원은 보이지 않았다. 늘 그녀가 달고 다니던 노인 노파 커플도 없었다. 시녀도 없었고, 시종도 없었다. 지클린데는 우아한 걸음으로 그녀를 위해 준비되어 있는 마차에 탔다. 일단 주변을 한 번 둘러본 후에 유릭에게 손짓을 해 올라오도록 했다.

"서남문 앞의 흰 나무숲으로 가."

마차가 달리는 내내 지클린데는 아무 말도 없었다. 유릭 역시 마찬가지였다. 새삼 굉장하다는 생각도 들었다. 몇 달 전만 해도 파난의 문제아 하사관이었던 유릭이, 이제는 황제 다음 가는 레반투스 대공과 마주하고 있는 것이다. 그리고 오늘 흰 나무숲에서 레오폴트를 만나기로 정한 것 역시 레반투스 대공. 고작 열세 살인 소년을 레반투스 대공이 직접 만나러 가는 것이다. 파격 중의 파격이었다. 마차가 서남문을 통과하자 지클린데가 말했다.

"흰 나무숲, 원래 이름은 브란 스밀렌 나오치. 나는 그곳에서 내 남편을 잃었고, 흉터를 얻었지."

"왜 하필 그곳을 약속 장소로 잡으신 겁니까?"

"나무들이 굉장히 빽빽하게 자라 있는데다가, 나무줄기도, 흙도 하얀 색이라… 조금만 멀리서 보면 뿌옇게 보이기만 하지. 밖에서는 아무것도 보이지 않아."

"위험한 곳이군요."

"그래, 그래서 지그문트는 그곳에서 나와 내 남편을 죽이려 한 거지."

그리고 그녀의 색다른 눈동자가 유릭을 향했다. 유릭은 불경한 신도처럼 그녀의 눈을 무관심하게 마주 보았다. 스침은 잠깐이었을 뿐이다. 지클린데는 눈길을 거두고 마차 밖을 보았다. 마차 창밖으로 안개가 피어오른 듯 뿌연 대지가 펼쳐지기 시작했다.

얼마 지나지 않아 뼈처럼 하얀 자작나무들로 가득한 숲으로 들어섰다. 마차는 금세 그 숲의 공터에 도착했다. 유릭은 마차 문을 열고 내렸다. 숲에는 새카만 코트를 입은 레오폴트가 기다리고 있었다. 지클린데가 유릭의 뒤를 따라 마차에서 내렸다. 그녀가 우아하게 손을 내밀자, 레오폴트는 그 손등에 정중하게 키스했다.

"인사는 생략한다. 자, 내게 말할 것이 있다 했지? 말해보려무나."

레오폴트이 지클린데 뒤에 서 있는 유릭을 바라보았다. 유릭은 고개를 저었다. 레오폴트는 부탁하듯 지클린데를 보았으나, 그녀도 고개를 저었다.

"그는 내 호위로 따라온 거야. 그러니 그를 물러나게 할 수는 없다. 자, 말해봐."

"어쩔 수 없군요, 전하."

그리고 레오폴트는 시선을 내렸다.

"드릴 말씀이 있어서 뵙고 싶었습니다. 이렇게 따로, 그리고 이렇게 쉽게 뵐 수 있을 거라고는 생각하지 못했습니다."

유릭은 마차의 마부를 보았다. 마부는 말들의 고삐를 단단하게 묶고, 말의 머리에는 눈가리개 같은 것을 덮어씌웠다. 시선을 느낀 마부가 유릭을 흘끔 돌아보고는 엄지손가락을 들어 보였다.

레오폴트는 말하고 있었다.

"어린 시절, 많은 핍박을 받으신 분이라 들었습니다. 전하를 억압한 사람은 다름 아닌 레반투스 대공과 랭카스크 공작을 비롯한 옛 귀족들, 지금의 전하 옆에 있는 사람들입니다. 그런데 왜 그 사람들에게 옛 영광과 부를 가져다주려 하십니까? 그들은 잘못했기에 빼앗긴 겁니다."

"나도 알아. 하지만 나는 내가 할 일을 하는 것뿐, 그들이 예전에 잘못을 했든 하지 않았든 판단하지도 않고, 너에게 판단을 맡길 생각도 없다."

"그래도 니콜라스 예하는 세상을 바꾸었고, 잘못된 것을 고쳤습니다."

"그래, 예전의 잘못된 걸 고쳤지. 그리고 자신도 많은 잘못된 것을 만들었다. 죄는 죄이며, 죄는 선으로 용서받을 수 없다."

"전하께서 복권하신다면, 그리고 의회의 의원들도 확보한다면, 니콜라스 예하와 돌비체 수상에게 반하는 많은 일들을 하실 테지요."

"당연하지. 어쨌든 나는 니콜라스가 잘못한 많은 것들을 고칠 생각이다."

"그 안에는 예전의 악습을 돌이키는 것도 있습니까?"

"내 판단으로는 없다. 하지만 너나 니콜라스의 판단에 따르면 있을지도 모르지."

"하지만 지난 회합에서 저는 과거의 망령들이 되살아나 전하 곁으로 온 것을 보았습니다. 전하께서 레반투스 가의 영광을 되찾는다면, 그 망령들은 자신의 몫을 요구할 것입니다."

"네가 상관할 바 아니야. 그런데 네가 이야기하고자 하는 건 대체 뭐지?"

"전하께서 잘못하고 계시다는 걸 말씀드리고 싶습니다. 그리고—"

유릭이 나서려 하자 지클린데는 손을 들어 막았다. 유릭은 다시 마부

쪽을 보았다. 마부는 마부석으로 올라가 있었다. 마주치자 고개를 끄덕였다. 다시 돌아보았을 때, 지클린데는 레오폴트를 똑바로 노려보고 있었다. 그것은 어린 소년을 보는 눈이 아니었다. 불타는 분노와 차가운 증오가 뒤섞여 적을 바라보는 자의 눈빛이었다.

"꼬맹이 뒤에서 주절대지 마라, 지그문트."

지클린데가 말했다.

"무슨 말씀이십니까?"

레오폴트의 눈이 커졌다. 지클린데가 외쳤다.

"아리아케!"

달빛 같은 하얀 빛이 레오폴트의 몸 안에서 스며 나왔다. 지클린데는 두 손을 뻗어 레오폴트의 어깨를 움켜잡았다.

"전하, 손을 떼고 물러나십시오."

유릭이 말했지만 지클린데는 물러나지 않았다.

"지그문트, 어서 답해! 어서! 당장!"

순간 레오폴트의 눈이 커졌다. 그 눈동자의 색이 한쪽 눈은 푸른색으로, 다른 눈은 녹색으로 변했다. 레오폴트가 말했다.

"알고 있었군, 지크."

분명 레오폴트의 목소리였지만, 그 어조는 완벽하게 달랐다. 나긋나긋하면서도 오만한 레오폴트의 어조가 아니었다. 신경질적이고 딱딱한 어조, 바로 니콜라스 특유의 빈정대는 듯한 어조였다.

"레오폴트가 나를 찾아왔을 때부터 알고 있었어. 이 가엾은 꼬마는 너에게 조종당하는 것도 모르고, 자신이 원하고 자신이 생각해서 나를 찾아왔을 거라 생각했을 테지!"

레오폴트가 두 팔을 벌리며 웃었다. 무엇으로 보나 니콜라스였다. 결정적으로 재수없어 보이네, 유릭은 그런 레오폴트를 보며 생각했다.

"착각도 죄지. 지나치게 영리한 것이 독이 되었어. 또래를 뛰어넘는 지성과 놀라운 힘, 그렇기에 자기 자신을 믿고 행동하는 아이. 그러나 그렇기에 놀랍도록 편리하게 이용할 수 있었지. 그 모든 생각과 행동이 자기 자신이 판단하는 거라 착각하며 조금도 의심하지 않았으니."

"왜 하필 이 꼬마지?"

"내 주변에서 가장 뛰어난 아이이고, 그 힘의 속성은 나와 닮아 있으니까. 그리고 너무 어린 비련의 소년 아닌가. 행여나 네가 속아주어 이용당해 주지나 않을까 기대하긴 했지."

"그날의 소년을 동정하진 않아. 다만 너에게 이용당한 이 소년은 동정한다!"

"그렇다면 이 아이를 위해 울어줘, 네 남편이 죽던 그날처럼."

유릭이 달려와 지클린데의 허리를 낚아챘다. 지클린데가 고함을 지를 틈도 없이, 마부가 달려와 유릭이 집어 던진 지클린데의 몸을 받았다. 마부는 지클린데를 한 팔로 안자마자 잽싸게 모자를 벗어 던졌다. 흰 얼굴이 드러나자 레오폴트가 외쳤다.

"또 너냐, 브랫 키저!"

"아아, 예하로군요! 당신을 다시 뵙게 해준 하나님께 영광을! 많이 젊어지셨어!"

지클린데와 레오폴트의 대화를 듣지도 못한 브랫 키저가 어떻게 지금 상황을 파악했는지는 그 누구도 알지 못했다. 그래도 브랫 키저는 잽싸게 지클린데를 마차 안으로 들어가게 한 다음 마부석으로 나는 듯 뛰어올랐다.

"암만!"

레오폴트가 외쳤다. 그 마령의 이름을 아는 브랫이 놀라서 유릭을 보았다. 유릭은 바닥을 박차고 뛰어올랐다. 허공에 은빛 마법진이 새겨지는 순간에 양팔을 벌리며 마차와 마법진 사이로 뛰어들었다. 마법진에서 공기가 폭발하며 유릭을 향해 쏟아졌다.

"유리!"

브랫이 외쳤다.

"괜찮아요! 이건 원래는 제 마령이니까, 그러니까 저를—"

그러나 그리 말하는 순간에 제복이 찢어지며 피가 터졌다.

"너를 해치지 않긴 뭘 안 해쳐!"

"그러니까 덜 아프게 맞는 법을 안다는 말이지, 절대 안 다친다는 말은 아니었는데요."

"바보냐, 너!!"

"어서 전하를 데리고 도망가거나 하세요."

"상대는 니콜라스라고!"

그러나 말싸움할 틈도 없었다. 레오폴트가 두 손을 뻗으며 외쳤다.

"크리게아!"

유릭과 브랫이 동시에 몸을 날려 엎드렸다. 하얀 마법진이 허공에 스캉, 나타나 주변이 싸악 얼어붙기 시작했다. 그러나 그뿐이었다. 납작 엎드렸던 브랫이 고개를 들며 투덜댔다.

"더럽게 춥기만 하잖아."

"그야…… 저건 언제나 암만과 함께 써야 위력이 막강하거든요. 저것만 쓰면 강력한 냉장고를 만드는 것 외에는 조금도 쓸모가 없어요."

"저놈이 어떻게 네 마령을 쓸 수 있는 거지?"

"레오폴트는 자기 마령 외에 남의 마령을 감지하여 쓸 수 있는 특이 체질이거든요. 그리고 니콜라스는 지금의 레오폴트를 조종 중이고. 그래서 예하께서 제 마령을 쓰는 겁니다."

"그럼 나도 위험하잖아. 내 것도 쓰면 어떻게 해!"

"어차피 당신의 마령은 약해서 별로 위험하지도 않습니다."

유릭은 잽싸게 몸을 일으켰다. 브랫도 따라 몸을 일으켰다.

"둘 다 어서 타!"

브랫도, 유릭도 기가 막혀 마부석을 보았다. 마부석에 지클린데가 앉아 고삐를 틀어쥐고 있었다.

"안 타면 나 혼자 출발해 버릴 테다!"

유릭과 브랫이 달려가 마차를 붙잡았다. 지클린데가 채찍을 휘둘렀다. 말들이 무시무시하게 울부짖으며 달리기 시작했다.

"홀드미언!'

레오폴트가 달려가며 외쳤다. 바닥에서 희뿌연 안개가 스며 나오더니, 그것이 그대로 말의 모습이 되었다. 레오폴트는 그 고삐를 잡고 뛰어올랐다. 안개의 말은 정말(말 그대로) 나는 듯 마차를 따라잡기 시작했다. 브랫이 검을 뽑으려 했다. 그러나 유릭은 그의 목에 팔을 대며 막았다.

"쓰지 마십시오. 저 녀석에게 이용당하게 됩니다."

"그럼 넌 어쩌려고!"

"몸으로 때우죠."

그리고 유릭은 마차에서 몸을 날렸다. 브랫이 기겁했다. 유릭은 두 팔을 벌려 말 위의 레오폴트의 목을 낚아챘다.

"으악!'

둘 다 바닥을 엄청나게 굴렀다. 흙도 바위도 신비롭고 몽환적인 흰색이었건만, 바닥에 구르니 아주 현실적으로 아팠다. 먼저 몸을 일으킨 레오폴트가 외쳤다.

"일렉판, 파이탄, 위리파인—!'

바닥이 쿠르릉 울리며, 그 안에서 회색의 말과 기사들이 솟구쳐 올라왔다. 지옥에서 튀어나온 악마들처럼 돌진했다. 유릭은 방아쇠를 당겼지만, 총은 철컥대며 기침만 할 뿐 아무것도 발사되지 않았다.

"젠장이군."

말과 기사들이 우르릉 소리를 내며 돌진해 순식간에 마차를 따라잡았다. 사방이 그 회색의 유령 기사들에게 휩쓸리며 하얗게 타 들어갔다. 마차의 뒤에 매달린 브랫의 얼굴이 새하얗게 질렸다.

레오폴트가 웃으며 말했다.

"이제 끝이야. 모든 것이 하얗게 탈 테지."

바닥이 검게 꺼지고, 나무들이 하얀 재가 되어 픽픽 사그라졌다. 회색의 기사와 말들이 마침내 마차를 따라잡았다.

"끝나기 전에는."

유릭은 총구를 들며 레오폴트를 가리켰다.

"끝난 게 아니야."

그 말이 끝나자마자 숲 너머에서 붉은빛이 솟구쳤다.

"탄달로스—!"

온 숲이 메아리치며, 그 붉은빛이 바닥을 휩쓸며 혜성처럼 날아왔다. 그것이 선두의 기사를 명중시켰다. 시뻘겋게 타 사라졌다.

"구역 설정!"

맑고 낭랑한 외침이었다. 순간에 바닥이 새파랗게 빛나더니, 그 위로 기둥들이 솟구쳐 올라왔다.

"드류벨다!"

꽤나 거친 외침이 터졌다. 엄청난 전격이 바닥에서 솟구쳐 올랐다. 징징, 끝장낼 듯한 소리로 솟구쳐 으르렁거리며 새하얗게 타올랐다. 회색 기사들이 타는 듯 사그라졌다. 애꿎게 구역 안으로 포함된 나무들도 산산이 부서졌다.

레오폴트가 얼굴을 일그러뜨리며 외쳤다.

"히게아!"

시뻘건 마법진이 허공에 나타났다. 그러나 불꽃이 솟구치기도 전에 흰 빛이 번쩍이더니, 그 중앙이 꿰뚫렸다. 흰 화살이 레오폴트의 이마를 스치고 지나갔다. 불꽃이 힘없이 사라졌다. 마법진도 끝에서부터 오그라들며 사라졌다. 레오폴트가 하얗게 질린 채 숨을 몰아쉬었다. 놀라서 그런 게 아니란 것을 유릭도 알고 있었다. 니콜라스는 레오폴트를 통해 힘을 쓰는 것에 익숙하지 않았고, 레오폴트는 힘을 쓰는 것 자체에 익숙하지 못했다. 놀랍도록 빠르게 힘을 익히긴 했으나, 너무 빠른 만큼 힘을 안정적으로 쓰는 방법은 모르는 레오폴트였다.

유릭은 총구를 들어 레오폴트의 이마를 가리켰다.

"지금부터 제국관리 특별법에 따라 흑마법사를 체포한다. 증인은 나, 유릭 크로반 하사."

그리고 유릭의 총구가 레오폴트의 이마에 박혔다.

레오폴트의 불타던 눈이 가라앉기 시작했다. 차츰차츰 어두워지더니 새카맣게 변했다. 그리고 완전히 검어지는 순간에, 그의 눈이 커졌다. 유릭이 물었다.

"어이, 너 레오폴트냐?"

레오폴트가 신경질적으로 외쳤다.

"당연하지요! 지금 어떻게 된 겁니까?"

"네가 생각해 봐. 내가 말해주기 입 아프다. 아, 간단히 요약은 해주지. 니콜라스가 너한테 수작을 걸어서 네가 그놈에게 조종당하고 있었어."

레오폴트는 그동안 있었던 일들을 생각하는 듯했다. 유릭과 만나고, 유릭과 함께 레반투스 대공을 찾아가고, 그리고 그를 지배하고. 순간에 레오폴트는 방금 전에 있었던 일을 기억해 낸 듯 보였다. 또한 자기 몸이 무슨 짓을 했는지도 깨달았다.

지클린데를 죽이려 했다. 니콜라스가 조종했든 말았든 간에, 어쨌든 레오폴트의 몸이 지클린데를 죽이려 했다는 것만은 분명한 사실이었다. 그러나 당황하던 레오폴트는 이내 그 차분함을 되찾았다.

"유릭 크로반, 당신은 한 가지 잊고 있는 게 있군요. 저는 방금 전 당신의 마령을 썼습니다."

"알고 있어."

"그리고 그들의 힘을 끌어내는 것은 당신에 기반한 것. 그들을 썼으니, 이제 당신에게 그 힘의 반동이 갈 겁니다. 당신은 제약에 묶인 몸이니까요."

"알고 있어. 곧 쓰러져 헐떡댈 테지."

"그러면 저는 당신을 죽일 수 있게 됩니다."

유릭은 총을 던졌다. 그것은 수북한 낙엽더미에 내리 꽂혔다.

"죽여라, 영원히 침묵할 수 있도록. 그리고 이 괴로운 고뇌를 끝내줘."

레오폴트가 기가 막혀 했다.

"조금도 반항하지 않을 겁니까?"

유릭은 두 팔을 벌렸다.

"그건 내가 알아서 하는 거지. 자, 어서 해봐. 나를 죽여봐."

레오폴트의 검은 눈동자가 변하기 시작했다. 다시 니콜라스가 레오폴트의 몸을 지배하며 그 힘을 행사하려 하고 있었다.

바닥이 우르릉, 울리며 그 안에서 회색의 그림자들이 스며 올라왔다. 이제는 방금 전의 그것들처럼 고풍스럽지도, 우아하지도 않았다. 점점 거대해지고 단단해져 실체를 가지며 거대한 짐승들로 변해갔다. 이를 드러내고, 붉은 눈을 빛내는 그런 야수들로.

그들 틈에는 인간들과 비슷한 것들도 있었다. 얼굴은 희뿌옇게 빛나는 것들이 유릭을 바라보고 있었다. 온 숲이 그들로 뿌옇게 채워졌다. 숲의 나무들이 하얗게 타 들어가며 바스라졌다. 그들이 천천히 다가오며 유릭을 향해 손을 뻗었다. 닿으면 유릭도 사라질 것이다.

모든 투쟁이 그렇게 하얗게 타 들어가 사라질 것이다. 어찌할까, 잠시 생각했으나 결론은 하나였다.

유릭은 허리에서 단검을 뽑아 자신의 목을 그었다. 피가 스며 나와 목을 타고 흘러내려 셔츠를 붉게 적시기 시작했다. 유릭은 레오폴트의 눈, 본질적으로는 니콜라스의 눈을 똑바로 보았다.

"드디어 처음으로 제대로 마주하게 되었군, 니콜라스."

레오폴트가 눈을 크게 떴다.

"자주 꿈을 꾸었지, 너와 내가 이렇게 마주하는 꿈을. 네 목을 조르고, 네 목에 칼을 꽂고, 네 심장을 씹어 먹는 꿈을. 얼굴도 모르는 너를, 그렇게 꿈꾸었다… 니콜라스."

"나는 레오폴트야."

"언제나 생각하지. 너를 죽이면 내가 구원받을 수 있을까, 네가 사라지면 나도 용서받을 수 있을까. 나를 모르는 너에게 그렇게 희망을 가졌지…… 니콜라스."

"나는 레오폴트라고!"

유릭은 셔츠 깃을 잡았다. 단추가 후두둑 떨어져 나가며 피가 흘러내리는 가슴이 드러났다. 레오폴트가 외쳤다.

"리반드케!"

피가 흘러내린 그 가슴 위로 유릭의 온몸을 얽어매고 있는 족쇄가 나타났다.

유릭이 웃었다.

"니콜라스, 아니면 레오폴트. 네가 그토록 개념없는 악마가 되고 싶다면, 악마의 원칙을 제대로 가르쳐 주지."

유릭은 핏줄기 하나에 손을 가져가 그었다. 그의 손가락을 따라 피가 궤적을 그렸다. 흘러내린 피의 기둥이 하나하나 뒤엉켰다. 그 피를 중심으로 콘스탈레의 그물이 지워지고 있었다. 물감이 빗물에 씻기듯이 사라져 갔다.

"당신……!"

"죄를 짓지 않고는 앞으로 갈 수 없다면 지어야겠지. 내 심장에 칼을 하나 더 박지, 내 죄에 하나를 더 얹지! 이것밖에 할 수 없다면!"

"어째서!"

"피 터지게 고통스럽더라도, 그래도 나는 살아야 하니까! 내 아버지가 말씀하신 많은 것을 어기고, 이제 내 아버지의 마지막 유산까지 집어던지려 하지만, 그래도 나는 살아야 하니! 약속은 어겨도 소망은 배신하지 못한다!"

마침내 모든 그물이 사라졌다. 이제 그 목덜미를 뒤덮은 피밖에 남지 않았다. 레오폴트가 얼굴을 일그러뜨렸다.

"너 스스로 그 족쇄를 물리칠 수 있는 거냐?"

"유감스럽게도, 아버지가 내 몸에 이 낙인을 지운 이후부터 이 족쇄를 지우는 법도 알고 있었다. 그러나 그럼에도 내버려 두었다. 내 몸이 고통받아도, 죽기 직전의 고통 속에 허우적거려도, 그래도 내버려 두었다."

"왜 그런 멍청한 짓을!"

"이것이 내 속죄라고 생각했으니까. 이 고통이 내가 받아야 하는 벌이라고 생각했으니까. 불행해야, 고통받아야 속죄라고 생각했으니까."

그리고 유릭은 고개를 들어 눈앞의 마령들을 바라보았다. 온갖 옷을 입은 유령 같은 그들이 그를 지켜보고 있었다.

쿠르릉— 그것들이 움직이기 시작했다. 그것 중 하나, 늙은 인간을 닮은 것이 손을 들어올렸다. 그 늙은 손 위에는 나비의 인장이 박혀 있었다.

처음 보는 것은 아니다. 늘, 늘 생각해 왔었다. 처음이 아니라는 것을, 여섯 살의 여름날 유릭이 모든 것을 망친 그날 이미 보았다는 것을, 그 나비를 처음 보았을 때부터 알고 있었다. 유릭은 머리 속에서 지워 버리고 싶은 그날, 그 거대한 운명에 휘말려 쓸려 내려간 그날 보았던 나비를 기억하고 있었다.

생각하지 않는다고, 기억하지 않으려 한다고, 그렇게 봉인하여 침묵과 망각 안에 넣어둔다고 없어지는 건 아니었다. 모든 것은 그대로였다. 유릭이 돌아서 그 어둠을 헤치고 나아가 그 봉인을 잡아 뜯지 않는 한 모든 것은 그대로였다.

유릭이 외쳤다.

"에바, 구역 설정해!"

츠캉, 츠캉— 에바가 설치한 구역 설정을 위한 푸른 빛의 기둥이 솟구쳐 올랐다. 유릭은 달려가 레오폴트를 안았다.

"히게아!"

콰아아앙!

불꽃이 폭발했다. 엄청난 불길이 사방을 내리덮었다. 날개를 휘젓듯이 사방을 뒤덮으며 활활 타올라 으르렁거렸다. 붉은 짐승이 그 안에서 뒹굴고 있었다. 그것이 포효하며, 그 몸에서 솟구친 시뻘건 불꽃이 주변을 휩쓸어 불살랐다. 늙은 유령들의 몸이 불에 사그라졌다. 다른 회색 짐승들의 몸도 불에 휘감겨 사라졌다.

하얀 숲이 온통 시뻘겋게 불타올랐다.

그날도 아버지는 외출했다. 하녀는 유릭을 아이 방에 집어 던져 놓고 일찌감치 잠들었다. 주인 없는 집에 익숙한 그녀는 유릭이 잠을 자는지 마는지 조금도 신경 쓰지 않았다. 유릭을 아이 방에 집어 던지고, 자신은 자기 방에 돌아가 옷을 갈아입고 자면 그녀의 하루 일과가 끝나는 것이다.

유릭도 바쁜 아버지에게 익숙해진 지 오래였다. 건성건성 보살피는 하녀를 어떻게 이용하는지도 잘 안다. 고작 여섯 살 난 꼬마는 하녀가 잠들면 살그머니 방에서 빠져나와 아버지 서재로 가 램프를 켰다.

그날도 그렇게 했다. 집 현관을 두드리는 소리가 들린 것은 그 즈음이었다. 겁먹어 내달리는 발자국 소리처럼 다급하게 두들겨 대고 있었다. 유릭은 램프를 들고 현관으로 가 문을 열었다.

문 앞에는 낯익은 늙은이가 서 있었다. 일찌감치 방으로 쫓겨 들어가는 날이면 아버지가 다니는 대학의 강사들과 교수들이 와서 토론회를 벌이곤 했다. 이 늙은 교수는 가장 많은 말을 하고 남의 말은 거의 듣지 않는 사람이었다.

"아버지는 어디 가셨니?"

교수가 묻자, 유릭은 자그맣고 하얀 얼굴을 들이밀며 답했다.

"클럽으로 가신 것 같아요. 요즘 매일 거기로 가시거든요."

"요즘 돌아와서 아무 말도 안 하시던?"

유릭은 고개를 저었다. 교수는 뒤를 흘끔흘끔 돌아보더니 나무 상자를 내밀었다. 검은 끈으로 묶인 상자였다. 유릭은 그 상자의 중앙에 심장처럼 박혀 있는 나비를 신기하게 바라보았다.

"네 아버지 방에 가져다 놓으렴. 보면 뭔지 알 거다. 잘 있어라, 유리야."

늙은 교수는 문을 닫고 다급히 사라졌다. 유릭은 상자를 품에 안고 아버지의 서재로 갔다. 보물처럼 수북하게 쌓인 책들 사이에 그 상자를 놓고는, 한 발자국 떨어져 물끄러미 바라보았다.

유난히 모서리가 도드라져 보이는 그 상자는 아주 오래되어 보였지만 소중하게 간수되어 온 듯 흠집 하나 없었다. 처음에는 아버지가 올 때까지 기다리거나 그냥 놓고 방으로 돌아가려 했다. 그러나 어느새 상자 위에 손을 얹고 있었고, 어느새 그 상자에 귀를 바짝 대고 있었다. 그 안에 소중하게 간직할 선물이 들어 있는 듯, 그렇게 상자를 끌어안고 있었다.

여름의 밤, 참새 울음처럼 짧고 더운 밤이었다. 어느새 유릭의 손에 그 봉인의 나비가 쥐어져 있었다. 시계 바늘이 한 번 더 돌아갔을 때, 유릭은 상자를 열어 바닥에 던져 놓고 있었다.

괘종시계의 종이 네 번 울렸을 때 아버지가 돌아왔다. 조심스런 아침 해의 끝자락이 어두운 하늘로 퍼져 나가며 여명이 깨어나고 있었다.

집 안에는 입구가 세 개 있었다. 하나는 현관, 하나는 뒷문, 다른 하나는 밤늦게 돌아오는 아버지가 이용하는, 서재로 통하는 문. 집 옆에 붙은 철 계단으로 올라와 그 문을 열면 서재로 통하는 좁은 복도가 나온다. 그곳에 있다가 자주 아버지에게 들켰다. 아버지는 화를 내지 않았다. 오히려 안쓰럽다는 듯이 머리를 쓸어주고 직접 안아 들고 아이의 방에 데려다주었다.

유릭은 열쇠로 문을 여는 소리를 들으며 아버지가 들어오길 기다렸다.

"맙소사, 또 여기 와 있는 거니? 푹 자야 하는데……."

유릭을 발견하자 아버지는 어색하게 웃으며 그렇게 말했다. 억지로 웃음을 짜내는 것이다. 아버지는 아주 나약한 사람이었다. 어머니가 돌아가신 뒤로 더욱더 나약해졌다. 힘든 일이 닥치면 아버지는 금방 우울증에 걸려 아무것도 하지 못하게 되었다. 그러면 백부인 노버스나 어머니, 또는 외할머니가 대신 해결해 주었다. 그건 어린 유릭도 잘 알았다.

"어서 들어가서 자려무나. 자, 어서."

유릭은 뒤를 돌아보았다. 램프 불빛이 닿지 않는 구석진 어둠을 멍하니 응시했다. 아버지는 아들을 따라 시선을 돌렸다. 유릭은 다시 아버지를 올려다보았다. 그리고 아버지의 공포에 질린 얼굴을 보게 되었다. 하얗게 질려 얼어붙어 있다가, 턱을 덜덜 떨며 유릭을 내려다보았다. 눈에 눈물이 고여 있었다.

"유리야, 너 대체 뭘 한 거니?"

유릭이 답했다.

"할 수 있는 일이요."

아버지는 무릎을 꿇고 주저앉았다. 유릭은 겁에 질린 아버지가 무서웠다. 아무것도 할 수 없는 아버지가 무서웠다. 세상이 그 누구도 유릭을 지켜줄 수 없는 그런 무서운 곳으로 변해 온통 캄캄해졌다. 아버지가 나약하다는 건 알았지만, 그래도 아버지는 유릭 앞에서는 강한 척이라도 했다. 그것마저도 하지 못하고 있는 것이다. 유릭은 아버지의 손을 잡았다. 아버지가 젖은 목소리로 말했다.

"언제부터 이랬니, 대체 언제부터 이랬던 거니?"

"처음부터요."

아버지는 머리를 감싸 쥐며 울음을 터뜨렸다.

"어째서 네게 이런 운명이 찾아온 거니……어째서!"

제56장
성스러운 약속

재투성이에 화상까지 입은 레오폴
트에게, 지클린데가 망토를 내밀었다. 레오폴트는 손을 뻗지 않았다. 지클
린데가 직접 자신의 망토로 레오폴트의 마른 어깨를 덮어주었다. 그런 배
려를 거절할 정도로 유치하지 못한 레오폴트는 그 망토 자락을 꽉 쥐었다.

"어떻게 된 겁니까?"

레오폴트는 자신의 동료들과 이야기를 나누는 유릭을 보며 그렇게 물
었다. 유릭의 동료들은 유릭과 같은 제복을 입은 남녀와 자그마한 사제
소녀였다. 다들 굉장히 특이했다. 남자는 검은 머리카락을 허벅지까지
기른 장신의 미남자였다. 여자는 키는 작지만 몸매는 아주 풍만했다. 하
얀 얼굴의 사제 소녀는 레오폴트만큼이나 새까만 눈동자를 가지고 있었
다.

"어이, 크로반 하사!"

지클린데가 외치자 세 명의 특무부대원들이 동시에 고개를 돌렸다. 검

은 머리 남자의 얼굴은 무표정했고, 금발 머리 여자의 얼굴은 대판 구겨
졌으며, 사제 소녀는 눈썹 사이만 찌푸렸다.

"갑니다."

유릭이 오자, 레오폴트는 고작 몇 분 전에 있었던 일이 또 생각났다.

"대체 어떻게 된 거지요?"

"보시다시피. 너 하자는 대로 하면서, 나도 나 하려는 대로 했다. 파
난의 내 상관에게 모두 보고했고, 내 상관은 가장 믿을 만한 내 동료들
을 보내주었지. 그리고 너는 니콜라스에게 신나게 이용당하고 있었
고."

"몰랐어요. 아니, 그럴 리가. 저는 제가 무슨 일을 하는지 다 기억하고
있습니다. 니콜라스에게 조종당했다면, 그렇다면……."

"파난에서는 아주 주의하는 흑마법이다. 그 속성은 '은밀한 지배력'.
그 마법으로 다른 사람을 조종할 수는 있지만, 조종당하는 당사자는 그
것을 전혀 알 수 없지. 왜냐하면 그 당사자가 진짜 원하는 일에 암시를
걸어 조종하는 거니까. 그러다 방금 전처럼 원하는 순간이 되면 그 지배
력은 굉장히 강력해지지. 네 모든 것을 지배하게 되고, 너는 그의 인형이
되어 그가 원하는 대로 행동하게 된다."

"언제부터 그렇게 조종당하고 있었던 거지요?"

"내가 너희 집에서 저녁을 얻어먹은 날의 너는 멀쩡했다. 그러나 그
다음 카밀턴 경의 저택에서 만났을 때의 너는 분명 조종당하고 있더
군."

"그러면 당신은 알면서도 연기를 한 거군요. 일부러 제가 이끄는 대로
그 빈민가로 갔고, 일부러 지클린데 전하와 만나게 해주고!"

"그러나 그날의 너는 정말 나를 죽일 수 있었지. 그리고 네가 그 기회
를 활용해 나를 죽였으면 게임 끝이었어. 유감스럽게도, 니콜라스는 거

기까지는 원하지 않았던 듯하더군. 아니면 코지마 여사가 나를 구해주러 달려오는 중이어서 그만둔 걸지도 모르지."

"재밌었겠군요. 당신의 손바닥 위에서 당신이 원하는 일을 해주는 인형이었으니!"

"즐긴 건 너지. 한때나마 세상이 네 것이라 여겼을 테니, 그 어찌 행복하지 않았을까. 그러나 이제는 까분 대가를 받아야겠지."

"당신이 저를 속여서 그리하도록 한 것이지 않습니까!"

"말은 똑바로 하자, 레오폴트. 그건 다 네가 원한 것이었다. 처음부터, 나와 처음으로 성에서 만난 그날부터, 또는 그 이전부터 네가 진심으로 원하던 것. 나는 네가 원하는 대로 다 해주었어."

"저는 이제 어찌 되는 겁니까?"

유릭이 웃으며 말했다.

"체포되겠지."

"니콜라스가 나를 조종한 거라면서요!"

"그러니 더욱더 당연하지. 니콜라스가 너를 지배해 전하를 죽이려 했다는 건 나만 아는 건데, 나는 그 사실을 필사적으로 밝혀내 너를 구해줄 생각이 없단다. 그리고 그렇다 하더라도 네가 무죄가 되는 건 아니야."

멀리서 말발굽 소리가 두두두 들려왔다. 흰 숲이 둥둥 울렸다. 유릭이 길 끝을 바라보며 말했다.

"저런, 붉은 천사님들이 먼저 나타나셨군."

멀리서 말을 탄 제복의 기사들이 달려오고 있었다. 흰 숲에서 그들의 검붉은 제복은 피처럼 선명했다. 레오폴트가 창백해져서 외쳤다.

"어떻게 된 겁니까! 저들이 왜 나타난 겁니까?"

"이제부터 지켜보면 될 거다. 하지만 무대의 주인공은 무대의 자신이 어찌 보이는지 알 수 없지. 안타깝게도. 그러나 나는 지켜봐 주겠다. 이제 나는 이 무대에서 내려갈 테니까."

"대체 왜 이러는 겁니까, 당신."

"그러는 너는 그날 왜 내게 그런 짓을 했지? 나는 네게 아무런 해도 끼친 적이 없는데."

"할 수 있으니까 한 것뿐입니다. 그리고 다 니콜라스가 조종한 거라면서요!"

"그때의 지배력은 그저 암시만 걸어서 네 행동을 조절하는 것 정도였다. 네가 원하거나 네가 하고 싶지 않았다면 아무 일도 일어나지 않았을 거야. 그렇게 너는 해서는 안 되는 일을 했고, 감당할 수 없는 일을 한 거다. 그러니 벌을 받는 건 당연해."

마침내 붉은 제복의 철십자 기사단이 밀어닥쳤다. 그중 선두는 바솔로뮤 경이었다. 그는 말에서 내리며 외쳤다.

"체포하라!"

기사들이 유릭 쪽으로 몰려왔다. 당황한 바솔로뮤가 외쳤다.

"그쪽이 아니야, 이쪽, 이쪽!"

기사들이 굉장한 반감을 표하며 레오폴트를 돌아보았다. 유릭이 공범이라도 되었으면 주범보다 더욱 공손히 모셔갈 태세였던 것이다.

바솔로뮤가 외쳤다.

"레오폴트 마렐 랜든, 니콜라스 예하의 명령으로 너를 체포한다! 죄목은 칼 뷰겐트 경을 살해하고, 지클린데 레반투스 대공 전하를 살해하려한 죄! 자, 모두 체포해!"

레오폴트의 얼굴이 새파랗게 질렸다.

"저는 아무도 죽이지 않았습니다!"

그리고 유릭을 바라보며 외쳤다.

"말도 안 돼요! 당신이 말해줘요! 저는 칼 뷰겐트, 그 사람을 죽인 적

없습니다."

유릭이 말했다.

"나도 믿고 싶지는 않아. 칼 뷔겐트 중령님이 너 따위 멍청한 애송이에게 죽었다면, 그건 전 파난 특무부에 대한 모독이 될 테니까. 제발 누명이기를 빈다."

레오폴트는 항의할 수도, 분노할 수도 없었다. 그리하면 자신이 그 일을 저질렀다 시인하는 것이고, 참자니 바보 취급을 당하는 것이 너무 억울했다.

"유릭 크로반, 맹세컨대 저는 아무도 죽이지 않았습니다! 제 어머니와 제 아버지의 이름으로, 결단코 아무도 죽이지 않았습니다. 저는 제 부모님을 살인자의 부모님으로 만들고 싶지 않아요. 제가 저지른 잘못에 대한 벌이라면 받습니다. 하지만 하지도 않은 일에 책임을 질 수는 없습니다."

"레오, 너는 들판으로 나온 새끼 짐승이야. 넓은 하늘과 끝없는 벌판을 동경하여 나왔지만, 그 들판에는 야수들이 살지. 그들은 새끼 짐승이라고 동정을 베풀지 않아. 자, 그러니 이제 먹히는 거다."

"저는 아무도 안 죽였다니까요! 이건 옳지 못해요!"

"벗어날 기회는 충분히 있었어. 하지만 네가 찼지. 잘 가라, 레오. 파난으로 유배라도 오면 내가 잘해줄게."

레오폴트는 경악했지만, 더 이상 말을 할 수도 없었다. 유릭은 자신의 동료들에게 돌아가 이야기를 나누었다. 아무도 레오폴트에게 관심이 없었다. 사제 소녀만이 레오폴트를 흘끔 보았을 뿐이다. 유릭이 웃으며 소녀의 어깨를 당겼다. 그 얼굴에 레오폴트는 기가 막혔다. 웃다니, 나는 이 꼴이 되었는데 너는 그렇게 아무런 관심도 없다는 듯이 웃다니! 방금 전까지 아무 일도 없었다는 듯이 태연하게 웃고 있다니!

레오폴트의 손에 수갑이 채워졌다. 눈 위로 검은 안대가 덮어 씌워지고, 비명과 신음을 막는 강철 재갈이 물렸다. 마지막으로 본 것은 돌아보지조차 않는 유릭의 등이었다.

코지마는 카드를 물끄러미 내려다보고 있었다. 온갖 화려한 색으로 가득하던 카드에 검은 물이 번지기 시작하더니 새카맣게 변했다. 뒤집으나 바로 눕히나 똑같이 검은색이었다. 코지마는 카드를 집어 검은 주머니 안에 넣은 뒤 끈을 조였다. 그리고 똑똑— 응접실 문을 두드리는 소리가 들렸다.

"들어오세요, 부인."

문은 큰 날개를 접 듯 소리없이 열렸다. 문 너머에 짙은 회색 원피스를 입은 아자렛이 서 있었다.

"괜찮으신가요?"

코지마는 카드 주머니를 옆으로 밀며 물었다. 아자렛은 얼굴을 붉혔다.

"너무 폐를 끼쳐서 죄송합니다."

"아뇨, 괜찮아요. 로웨나 그린 양의 부탁이었잖아요. 게다가 부인의 남편은 제 전남편의 친구이기도 하지요. 모르는 사이도 아닌데, 그러시면 제가 서운하답니다."

"그래도… 너무 미안해요. 내일이면 그 아이가 주역을 맡은 무대의 개막인데… 저는 가출이나 해서 신경 쓰게 만들고……."

집을 나온 아자렛이 가장 먼저 알게 된 것은 이 브란 카스톨에 아는 사람이 아무도 없다는 것이었다. 결국 아자렛은 로웨나를 찾아가야 했다. 로웨나는 연습 중에 달려 나왔다. 어떻게 된 거냐고 묻다가, 아자렛이 고개를 젓자 더 이상 묻지 않았다. 잘 곳이 없다는 것을 알게 되자, 로웨나는 별수없이 코지마의 집을 찾아가 부탁했다. 자신의 집은 다른 사람을 재워주기에는 너무나 좁고 위험했기 때문이다. 그런데 이 코지마는 문앞까지 나와 그들을 기다리고 있었다. 연락한 것도 약속한 것도 아닌데, 그녀는 그렇게 그들을 마중 나와 두 팔을 벌렸다.

"어서 와요. 폭풍이 몰아치기 전까지 저의 집에서 쉬다 가세요."

그렇게 코지마는 다정하게 말했다.

아자렛은 랜든에게 코지마에 대해 들은 적이 몇 번 있었다. 랜든은 그녀가 못생기고 재미없고 매력도 없는데다가 굼뜨기까지 한 형편없는 여자라고 말했다. 니콜라스가 대체 왜 저런 여자와 결혼한 건지 모르겠다고도 했다. 그러나 아자렛이 처음으로 만나게 된 코지마는 그런 여자가 아니었다. 미모의 여자라고는 말할 수 없지만, 그 하얀 얼굴은 늦봄의 달처럼 온화하고 부드러웠으며, 편안하고 신비로웠다. 아자렛이 보기에, 그녀는 진정 천사 같은 여자였다.

"아자렛, 아이가 언제 어른이 될까요?"

아자렛이 미처 생각지도 못했던 질문이었다. 아자렛은 어떻게 답해야 할지 몰라 당황하며 말했다.

"아직은 모르겠어요. 저희 집 아이는 아직 어려서."

코지마가 웃었다.

"그 아이도 곧 어른이 될 거랍니다. 그리고…… 당신은 알게 될 거예요. 아이는 부모를 배신하고 증오하며, 어른이 되는 준비를 해나간다는 것을. 그리고 부모를 이해하게 될 때, 부모를 동정하게 될 때, 부모를 감싸줄 수 있을 때 진짜 어른이 되겠지요. 그제야 깨닫게 될 테지요. 자신이 인간이듯 부모도 인간이라는 것을. 부모가 모자라듯 자신도 모자라다는 것을."

"자식에게 모자란 사람으로 보이는 건 슬픈 일이에요."

그때 초인종 소리가 들리더니 하녀가 나가는 소리가 이어서 들렸다. 코지마는 자리에서 일어나 창가로 다가갔다. 화창한 날은 아니었다. 희뿌연 구름이 몰려와 하늘을 뒤덮어, 해는 하얀 시체처럼 빛나고 있었다. 하녀가 올라와 노크를 했다. 코지마가 허락하자 문을 열고 들어와 말했다.

"철십자 기사단에서 사람이 왔습니다."

"들어오라고 해라."

철십자 기사단이라는 말에 놀란 아자렛이 말했다.

"저는 이만 나가 있을게요."

"아니요, 랜든 부인. 여기 계세요."

아자렛은 어리둥절하면서도 그렇게 했다. 잠시 뒤 검붉은 제복의 남자가 응접실로 들어왔다. 아자렛은 오싹 소름이 끼쳤다. 잊고 싶어도 잊혀지지 않는 약혼자가 체포된 그날의 일이 떠올랐다. 기사가 아자렛을 보자 놀랐다.

"아, 저—"

그러나 코지마가 그의 말을 막았다.

"할 말 있으면 그냥 하세요. 바솔로뮤 경, 무엇 때문에 왔습니까?"

"칼 뷰겐트 중령을 살해한 범인을 체포했습니다."

"당신들이 체포한 것인가요, 아니면 제도 특무부에서 체포한 사람을 빼앗아온 건가요?"

바솔로뮤의 얼굴이 새파랗게 질렸다.

"그, 그건—"

"후자군요. 좋아요……. 어디의 누구를 체포했나요?"

"레오폴트 마렐 랜든, 랜든 가의 외아들이자 장남입니다."

*　　　　*　　　　*

마그레노의 선착장에 내린 랜든은 심장 밑바닥이 떨리는 듯한 기분을 느끼며 항구를 바라보았다.

오랜만에 와서도 아니었다. 묻어두었으나 결코 죽지 않은 진실과 과거가 그 항구에서 그를 멍하니 바라보고 있었다. 랜든은 코트 깃을 세우며 부두를 걷기 시작했다. 누가 가르쳐 주지 않아도 너무도 쉽게 그가 찾는 곳의 문 앞에 서게 되었다. 상가가 즐비한 거리의 전형적인 잡화점이었다. 랜든은 다급히 안으로 들어갔다. 값싼 물건들이 잘 정돈되어 진열되어 있었다. 태어나면서부터 대귀족이었으며, 집안에서 쫓겨나도 대귀족의 마음만은 간직하고 있던 랜든은 이런 싸구려 가게에 들어가 본 적이 없다. 혐오감과 경멸이 치밀어 올랐으나, 랜든은 꾹 참으며 가게 종업원에게 말했다.

"주인을 찾아왔다."

종업원이 눈살을 찌푸렸다.

"무슨 일로 찾으시는 겁니까?"

"개인적인 일이다. 어서 가서 말해."

종업원은 랜든을 쏘아보았다. 랜든은 한 방 갈겨 버리고 싶을 정도로 화가 치밀어 오르는 것을 꾹 참아야 했다. 그러나 종업원이 굳이 주인님 바쁘신데요, 하고 그를 쫓아낼 필요는 없었다. 얼마 지나지 않아 그가 찾는 남자가 장부를 뒤적이며 가게의 계단을 내려왔다. 금방 알아볼 수 있었다. 얼굴을 알아본 것이 아니라, 그가 이 가게의 주인이라는 것을 알아본 것이다.

"이봐, 노버스 크로반."

종업원이 다시 눈살을 찌푸렸다. 고개를 드는 남자—노버스 크로반—

성스러운 약속 195

도 눈살을 찌푸렸다.

"누구시오?"

"나야, 윌리엄 랜든. 기억 못하나?"

그제야 기억이 난 듯 노버스가 더욱더 눈살을 찌푸렸다. 제기랄, 하고 작게 중얼거리기도 했다. 종업원도 마찬가지였다. 노골적으로 짜증을 냈다. 말투도 그렇고 인사 한마디 없는 것도 그렇고, 랜든의 태도는 너무도 거만했다.

"무슨 일로 오신 겁니까?"

"조용히 이야기하고 싶다. 중요한 이야기야."

"알았습니다, 랜든 경. 조용한 곳으로 가지요."

'경'이라는 호칭에 종업원이 납득을 한 듯 보였다. 태도를 납득한 것이 아니라 거만함을 납득한 것이다.

"말씀하십시오."

2층의 사무실로 오자 노버스가 말했다. 차도 권하지 않았으며 시키지도 않았다. 자리도 권하지 않았으나 랜든은 사무실 안의 노버스 자리에 앉았다. 노버스는 후우― 한숨을 내쉬며 창밖을 보았다.

"이플릭셔스에 대해 알고 있지? 어디 있는지 빨리 말해."

"모릅니다."

노버스가 눈살을 찌푸렸다. 랜든은 자신이 실수를 했다는 것을 깨달았으나, 어떻게 수습해야 하는지 도무지 알 수 없었다. 그래서 결국 윽박질러 버리고 말았다.

"당신은 알고 있어! 살비에도 당신이 알고 있다고 했어!"

"증거라도 있습니까?"

"그, 그야… 아니, 알아야 해! 나는 당신만 믿고 여기까지 왔어! 어서 말하라고, 어서!"

"그럼 헛수고하신 겁니다."

그 빌어먹을 유릭 녀석과 너무도 닮은 말투에, 랜든은 이 노버스가 유릭의 백부라는 사실을 새삼 확인했다. 주먹을 휘두르게 만드는 것마저도 똑같았다. 랜든은 주먹을 들어 노버스의 얼굴을 날렸다.

"크악!"

노버스의 깡마른 몸은 가엾게도 랜든의 주먹에 맞아 나가떨어졌다. 노버스는 얼굴을 감싸 쥐며 몸을 웅크렸다.

"이게 무슨 경우입니까, 랜든 경!"

"말해, 어서! 말하지 않으면 죽여 버릴 거다. 어서 말해. 그놈이 어디로 갔는지!"

"죽이시든가. 나는 모르니까."

"이 자식이, 정말! 더 맞고 싶은 거냐! 말해, 어서! 그 이플릭셔스를 찾지 못하면 아자렛이 떠난다고!"

"부탁을 하겠다면 공손히 머리를 조아리고, 협박을 하겠다면 구체적으로 말해. 말 안 하면 때려주겠다니. 허, 참."

유릭과 정말 똑같은 말투에, 랜든의 얼굴이 시뻘겋게 물들었다. 노버스가 물었다.

"그런데 윌리엄, 당신 마누라가 떠난다는 건 또 무슨 뜻이야?"

"그 일을 알게 되었어, 에드먼드의 일을."

"당신이 에드먼드를 구하지 않았다는 거? 구해주었다면 목숨이 위험했을 거라고 거짓말하지 그러셨나."

"내가 어떻게 그녀에게 거짓말을 해!"

"저런, 거짓말을 할 줄 모르다니 좋은 남자는 못 되겠군. 여자들한테 인기 참 없었겠소."

"헛소리 작작해!"

노버스는 입술의 피를 닦으며 몸을 일으켰다.

"어쨌든…… 당신이고 당신의 친구인 살비에 마델로고, 모두 나에게 이플릭셔스의 행방을 묻는군. 그러게 일 끝나자마자 그렇게 허겁지겁 도망갔으니 모르는 게 당연하지. 내가 당신이라면 그렇게 급히 손 떼고 도망가지는 않았을 거야."

"그렇다면 이플릭셔스가 어디로 갔는지…… 자, 자네는 알고 있다는 뜻인가?"

"듣고 싶은 것만 들으려고 하는군. 대체 내가 한 말의 어디에 나는 이플릭셔스가 어디 있는지 압니다, 라는 말이 있던가? 말했잖아. 나는 모른다고. 아마 파난의 어디쯤 있겠지……. 하지만 그 이상은 몰라."

이 정도까지 말한다면, 노버스는 정말 이플릭셔스에 대해 모른다는 것이다. 노버스가 하인을 부르는 종을 울렸다.

"차라도 들고 가. 그런데 랜든 경, 아자렛은 대체 어떻게 된 거야?"

"나를 떠났어. 이제 돌아오지 않을 테지."

"허, 참, 그럼 이플릭셔스가 무엇을 말해주길 바라는 거야? 그 남자가 악마라고? 그 남자가 그녀를 속였다고? 불쌍한 랜든 경, 그 남자가 속인 만큼 당신도 속였어. 그 남자는 아자렛을 위해 천사로 가장했지만, 당신은 그녀를 불행으로 몰아넣은 뒤 구원해 주는 척해서 그녀를 얻었지. 그 남자는 아자렛을 위해 변한 거지만, 자네는 아자렛과 결혼하려고 사기를 친 거라고. 게다가 에드먼드의 재산이 발터의 손에 들어갈 때 그 보증인이 되어주기까지 했잖아. 가엾은 아자렛, 절망에 빠진 그녀에게 당신은 신처럼 굉장해 보였을 거야."

"그만 해, 제발!"

"윌리엄 랜든 경, 이플릭셔스가 에드먼드가 사실은 악마란 것을 증명해 준다 한들 당신이 그녀를 속였다는 건 변하지 않아. 그러니 이렇게 바보같이 이플릭셔스에 매달리지 말고, 그녀를 만나 나 용서해 달라고 하면서 설득해. 그게 더 현명해."

"금이 간 채로 살라는 건가? 그녀가 진실을 알게 되면, 하나의 마음이 두 개의 마음이 되겠지. 내가 대체 무슨 수로 그녀를 돌려놓겠어."

"그래도 아들이 있는 이상, 당신과 그녀가 남남이 될 일은 없을 거야. 아자렛도 분노가 가라앉으면 당신과 행복했던 나날이 생각날 테지. 당신의 사랑도 기억하게 될 테고. 그러니 돌아가서 기다리라고. 그리고 복잡한 세상 떠나서 어디 시골로 처박혀. 조용한 곳에서 평화로이 있다 보면 분노도 가라앉고, 증오도 가라앉고, 다들 평화로워지겠지."

"누군가와 비슷한 말을 하는군."

"그 누군가는 아마도 자네에 대해 좀 아는 사람이겠군. 이봐, 윌리엄. 나는 아자렛이 아기일 때부터 봐왔어. 착하고 좋은 아이지. 그리고 그런 아이가 당신이 사는 브란 카스톨에 어울리지 않는다는 것도 알아. 브란 카스톨의 생활이 분명 괴로웠을 테지만, 자네를 위해 참았을 테지. 그러니 그녀를 위해 이제는 자네가 참아줘. 돌아가 싹싹 빈 다음, 조용한 곳에 가서 살자고 해. 모진 아이는 아니니까, 자네가 그렇게 하면 언젠가는 용서하게 될 거야."

랜든은 아주 묘한 기분이었다. 십여 년 전에 처음 만난 노버스라는 남자는 랜든이 보기에 정말 멍청하고 쓸모없는 쓰레기였는데, 지금의 노버스는 현명한 조언을 하는 현자였다. 절망적으로 컴컴했던 마음이 조금씩 밝아지기 시작했다. 아직은 세상에 온기가 남아 있었다.

"당신이 이런 사람인 줄 몰랐어."

"진심을 가지고 있으면 누구나 현자가 되지."

"고마워."

노버스는 고개를 저었다.

"자네가 아닌 아자렛을 위해서야. 내가 내 행복을 위해 그 아이의 행복을 짓밟았으니까. 그런데 결국 내 동생도, 내 조카도 엉망진창이 되었지. 나는 그렇게 다 잃었지만, 그래도 그 아이만은 행복하기를 바래."

"당신을 조금이라도 더 일찍 알았으면 좋았을 것을."

"뭐든 때가 있는 법이지. 일찍 안 것도 늦게 안 것도 아니야. 알 때가 되어서 알게 된 것뿐이지."

하인이 문을 열고 들어왔다. 노버스는 랜든을 일으켜 세우며 하인에게 말했다.

"어서 나가서 마차를 잡아. 윌리엄 랜든 경께서 항구로 간다고 한다. 윌리엄, 지금 가면 정오 배는 탈 수 있을 테니 어서 달려가. 정오의 배는 언제나 쾌속선이니 저녁에는 브란 카스톨에 도착할 수 있을 거야."

"고맙네. 정말 고마워……."

"감사 인사는 하지 말라고 했잖아. 잘되길 빌겠어. 그리고 잘되면, 다시는 여기로 오지 마."

태어나서 처음으로 랜든은 다른 사람에게 진정한 감사를 느꼈다. 누구도 이렇게 진심으로 말해준 적이 없었으니까. 잘될지 말지, 그도 모른다. 그러나 적어도 노력하고 싶은 마음이 들었고, 남이 아닌 자신의 힘으로 무언가 할 수 있을 거라는 생각도 들었다. 랜든은 노버스와 악수를 나눈 뒤 가게를 나왔다. 다급했던 마음도 이제 차분해져 있었다. 꽁꽁 묶여 갇혀 있던 좁은 방에서 나온 듯 개운하기도 했다.

랜든은 마차에 타고 항구로 달려갔다. 노버스의 말대로 이제 막 출발하려는 배가 있었다. 랜든은 대강 아무 표나 사서 쾌속선에 올랐다. 온갖 여행자들로 가득한 쾌속선은 상어처럼 빠르게 강을 헤엄쳐 올라갔다. 수많은 마을과 도시를 지나고, 때론 넓은 벌판을 헤쳐 가기도 했다. 해가 기울고 하늘은 붉은 노을에 젖기 시작했다. 동쪽에서 스며 나온 어둠이 서쪽의 불길을 꺼뜨리자 밤이 왔다. 도착을 알리는 종이 울리고 찬란한 제국의 수도가 지평선 너머로 빛나기 시작했다. 내내 갑판에 앉아 있던 랜든은 몸을 일으켰다. 마지막 순간이 되면 시간은 길게 느껴지다가 마침내 정지한 듯 느껴진다. 지금의 랜든도 그러했다.

배가 선착장에 닿고 선교가 올라오자마자 랜든은 배에서 뛰어내렸다. 급히 마차를 잡고, 자신의 집으로 향하는 방향을 말했다.

많은 생각을 했다. 아자렛을 다시 만나면 사과하자. 그래, 진심으로 사과하자. 그녀가 원하는 것을 물어보자. 그녀가 원하는 대로 하기로 하자. 그녀가 시간을 원하면 시간을 주고, 평화를 원한다면 평화를 주자. 무엇을 주지 못할까 무엇을 하지 못할까. 그의 인생에서 가치있는 것이라고는 오로지 아자렛과 아들 레오폴트뿐이었다. 그들을 지키고 그들과 함께 있기 위해서라면 무엇이든 할 수 있었다.

마침내 그는 저택에 도착했다. 여전히 평화롭고 아름다운 정원을 품은 저택이었다. 저택의 불도 모두 환하게 켜져 있었다. 모든 것이 그대로였다. 어서 가서 레오폴트를 만나야겠다고 생각했다. 아들은 어리지만 정말 영리하다. 그 아이라면 아자렛이 어디로 갔는지, 어떻게 그녀를 데리고 올 수 있을지 의논할 수 있을 것이다. 랜든은 아들에게도 솔직하게 고백하기로 했다. 그래야 진심으로 의논할 수 있을 것이다. 아들이 자신에게 실망할 것이 두렵기는 했다. 그러나 감수하기로 했다. 그는 잘못을 했고, 바로잡을 수는 없어도 벌은 받아야 한다고 생각했다.

초인종을 누르자 집사가 달려 나왔다.

"주인 나리!"

집사는 파랗게 질려 있었다. 랜든은 불길해졌다.

"나 없는 사이에 레오에게 무슨 일이라도 있었나? 설마 또 쓰러졌어?"

"그, 그게 아니라……."

고작 하루 만에 큰일이 벌어졌을 거라고는 조금도 생각하고 싶지 않았다. 집사를 다그치려던 랜든은 레오폴트가 머무는 별채로 향하는 복도에 있는 아자렛을 발견했다. 아자렛은 하얗게 질린 채 그곳에 서 있었다. 놀란 랜든은 달려가 그녀의 어깨를 잡았다.

　"아자렛, 레오에게 대체 무슨 일이 있었소?"

　아자렛이 집을 나갔다는 사실조차 잊고 말았다. 그러나 아자렛은 아무 말도 하지 못한 채 멍하니 서 있을 뿐이었다.

　"아자렛, 말해줘요. 레오는 어디로 간 거요?"

　그 순간에 아자렛의 눈에서 눈물이 터졌다. 랜든은 자기도 모르게 아자렛을 안았다. 아자렛의 눈에서 솟구친 눈물이 그의 가슴을 적셨다. 분노도 증오도 고통과 재난 앞에 삽시간에 사라졌다. 두 사람은 부부였고, 손잡고 기대고 의지해야 하는 가족이었다. 아자렛이 흐느끼며 말했다.

　"레오가 체포되었어요."

　"무슨 소리요. 레오가 뭐?"

　"사람을 죽였대요. 철십자 기사단이 그 아이를 잡아갔어요! 저는 그 아이를 만나러 갈 수도, 어디에 있는지도 알 수 없어요! 어쩌면 좋아요!"

　제국 내에서 다른 그 어떤 법도 들어가지 못하는 곳은 철십자 기사단의 본부와 특수 무력 부대 본부였다. 올 초만 해도 안보위원회까지 포함되는 3강 체제였으나, 그곳은 그레이브 경의 갑작스런 몰락을 채 수습하지 못하고 분열되어 그다지 쓸모없는 기관으로 전락했다. 그러나 나머지 두 기관은 여전히 막강했다. 철십자 기사단은 니콜라스의 숙청 기관이었으며, 특수 무력 부대는 제국 탄생과 함께 그 역사와 전통을 자랑하는 살벌한 초법적 기관이다.

　철십자 기사단에 잡혀가면 변호사도 구명 탄원도 아무 소용 없다. 관런자를 제한 그 누구도 본부 건물 안으로 들어갈 수 없으며, 니콜라스를 제한 그 누구도 철십자 기사단에게 명령할 수도 부탁할 수도 없다. 명목상으로는 그들 모두 성직자들이며, 결혼조차 금지되어 있으므로 법을 초월한 자신의 집단과 그들을 창조한 니콜라스에게만 충성할 뿐이었다.

돌비체의 반란 때 단숨에 수도를 장악한 것도 그들이고, 수도방위군은 물론이요, 특무부까지 상대하여 치열한 시가전 끝에 승리한 것도 그들이었다. 말벌 떼가 꿀벌 통을 약탈하듯 압도적인 기세로 수도를 장악한 철십자 기사단은 니콜라스의 명에 의해 엄청난 수의 사람들을 체포, 구금, 암살했다. 양대 공작 가문의 가주들이 잡혀간 후 귀족도 가문도 명예도 아무 소용 없었다. 언제 누가 무슨 죄로 잡혀갈지 모르던 나날이었다.

그런 숙청은 두 번이나 이루어졌고, 그것으로 니콜라스의 반대 세력은 그 숫자도 줄고 의지는 아예 없어졌다. 그러나 니콜라스는 오랫동안 공포 정치를 할 생각은 없었다. 극한의 공포가 오래되다 보면 결국에는 폭동이 일어나게 된다. 니콜라스는 철십자 기사단 대신 군인이나 성직자가 아닌 민간인으로 이루어진—그러나 그 성격은 그다지 다를 바 없는—안보위원회를 만들어 그레이브를 그 머리에 앉혀두었다. 그는 철십자보다는 눈에 안 뜨이게, 그러나 그다지 다를 바 없는 일을 해주었다. 그러나 그레이브의 죽음으로 반대 세력 숙청은 다시 철십자 기사단의 몫이 되었다.

랜든은 그 사실을 잘 알고 있었다. 아니, 그렇게 되는 것을 오히려 반겼다. 그러나 그 모든 것은 어쨌든 그는 잡혀갈 일도 그의 가족이나 친구가 잡혀갈 일도 없을 때의 일이었다. 어린 아들, 그것도 병약한 아들이 그곳의 고문실에 있을 거라 생각하니 이가 덜덜 떨렸다. 랜든이 가장 먼저 정신없이 달려간 곳은 니콜라스의 저택이었다. 그러나 그곳에서 그가 알게 된 것은 니콜라스가 없다는 것이었고, 있다 하더라도 만나줄 생각이 없다는 것이었다. 그 다음 랜든이 달려간 곳은 철십자 기사단의 본부였으나 이번에는 들어가지도 못했다.

"나는 수도방위군 부사령관 윌리엄 랜든이다. 그런데 왜 내가 못 들어가는 거야!"

"예하의 명령입니다. 어서 돌아가십시오."

싸늘하게 말하는 철십자 기사단의 소년을 보며, 랜든은 속이 뒤집혔다.

"그럼 아무나 나오라고 해! 어서!"

소년 기사는 난처하다는 듯 주변을 둘러보았다. 본부 입구에는 이미 젊은 기사들이 나와 랜든을 가로막고 있었다. 그러나 아무것도 말하지 말라는 명령을 듣고 온 뒤라, 그렇게 서 있는 것밖에는 달리 할 수 있는 일이 없었다. 그때 본부 안쪽에서 검은 옷을 입은 여자가 나왔다. 처음에 랜든은 그녀를 알아보지 못했다. 그러나 그녀가 가까이오자, 비로소 니콜라스의 아내였던 코지마 쿤드리라는 것을 알게 되었다.

"아들을 찾아오셨나요?"

"그렇소. 내 아들은 고작 열세 살이라고. 그리고 사람을 죽이기는커녕, 때릴 힘도 없는 병약한 아이란 말이야. 그 애는 집 밖에서 하루도 버틸 수 없는 몸이라고."

"제가 잘 돌보고 있으니 걱정 마세요, 랜든 경. 그 아이는 괜찮아요."

"그걸 어떻게 믿어."

"우리는 성직자입니다. 진실을 말해요."

"대체 언제부터 철십자가 진실을 말했지! 고작 열세 살짜리 아이가 어른도 상대하기 힘든 곰 같은 사내를 죽였다는 것부터가 말이 안 되잖아!"

"아드님이 흑마법사라는 건 알고 있었나요?"

랜든의 얼굴이 창백해졌다. 코지마는 고개를 돌리며 등 뒤에 수북하게

서 있는 기사들에게 명령했다.

"가라. 나 혼자 이분과 이야기하겠다."

깡마르고 창백한 여자의 말에 위압적이던 기사들이 일제히 물러났다.

"여기에서는 이야기를 나누어도 됩니다, 랜든 경. 아무도 나오지 않을 테니. 당신은 알고 계셨지요?"

랜든은 아무 말도 하지 않았다.

"그 아이의 몸에는 흑마법을 못 쓰도록 조처가 취해져 있었지요. 그 아이가 직접 할 리도 없고, 당신 집안에서 그리해 주었을 리도 없지요. 댁의 부인과도 만나 뵈었는데, 부인은 조금도 모르고 계시더군요."

"내가 했소."

"왜 그리한 거죠? 집안에서 흑마법사가 나온다는 게 두려워서? 하지만 당신 가문 내역을 생각한다면 흔하지는 않아도 없는 일을 아니었을 텐데, 당신 가문은 귀족 가문이라 특무부에 들어간다 하더라도 다른 대원들처럼 고생하지도 않을 텐데, 대체 왜 그런 거지요?"

"당신은 행복하오?"

코지마는 눈살을 찌푸렸다.

"프리델라 마고 앤더슨은 행복했나? 그 유릭 크로반이라는 녀석은?"

랜든은 고개를 저었다.

"나는 그저 내 아들이 행복하기만을, 평범하게 살 수 있기만을 바랐던 것뿐이오. 나는 흑마법은 쓸 수 없지만 흑마법사는 쉽게 알아보지. 헨리 카밀턴처럼 마령을 강력하게 감지할 수 있는 능력은 아니지만, 그래도 흑마법의 기운만큼은 확실하게 느낄 수 있어. 어린 시절, 내 몫이 그 정도라는 것에 얼마나 감사했는지 아시오? 뛰어난 인간도 주목받는 인간도 아닐 테지만, 그래도 나는 내 몫으로 주어지는 인간의 삶은 누릴 수 있을 거라 생각했어! 하지만…… 내 아들이 그리 태어났을 때 내가 어떤 심정이었겠소!"

"그렇게 고통스러워하는 것을 보면서도 후회하지 않았나요?"

"차라리 내가 죽는 게 나을 정도로 고통스러웠소. 하지만…… 하지만…… 그래도 어쩔 수 없었소. 흑마법사로 살게 하느니, 차라리 그렇게 병으로 고통받는 게 나을 거라 생각했으니까."

"그런데 지금 레오폴트의 몸에는 아무런 제약이 없더군요. 자신이 직접 했는지 아니면 누군가 해줬는지 모르겠지만, 어쨌든 지금의 레오폴트는 자유롭게 흑마법을 쓸 수 있어요. 지금 그 아이는 아주 강합니다."

랜든은 이마를 감싸 쥐었다.

"그럼 내 아들이 정말 살인을 한 거란 말이오? 그 힘을 이용해서?"

"아니오."

랜든은 안도했다.

"그럼 누가 칼 뷰겐트를 죽인 거지?"

"칼 뷰겐트 경을 죽인 사람은 우리도 모르는 누군가입니다. 니콜라스는 지금 난처한 상황이에요. 칼 뷰겐트 경을 죽였다는 혐의까지 받게 되면 더 더욱 난처하게 되지요. 그 때문에 그는 희생양을 찾아왔고, 찾아낸 거죠."

"그렇다면 내 아들은 완벽한 무죄인 거요?"

"아뇨. 유감스럽게도, 니콜라스와 함께 지클린데 클링조르를 죽이려 했던 건 사실입니다."

"그것도 누명일지 모르잖소."

"아닙니다. 그것만은 아니에요. 게다가 증인도 너무나 많아요. 당신의 아들은 죄인, 그리고 만약에 정말 성공했다면 용서받을 수도 없는 죄인이지요."

"그럼 내 아들은 어찌 되는 거요?"

"칼 뷰겐트를 죽인 죄에 지클린데 전하를 죽이려 한 죄를 합하여 처형 당하겠지요."

랜든이 비명을 질렀다.

"그러나 살인 미수의 죄만을 쓴다면, 특무부가 되어 유배지인 파난으로 떠나야 할 것입니다. 그래도 살아는 있을 테지요."

"내 아들더러 그리 살라는 게요!"

"당신이 모르는 많은 이들이 그렇게 살아요, 랜든 경. 주어진 운명을 헤치며 어찌 살아가야 하느냐는 각자의 몫일 뿐입니다."

그리고 코지마는 문을 가리켰다.

"이제 돌아가세요, 랜든 경."

랜든은 멍하니 그녀를 바라보다 거역할 수 없는 힘에 끌려 천천히 돌아섰다. 코지마의 호의였는지, 현관을 나서자 마차 한 대가 그를 기다리고 있었다. 랜든은 말없이 그 마차에 타고 집으로 돌아왔다. 돌아오자마자 아자렛이 달려 나왔다.

"윌리엄, 어떻게 되었나요!"

차마 아내에게 진실을 말할 수 없었다. 그 순간에 복받치는 슬픔 때문에 말문이 막혀서 진실을 말할 수 없었다.

예정된 대로 살 수 있었다. 랭카스크 공작가를 물려받아, 집안에서 정해주는 여자와 결혼해서 후계자를 낳고 집안을 위해 살아갈 수 있었다. 태어날 때부터 예정된 대로 그렇게 살 수 있었다. 의심해 본 적도 없고, 벗어나려 했던 적도 없었다.

마그레노 항구로 가면서도, 가문에서 하라고 하는 대로 할 생각이었다. 그것밖에는 없다고 생각했고, 조금도 의심하지 않았다.

그러나 그곳에서 아자렛을 만났다. 다른 남자를 사랑하고, 다른 남자의 아내가 될 예정인 여자를 사랑하게 되었다. 그녀를 얻기 위해서 무엇이든 할 수 있었으며, 그 행복을 위해서라면 무엇이든 희생할 수 있게 되었다. 그렇게 그녀와 결혼했고, 그녀와 함께하게 되었다.

"여보, 어떻게 되었나요?"

아자렛이 다시 물었다.

나를 미워하오? 랜든은 그렇게 묻고 싶었다.

아들이 잡혀갔고, 어찌 될지 모른다. 자신이 짓지도 않은 죄를 짊어지고 죽어야 할지도 모른다. 랜든은 이 찢어지는 고통을 그녀가 겪도록 했다. 그녀의 약혼자가 잡혀가게 놔두었고, 할 수 있는 그 어떤 일도 하지 않았다. 자신이 행복하게 해주면 될 거라 생각했고, 그래야 한다고 생각했다. 그러나 이제 레오폴트가 체포되어 손닿지 않는 곳에 있는 지금, 그는 아자렛의 슬픔을 이해할 수 있었다. 그리고 자신이 어떤 죄를 저질렀는지도 깨달았다.

"레오폴트의 생명을 구할 수 있는 방법을 알게 되었소."

아자렛의 눈동자에 슬픔과 희망이 뒤섞였다. 희망은 아들이 살 수 있다는 것이며, 슬픔은 그럼에도 불구하고 감수해야 하는 고통이 있다는 것을 예감하고 있기 때문이었다.

"죄는 죄이지만, 죽어야만 하는 죄는 아니더군. 하지만 큰 죄인 건 사실이었어."

"그 약한 아이가, 그 착한 아이가 대체 무슨 죄를 저지를 수 있단 말이에요."

"그래도 레반투스 전하를 죽이려 했던 것만은 사실이었어. 정말이야."

"맙소사! 대체 왜… 아니, 그럴 리 없어요! 누명이라고요."

"그건 우리들 손으로 할 수 있는 일이 아니오, 아자렛. 증인이 너무 많고, 벌은 받아야 해. 내가 할 수 있는 일은, 그 아이가 받고 있는 살인 누명을 벗겨주는 것뿐이오. 그게 내가 할 수 있는 최선이오."

아자렛은 눈물을 흘리며 고개를 끄덕였다.

"믿어지지 않아요, 믿을 수도 없고. 대체 그 아이가 무슨 힘으로 그런 끔찍한 짓을 할 수 있다고 하는지……."

"당신에게 숨긴 것이 있소. 그 아이는… 흑마법사의 힘을 타고 났어."

아자렛이 놀라며 신음을 흘렸다.

"무슨……."

"당신은 모를 수밖에 없지……. 당연해. 내가 숨겼으니까. 하지만 그 아이는 흑마법사이고, 무모하게도 레반투스 대공을 죽이려 했소. 그건 사실이지. 그러나…… 어쩔 수 없게 되었소."

랜든은 아자렛의 볼을 어루만졌다.

"유죄 판결을 받으면 그 아이는 특수 무력 부대로 가야 해. 그러니 만약에 그 아이가 고집을 피운다면 당신이 설득해야 하오. 특수 무력 부대로 가서 평생 봉사하지 않으면, 그 아이는 사형 선고를 받게 될 거요. 제국법상, 흑마법사가 제국에 평생 봉사할 것을 택하면 그 전의 죄는 모두 불문에 붙이도록 되어 있으니까. 하지만…… 특수 무력 부대가 된다는 건 무척이나 가혹한 일이지. 어린아이에게 힘든 일이 될 거야."

"그 아이가 살 수만 있다면 무엇을 감수하지 못하겠나요."

"아자렛, 그렇게 산다는 건 살아도 고통스러운 일이오. 하지만… 그래도 살아만 있다면, 그래도 서로에게 위로가 될 테지. 슬프고 고통스러울 테지만, 그래도 희망을 가지고 기다리게 될 테지. 그래야 하오."

"알겠어요."

"당신과 함께 있어서 행복했소. 나는 당신에게 큰 죄를 저질렀고, 진심으로 사죄하오. 그러나 당신을 진심으로 사랑하고, 이건 영원히 변하지 않을 거요."

"윌리엄, 당신은 제게 소중해요."

랜든의 눈이 젖었다.

"어째서— 당신이 그런 슬픔을 겪도록 했는데."

"많은 생각을 했어요. 너무나 고통스러웠고, 너무나 충격적이었고, 너무나 슬펐지요. 그리고 나 자신도 용서할 수 없었어요. 그러나 당신을 사랑하지 않았다면 당신을 쉽게 미워하게 되었을 테지요. 당신과 함께 행복했던 건 사실이고, 당신을 사랑하게 된 것 역시 사실이에요……. 그러니 윌리엄, 당신이 죄인이라면 저 역시 죄인이에요."

무엇도 확신할 수 없는 순간이었지만, 두꺼운 안개에 갇힌 듯 앞을 모르고 뒤를 모르며 발 아래마저도 분간할 수 없는 그리도 막막한 순간이었지만, 그럼에도 랜든은 단 한 가지 진실만은 알게 되었다.

그는 행복했다.

적어도, 적어도 그의 소중한 아내와 아들은 그의 곁을 떠나지 않았다.

"그럼 다녀오겠소, 아자렛."

"어디 가시는 건가요?"

"레오의 누명을 벗겨주러 가는 거요."

랜든은 아자렛의 입술에 키스했다. 슬펐지만, 그럼에도 불구하고 두렵지도 후회가 되지도 않았다. 해야 할 일이 이것뿐이라는 생각이 드니 마음도 가라앉아 갔다. 그는 저택을 나가, 그를 기다리고 있던 마차에 탔다.

"특수 무력 부대로 가주게나."

마부는 그의 명에 따라 제도의 변두리에 있는 특무부 본부 건물로 향했다.

빠르면 빠르고 느리면 느린 순간이었다. 무언가 생각해 보려 했으나 아무 생각도 나지 않았다. 본부에 도착하여, 그곳의 현관 앞에서 그 경비병에게 말했다.

"유릭 크로반 하사는 안에 있나?"

"아직 퇴근하지 않았으니 있을 겁니다."

"안내해 줄 수 있나?"

경비병은 랜든의 얼굴을 알고는 있었다. 그는 랜든을 데리고 유릭이 있는 곳으로 갔다. 장교의 집무실이다. 그 문 앞에는 중령 칼 뷰겐트라고 적혀 있었다. 이 무슨 공교로운 우연인지—

경비병이 문을 두드렸다.

"손님이 왔습니다, 크로반 하사님."

안에서 문이 열리며 유릭 크로반이 나타났다. 랜든을 보자, 놀라는 기색도 없이 담담하게 문을 활짝 열었다.

"들어오십시오."

그리고 그 집무실로 들어간 랜든은, 그곳에 유릭 크로반뿐만 아니라 헨리 카밀턴도 있다는 것을 알게 되었다. 카밀턴은 창문 옆에 서서 집무실 안으로 들어오는 랜든을 보고 있었다.

"여기서 자네를 보게 될 줄은 몰랐는데, 헨리."

"그건 나도 마찬가지라네, 윌리엄."

"무슨 일로 저를 찾으신 겁니까?"

유릭이 물었다. 언제 봐도 무기질 같은 녀석이군, 랜든은 그렇게 생각했다. 처음 볼 때부터 기분 나빴다. 그리고 지금, 이토록 중요한 인생의 순간을 그에게 맡겨야 한다는 것도 불쾌했다.

"내가 칼 뷰겐트를 죽인 진범을 알고 있어."

유릭은 여전히 차분했다. 무언가를 짐작하고 기다리고 있는 듯 보였다.

"누구입니까?"

"윌리엄 랜든."

검푸른 눈동자, 녀석의 얼굴 중 가장 마음에 안 드는 그 눈동자가 랜든의 눈을 꿰뚫듯 바라보았다.

"내가 그를 죽였네."

랜든은 그렇게 말했다.

"아들을 위해 거짓말을 하는 것이라면 그만두십시오. 자백만으로는 아무 소용 없습니다."

"그러는 자네는 칼 뷰겐트가 어떻게 죽었는지, 제대로 알고는 있나?"

"모릅니다."

"나는 알아. 그리고 나도 미약하지만 흑마법사야. 흉기 같은 거 없어도 그를 죽일 수 있어."

"설마―"

"내가 흑마법사가 아닌 것 같나? 판정할 수 있는 자에게 데려가 봐! 그도 나더러 흑마법사라 할 거야!"

"웃기지 마십시오! 당신 정도의 힘으로는 어림도 없어!"

"인간의 감정이 미력한 능력을 증폭시킬 수도 있지."

"거짓말!"

"아니, 내가 죽였어."

"죽였다는 증거도 없잖습니까!"

"내 아들이 죽었다는 증거는 있나? 없어도 철십자 기사단에서 조작할 테지! 하지만 지금의 니콜라스에게 진짜 필요한 것은 칼 뷰겐트를 죽였다는 혐의를 씌울 사람일 뿐이니, 그게 내 아들이 되든, 내가 되든 무슨 상관있겠나! 그러니 나를 잡아. 어서 나를 체포하라고."

"그럴 수는 없습니다."

"싫다면 나는 철십자 기사단을 찾아가든, 치안청을 찾아가든 할 거야. 자네가 아니면 다른 특무부원에게 자수하지. 누군가는 나를 잡아 철십자 기사단에 연락할 테지. 그리고 철십자 기사단은 나를 체포하여 데려가 뭘 하든 할 거야!"

"동기라도 있습니까?"

"물론. 그리고 아주 충분하고 넘치기도 해! 그는 내 비밀을 알고 있었지. 그날, 그가 나를 찾아와 이렇게 말했지. 마그레노에서의 일을 알고 있고, 그것을 아자렛에게 폭로할 수도 있다고. 그러나 자신은 신사이니 그런 짓은 하지 않겠다고 했지! 대신, 그 대가로 에드먼드 란셀을 고발할 때의 증인을 만나게 해달라고 했어!"

"증인?"

"이플릭셔스."

처음으로 유릭 크로반의 눈동자가 흔들렸다. 얼어붙은 호수의 수면이 박살나듯, 그렇게 흔들렸다. 그 이유는 몰랐지만, 그래도 랜든은 묘하게 통쾌했다.

"그자는 에드먼드 란셀에 대한 모든 것을 알고 있고, 더불어 니콜라스를 파멸시킬 만한 많은 것을 알고 있지. 헨리 카밀턴, 그리고 유릭 크로반. 진정으로 니콜라스를 파멸시키고 싶다면……. 그 남자를 찾아. 그 남자는 모든 것을 알고 있어."

"칼 뷰겐트 님은…… 그 이플릭셔스의 존재를 알고 있었던 겁니까?"

"그래. 마그레노 항구의 사건을 조사하던 끝에, 드디어 그 모든 사건의 시작이 된 이플릭셔스를 알게 되었을 테지. 그리고 그 사건의 관련자 중 단둘 남은 생존자 중 하나인 나를 찾아온 거야."

유릭은 이를 악물었다 떼며 말했다.

"나가십시오."

"체포 안 할 건가?"

"저는 체포할 수 없습니다! 그러니 나가십시오, 어서!"

"자네가 안 하더라도 할 사람은 많아."

"마음대로 하십시오. 하지만 저는 하지 않을 겁니다!"

랜든은 입술을 꾹 물고는 고개를 돌렸다. 그때 헨리 카밀턴이 말했다.

"자네를 체포해 준다면, 무엇을 대가로 치르겠나?"

랜든이 고개를 돌렸다.

"자네가 원하는 대로 해주고, 증거도 알아서 모아다 주겠네. 자네는 칼 뷰겐트를 죽인 진범이 되어 사형당하든 유배지로 끌려가든 분노한 특무부대원 중 하나의 손에 죽든 어떻게 되겠지. 그러나… 자네가 원하는 대로, 자네의 아들은 사형은 면하고 선택의 기회를 가지게 될 테지. 그러니 자, 내가 다 해줄 테니…… 말해보게나. 무엇을 대가로 치르겠나."

"그만두십시오, 카밀턴 경!"

"조용히 해, 크로반! 자, 어서 말해봐."

"에드먼드 란셀이라는 남자는 니콜라스를 가르쳤지. 그리고 그 남자, 에드먼드 란셀은 흑마법사였네. 아주 강력한."

"그건 나도 알고 있어."

"그리고 그는 멸망당한 옛 왕국의 보물을 가지고 있다네."

"보물?"

"봉마석이라고 하더군. 그리고 그것이 그를 강력한 흑마법사로 만들어주었고, 그것은 흑마법사가 마령에게 영혼을 먹히는 위험을 감수하지 않더라도 엄청난 마령들을 지배하게 하도록 해주는 원천이라더군. 니콜라스가 노리고 있던 것은 에드먼드 란셀이 가지고 있던 봉마석이야."

"니콜라스는 그 남자에게 속박되어 있던 많은 마령들을 가로챘잖아. 설마하니 그게 없었을라고?"

"그래. 하지만 그중 극히 일부들을 제하고는 모두 봉인된 채로 놓아두거나 위험을 감수하고 써야 했지. 그는 아주 위험한 상태에서 그 남자의 마령들을 훔쳐서 쓰고 있는 거야."

"그리고 이플릭셔스가 그 봉마석이 어디 있는지 알고 있다는 겁니까?"

드디어 유릭이 물었다.

"그래. 그리고 니콜라스는 그 남자를 찾고 있지. 니콜라스는 에드먼드의 마령들을 차지했지만, 그들의 힘을 쓰고 있는 지금은 아주 위험한 상태. 어떻게든 빠른 시일 내에 그 봉마석을 찾아내 자신의 것으로 해야 하는 처지."

"이대로 놔두면 어찌 되는 겁니까?"

"마령을 제어할 수 없는 흑마법사는 어찌 되던가?"

"죽어야 하는 존재가 되지요."

"왜 죽어야 하는 존재가 되지?"

"우리가 죽게 되니까."

"그래. 마령들은 생명을 중오하고 인간들은 더욱 중오하지. 니콜라스가 그것들을 통제할 수 없게 되면, 그와 가까이 있는 모든 것이 위험해져. 그러니 그들만이 아니라, 자네들도 그 이플릭셔스를 찾아야 해."

"그러나 니콜라스는 사제입니다."

"사제는 사제이지. 하지만 그는…… 아마도 유일하게 억제력이 없는 사제일 거야. 니콜라스에게는 마령에 대한 억제력, 즉, 정화사제로서의 기본인 마령의 힘을 제한하는 데서 끝나는 그런 억제력이 없어. 그의 힘은 아주 독특하지."

"혹시 다른 사람의 마령도 통제할 수 있는 힘을 말하는 겁니까?"

"자네는 어떻게 알고 있는지 모르겠지만, 그 특이한 능력을 정화력으로 인정받아 사제가 되었지. 그런 능력을 가진 사람은 아주 드무니까."

"그를 파문시킬 방법을 가르쳐 주는 건가?"

카밀턴이 묻자, 랜든이 비웃었다.

"나는 그를 죽일 수 있는 방법을 가르쳐 준 거네."

카밀턴은 잠시 잠자코 있었다. 그러다 결국 고개를 저었다.

"굉장한 비밀을 얻었으니, 자네의 부탁은 들어주어야겠지. 하지만 윌리엄, 자네는 나와 크로반 군더러 죄없는 사람을 가두라는 건데, 그것도 범죄라고."

"아니, 나는 내 아들을 구해달라는 거야. 나는 자네에게 은혜를 베풀어 달라고 사정하는 거라네."

레오폴트는 잠에서 깬 건지 아닌지도 알 수 없었다. 숨소리가 들린 듯했고, 볼에 서늘한 머리카락이 스친 듯도 했다. 속살속살거리는 소리가 들린 듯도 했다. 눈을 떴지만 눈을 덮은 안대 때문에 감은 건지 뜬 건지도 제대로 알 수 없었다. 비명을 지르고 싶었지만 입에는 재갈이 물려 있었다. 무엇이든 벗어 던지고 싶었으나 두 팔은 묶여 있었다.

문 여는 소리가 들렸다. 육중하고 두꺼운 문이 열리는 듯 굉장한 소리였다. 레오폴트는 숨을 죽이고 귀를 기울였다. 발걸음 소리가 들리더니, 부드러운 팔이 레오폴트를 일으켜 세웠다.

"똑바로 서라."

부드러운 여자 목소리였다. 레오폴트는 그녀의 명령에 따라 똑바로 섰다.

"앞으로 걸어가."

역시나 그렇게 했다. 치욕스러워야 정상이었지만, 답답하고 두려운 순간에서 벗어나 움직이고 있다는 것이 너무나 고맙고 반가웠다. 천천히, 그녀가 명하는 대로 걸어가기 시작했다. 차고 습한 공기가 느껴졌다. 한참을 걷자 가슴 위에 손이 얹혀졌다. 멈추라는 것이다. 레오폴트는 역시나 그렇게 했다. 안대가 휙 벗겨졌다. 빛이 와락 쏟아져, 눈이 부시며 머리가 아찔해졌다. 재갈이 풀렸다.

"저기!"

"쉿, 아무 말도 해선 안 된다."

그제야 눈앞에 누가 서 있는지 알게 되었다. 검은 옷을 입은 통통한 체격의 여자였다. 그녀의 가슴에는 십자가와 흰 날개, 그리고 평화의 잎이 수놓아져 있었다. 정화사제단의 흰날개지파였다. 처졌으나 맑은 눈동자가 어린 레오폴트를 안심시켰으나, 그녀는 웃고 있지 않았다. 레오폴트를 보살피거나 위로해야 할 아이가 아니라, 편견없이 대해야 하는 죄수로 보고 있는 것이다.

"진범이 잡혔다. 너는 칼 뷰겐트 경에 대한 살인 혐의를 벗게 되었다."

너무도 쉽게 해결되어 믿어지지 않았다. 평생 지하 감옥에서 살게 되는 것 정도가 최선이라 생각했는데, 그런데 진범이 잡혔다니.

"그러나 레반투스 대공께 위해를 가하려 했다는 것만은 변함없는 진실. 너는 이대로 파난 식민지로 이송, 그곳에서 특수 무력 부대로 입대하게 될 것이다. 제국과 국민을 위해 평생 봉사하게 될 거야."

레오폴트는 아득해졌다. 저택 밖도 자주 나가본 적 없는 레오폴트에게, 파난은 세상에서 제일 먼 지옥같이 여겨졌다.

"어, 어머니를 뵙고 싶습니다!"

"너는 지금부터 가족과의 만남이 금지된다. 파난에서는 보통의 특수 무력 부대원도 하사 이상만 가족이나 외부인과 만날 수 있다. 물론 그들은 그 기간이 무척이나 짧지만, 그들은 그런 운명이라는 것밖에는 아무 죄가 없으니 그런 것뿐. 너는 속죄의 기간이 필요하며, 네 힘과 네 분노를 다스릴 인내의 기간이 필요하다."

그리고 그녀는 복도 끝의 문을 열어젖혔다. 또 다른 복도가 나왔다. 공기는 훨씬 더 깨끗했고, 바람도 감돌고 있었다. 두 사람은 잠시 서서 기다렸다. 맞은편 문이 열리며 검은 특무부제복의 남자가 덩치 큰 남자와 함께 들어왔다. 두 사람이 들어오자 복도가 꽉 차는 듯했다.

여사제가 말했다.

"정화사제단의 조앤입니다. 이 아이를 데리고 가십시오, 유릭 크로반 하사."

"레오폴트, 인사 드려라."

유릭의 말에 레오폴트는 고개를 들었다. 처음에는 시스터 조앤에게 인사하라는 것인 줄 알았으나, 그 옆에 있는 남자를 보게 되자 그 뜻이 아니라는 것을 깨달았다.

"아버지?"

막막한 가운데, 그 한마디밖에는 나오지 않았다. 대체 아버지가 왜 여기 있는 건지 도저히 알 수 없었다. 턱이 덜덜 떨리며 눈시울이 뜨거워졌다. 그런 아들에게 랜든이 미소를 지었다.

"나는 괜찮을 거야. 어서 돌아가라."

"대, 대체 어떻게……."

"밖에 나가면 다른 사람들이 자세히 설명해 줄 거다. 그러니 나가라."

"제가 어떻게 나가라는 겁니까! 아버지, 전… 저는! 차라리 제가 여기 있겠습니다!"

"어머니에게 잘 말해다오. 상심이 클 거야."

"안 돼요, 그럴 수는 없어요! 싫어요!"

길 잃은 아이가 엉엉 울기만 하듯, 아무것도 인정할 수도 없고, 아무것도 할 수 없었다. 결국 지금 이 상황을 절대 인정할 수 없다고 억지를 부릴 수밖에 없었다. 순간 엄청난 충격이 턱을 강타했다. 레오폴트는 그대로 나가떨어져 바닥에 부딪쳤다.

"들어가십시오, 랜든 경. 어서!"

시스터 조앤이 랜든의 뒤에 섰다. 랜든은 입술을 꾹 물고 활짝 열린 감옥의 문 안으로 들어섰다. 레오폴트는 그를 따라가려 했으나, 유릭은 그의 멱살을 잡아끌고 갔다. 앞의 문을 벌컥 열어젖히더니 그대로 집어 던졌다. 딱딱한 벽과 바닥에 부딪치고 구르며 나동그라졌다. 다급한 마음에 급히 몸을 일으켰지만, 유릭이 문을 닫았다. 레오폴트는 달려가 그 문고리를 당겼다. 그러나 문은 꿈쩍도 하지 않았다. 레오폴트는 그 문을 두들겨 대며 외쳤다.

"열어요, 어서 열어! 아버지, 아버지!"

아무 소리도 들리지 않았고, 아무도 달려오지 않았다. 결국 레오폴트 는 울음을 크게 토해내며 무릎을 꿇었다. 아무것도 할 수 없으니 우는 것 밖에는 도리가 없다. 그러다 분노가 치솟아 유릭을 노려보며 외쳤다.

"당신 짓입니까! 당신이, 당신이 아버지에게 누명을 씌우고 잡아온 겁 니까?"

유릭은 아무 말도 하지 않았다. 다시 한 번 그의 소름끼치는 푸른 눈 이 두렵게 느껴졌다. 그제야 그가 그동안 자신을 얼마나 봐주고 있었던 것인지 깨달았다. 분명 동등하게 마주하고 싸웠던 것이라 생각했으나, 거대한 착각이었다. 그리고 그가 얼마나 자신을 하찮고 가소롭게 봐왔었 는지 깨달았으며, 단숨에 목을 꺾고 짓밟을 수 있음에도 불구하고 그렇 게 하지 않았다는 것도 깨달았다.

유릭이 말했다.

"네가 원하던 대로, 지금부터는 너를 한 사람의 흑마법사이자 어른으 로 대하겠다."

"……."

"아무것도 봐주지 않는다. 그 어떤 자비도 베풀지 않으며, 그 어떤 도움도 주지 않을 것이다. 해명도 설명도 없으며 오로지 명령만이 있을 것이다. 또한 시험은 있어도 기회는 없다. 일어나, 레오폴트 마렐 랜든. 오늘 안으로 파난으로 떠나라. 마침 오늘저녁에 군물자 수송 화물선이 출발하니 타고 가. 시스터 코딜리어가 너를 호송할 것이다."

"어머니를 뵙게 해주십시오."

"너는 열여덟 살이 될 때까지 가족과의 만남은 금지된다. 어길 시, 금지 기간은 2년 연장된다. 보통 살인은 17년, 살인 미수는 10년간 가족과의 만남이 금지되나 너는 열세 살의 미성년자라는 점, 그리고 랭카스크 공작가의 유일한 직계 후손이라는 점도 참작하여 5년으로 줄여주기로 했다."

"어머니를 뵙게 해주세요!"

"그것이 우리가 베풀어줄 수 있는 유일한 자비다. 네가 어리다는 것, 그리고 네가 전통있는 가문의 피를 이었다는 것에 감사해라. 그것마저 없었으면 우리는 더욱더 가혹했을 테니!"

"내가 잘못했으니, 제발 아버지를 풀어줘요! 제발! 제가 잘못했어요!"

"미안하지만, 이제부터 네가 살아야 하는 곳은 잘못을 비는 것만으로는 용서받을 수 없는 세계다. 참회한다면 벌을 받아라. 가족을 사랑한다면 고통을 감수하고 살아남아라. 그것이 이제부터 네가 할 일이다."

"파난으로 가기 싫어요!"

"많은 이들이 파난으로 가서 죽거나 고통받는다. 너만 예외일 수는 없어."

후회해도 소용없었다. 돌이키고 싶건만 무엇도 돌이킬 수 없었다. 무엇부터 잘못되었는지 알고 싶었지만, 안다 하더라도 지금 처한 운명에서 벗어날 수는 없었다.

"하나 묻자. 대체 누가 너의 족쇄를 풀어준 거냐?"

유릭의 물음에 레오폴트는 답하지 않으려고 했다. 분노 때문에 고집을 피우고 싶었다. 그가 원하는 것을 아무것도 해주기 싫었다.

"말해라. 그날 랭카스크 성에서의 너는 여전히 족쇄에 묶여 있었다. 그러나 일주일도 안 되는 지금의 너는 여기 이렇게 서 있지. 누가 네 족쇄를 풀었냐? 말해."

"그건 왜 묻는 겁니까?"

"그 족쇄를 풀어준 사람이 바로 너를 이용하여 네 아버지를 파멸시킨 거니까."

레오폴트는 이를 악물었다.

"너는 그가 원하는 대로 움직였던 것뿐이다. 니콜라스가 너를 이용하도록 한 거고, 네가 날뛰도록 놔둔 것이기도 하지. 그 사실을 말한다고 네가 무죄가 되는 건 아니지만, 그래도 내가 대체 누구를 신경 써야 하는지는 알아야겠다."

입술은 저절로 움직였다. 분노의 방향이 달라지며, 결국 입술은 움직였다.

"말하지 않겠습니다."

"어째서?"

"제가 직접 그에게 복수할 것입니다. 그러니 말하지 않겠습니다."

"끝까지 오만하구나, 너란 녀석은."

"제가 해야 할 일이니까요! 제 집안을 이렇게 몰락시킨 자니까, 그러니까 제가 복수해야 하는 겁니다. 당신이라면! 당신이라면 아버지를 파멸시킨 사람을 용서할 수 있겠습니까?"

"용서할 수 없지."

"당신은 용서할 수 없는 원수를 어떻게 합니까."

"그가 내 아버지를 파멸시킨 이후, 나는 그를 계속 괴롭혀 왔다. 그가 고통받으면 고통받을수록 나는 그것이 당연한 대가라 생각했다. 아버지를 파멸시킨 대가, 아버지를 그토록 고통받게 만든 대가, 그러니 그가 받는 고통도 당연한 것."

"당신이 그렇게 복수했다면 제가 복수하는 것 역시 당연한 것입니다."

"내 아버지를 파멸시킨 건 나다."

그리고 유릭의 서늘한 눈이 레오폴트를 향했다.

"네가 그렇듯이."

제57장

마주 보는 거울

"주, 주, 주인님은 화원에 계십니다."

홀라그로 성을 찾아간 아자렛을 맞이한 사람은 처음 찾아갔을 때 그러했듯, 그리고 앞으로 찾아오면 언제나 그럴 듯, 오터였다. 검은 얼굴의 남자는 죄를 들킨 듯 당황하고 있었다.

"안내해 주지 않아도 알아요. 어디인지 아니까요."

"그래도—"

"그분과 단둘이서 이야기하고 싶어요. 죄송해요."

오터는 잠시 생각하는 듯했다. 검은 눈동자가 아자렛을 피해 복도의 어딘가를 서성였지만, 결국 그는 고개를 끄덕였다.

"가십시오."

"네……. 잠깐, 오터 씨."

"말씀하십시오."

머뭇거리던 아자렛이 말했다.

"그분과는 언제 처음으로 만났나요?"

"제가 아주 어렸을 때 처음으로 뵈었습니다."

"그게 몇 년 전이지요?"

"20년 전입니다."

아자렛이 웃었다.

"어린 시절부터 알던 사이라니, 의외네요. 그분에게도 어린 시절이 있기는 있었네요. 언제나 그 모습 그대로인 분으로 보이는데."

오터는 고개를 저었다.

"그때도 그분은 지금 그 모습이셨습니다."

"네?"

"저는 이렇게 나이를 먹었지만, 그분은 그때 그 모습 그대로입니다."

무슨 말을 하는 건지 이해를 못한 아자렛은 그저 멍하니 서 있기만 했다.

"오터, 자네는 들어가 보게."

갑작스런 목소리에 오터가 흠칫 놀랐다. 아자렛도 놀라 황급히 고개를 돌리다가 복도의 벽에 기대 서 있는 알렉산더와 마주하게 되었다. 알렉산더는 손을 들어 현관홀 끝을 가리켰다. 오터가 매우 고민하더니 말했다.

"저기는 나가는 문인데요."

"나가 있으라는 말이네."

오터는 후, 하고 한숨을 내쉬며 밖으로 나갔다. 그렇게 단둘이 있게 되자, 아자렛은 어쩔 줄 몰라 하며 두 손만 꼼지락거렸다.

"어디가 좋은 거요. 화원이 있지만 오늘은 쌀쌀하지. 서재가 있지만 갑갑하지. 저 넓은 브란 카스톨이 한눈에 보이는 응접실이 있지만, 그곳은 너무 넓고 황량하지. 적당한 곳은 없으나, 그래도 골라보시오."

"어디라도 좋아요⋯⋯."

그리고 아자렛은 떨리는 입술을 이로 꾹 눌렀다. 그러나 그것만으로는 아무것도 주체할 수 없었고, 몸은 금방 모든 통제를 잃어버렸다. 알렉산더는 두 팔을 벌려 그녀의 몸을 안았다. 아자렛이 울음을 터뜨렸다.

"미안⋯⋯ 미안해요! 미안해요!"

"침묵해 준 것을 원망하지는 않소. 나를 보자마자 다시 달려와 주지 않은 것도 원망하지 않소. 당신에게는 나 없이 살아온 15년이 있었을 테고, 나는 그것을 파괴하고 싶지 않았소."

"미안해요!"

"내게 인내가 필요했듯, 당신도 슬픔을 참아야 했겠지. 그러니 미안해 하지 말아요. 세상엔 어쩔 수 없는 일이란 게 늘 있는 법이니."

"하지만⋯⋯."

"됐소, 이제는. 이제는 괜찮아."

아자렛은 고개를 저었다. 흐르는 눈물이 알렉산더의 옷 속으로 계속 스며들었다.

"모두 제 곁을 떠났어요. 되찾을 수 없는 곳으로⋯⋯ 또 모두 떠나보냈어요."

"가엾은 아자렛."

동정 어린 말에 아자렛의 눈에 희망이 어렸다. 그러면서도 떨리는 입술을 꾹 다문 채 아무 말도 하지 않으려 했다. 알렉산더는 그녀의 눈물을 닦아주며 말했다.

"혹시 내게 부탁하고 싶은 거요? 당신의 남편과 당신의 아들을 구해달라고."

"제가 무슨 염치로 당신에게 그리해 달라 부탁하겠어요⋯⋯ 못해요.

정말 못해요."

"세상의 많은 일이 대가를 요구하지."

"어쩌다가 그런 끔찍한 일을 저질렀는지 모르겠어요…… 대체 어쩌다 가!"

"구해줄 수도 있소."

조용한 알렉산더의 말에, 아자렛은 그래선 안 된다는 것을 알면서도 백작의 옷자락을 잡고 그를 바라보았다.

"하지만 아자렛, 치러야 할 대가를 제때 치르지 않으면 언젠가는 돌아오게 되어 있소. 지금 당신의 아들을 구해준다면, 오히려 당신 아들을 망치게 될 거요. 그러니 차라리 지금 그 값을 치르게 놓아둬요."

"그래도 제 아들이에요! 그리 놔둘 수 없어요."

"레오폴트는 몇 살이지?"

아자렛은 알렉산더를 잡고 있던 손을 놓았다. 알렉산더가 그 손을 잡아 자신의 가슴에 댔다. 아자렛은 손을 떼려 했지만 너무도 떨려서 아무것도 할 수 없었다.

"다시 한 번 묻겠소. 레오폴트는 몇 살이지?"

"여, 열세 살이에요."

"왜 목소리가 떨리는 거요. 진실을 말해줘. 레오폴트는 진짜 몇 살인 거요?"

"그 아이가 열네 살이라 말한다면 저는 그 아이를 구할 수 있겠지요. 하지만… 그러면 당신을 속이는 거예요! 당신의 옛사랑과 저와 당신의 과거를 이용해 당신을 속이는 거라고요! 제발 저를 시험하지 마세요! 제발… 저를 고통스럽게 하지 말아줘요."

"왜 이용하지 못하는 거요. 왜 거짓말하지 못하는 거요. 아직은 당신을 위해 목숨을 걸 수도 있는데. 그 아이가 내 아이라면, 나는 모든 것을 버리고 그 아이를 구해 어딘가로 도망칠 수 있을 텐데."

"그러니까 할 수 없다는 거예요! 그 아이는 랜든의 아들이고, 랜든은 그 아이를 위해 자신의 인생을 버렸어요. 그리고 그 아이는 이버지인 랜든을 위해, 그리고 어머니인 저를 위해 살 거예요. 그게 그 아이가 할 일이에요."

"제발 속여주면 안 되겠소?"

"죄송해요……. 하지만 진실은 하나고, 그 진실을 누구보다 잘 아는 사람 역시 저예요. 당신을 속일 수는 없어요……."

"희망을 품은 적이 있었지. 당신을 다시 보았을 때, 그리고 당신의 아들을 보았을 때, 잠시 희망을 품었지. 어리석은 상상이라는 것을 알아도, 그럼에도 진실일 수 없는 거짓을 믿고 싶기도 했소. 그리고 지금도, 지금도 어쩌면 당신이 나를 위해 거짓말을 하고 있을지 모른다고 생각하고 있소."

"로웨나가 증인이 되어줄 수 있어요. 그 아이에게 물어보세요."

"벌써 물어봤소."

아자렛은 눈물범벅이 되어 고개를 끄덕였다. 그녀는 이제 안도했다. 더 이상 속여야 할지, 진실을 말해야 할지 고민할 필요가 없어졌으니까. 그러나 그 안도의 표정에 알렉산더의 얼굴은 흐려졌다.

"그런데 왜 제게 확인하려 하셨나요……. 이미 알고 계셨으면서. 왜 그러셨어요?"

"당신이 거짓을 말하기를 원했으니까. 그 아이가 나의 아이이고, 그 아이를 구해달라고 내게 부탁하기를 바랐으니까. 그리고 같이 어딘가로 떠나자고 말해주기를 바랐으니까……. 내 모든 것을 망쳤던 사랑에 또 한 번 운명을 걸어보고 싶었으니까. 어리석지만 그리 생각했소."

알렉산더는 그녀의 손에 키스했다.

"오래, 참으로 오래 살아왔소. 그러나 그 오랜 어둠 속에서 내가 그리워할 것은 이 온기 하나뿐이더군. 행복하기를 바랐건만, 그만큼 내게 돌아오기를 바라기도 했지. 하지만 차라리 이 편이 나은 듯도 하군. 이제 당신을 떠나보낼 수 있을 테니까. 이제 남은 것을 정리하고 떠날 수 있게 되었으니까."

"어디로 가시는 건가요?"

"당신을 위해, 당신 곁에 있기 위해 그만두려 했던 일이 있었지. 그러나 그건 내가 할 일이었고, 내가 치러야 할 대가였소. 내가 도망치자 재앙이 나를 덮치고 당신을 빼앗아가더군. 하지만 당신을 사랑했고, 이리될 거라는 걸 알아도 그때의 나는 당신을 포기하지 않았을 거요. 그것만은 진심이오."

그리고 알렉산더는 그녀의 손을 놓았다.

"이제 가요, 아자렛. 당신의 자리로 돌아가, 당신이 해야 할 일을 하시오."

아자렛은 아들을 구해달라, 남편을 용서해 달라 말할 수도 있었다. 그러나 그가 남편 때문에 긴 수감 생활을 겪어야 했던 시간이 있기에, 그리고 아들이 죄인이라는 것만은 분명하기에 그리할 수 없었다. 차라리 어리석어지기를, 차라리 염치없어지기를 바라도 그녀는 그리할 수 없었다.

아자렛은 돌아섰다. 밖으로 향하는 현관 옆에는 새하얀 블랑쉐가 그녀를 노려보고 있었다. 새파란 증오의 시선에 아자렛은 섬뜩했다. 그러나 소녀는 고개를 들고 한 걸음 옆으로 물러났다.

"가세요, 옛 시절에 피었다 지금 시드는 백합꽃 소녀."

아자렛은 두 손으로 문을 밀고 밖으로 나갔다. 돌아보고 싶었지만 돌아볼 수 없었다. 마법에 걸린 성에서 하루를 보내다 나와보니 그 성은 아주 오래전에 몰락한 고성이었던 듯, 그렇게 꿈과 마법에서 깬 듯 허망했다. 정원으로 나오자 오터가 그녀를 기다리고 있었다.

"모셔다 드리겠습니다."

"갈 곳이 없어요, 저는."

아자렛은 서글프게 웃으며 그렇게 말했다.

"주인님을 원망하지는 마십시오."

"원망하지는 않아요. 하지만 슬퍼요. 너무나 슬퍼서…… 너무나 슬퍼서, 그래서 가슴이 아파요."

"이제부터 어찌하실 건가요?"

"저도 모르겠어요."

"주인님 곁에 머물러 주실 수는 없는 겁니까? 그분은 외로운 분이고, 이대로 놔두면…… 이대로 놔두면 정말 모든 것을 버리고 떠나 버리고 말 겁니다. 그분을 붙잡아주십시오. 그분을 살아 있게 해주십시오."

"하나를 얻으면 하나를 잃죠. 하나를 택했으니 하나가 떠나는 건 어쩔 수 없어요. 저는 제 남편과 아들을 택했으니, 그분을 떠나게 해드려야지요."

"그분을 택할 수는 없는 겁니까?"

"없어요, 이제. 랜든은…… 그분께는 원수지만, 제게는 남편이니까. 잘못된 시작이었기에 이리도 파국으로 끝나고 말았지만, 그래도 그 사람이 14년간 제 남편이었다는 사실만은 변하지 않을 테니까. 그러니 어쩔 수 없어요. 잘 있어요, 오터. 데려다 줄 필요는 없어요. 저도 제가 어디로 가야 할지 모르니까."

"안녕히 가십시오."

아자렛은 성의 정문을 나섰다. 먼 길이 외로운 그녀의 눈앞에 있었으나, 그래도 그녀는 걷기 시작했다.

고난이 와도 파국이 와도, 그래도 그녀는 자신이 지금 당장 해야 할 일을 잊고 싶지 않았다. 지금 그녀가 해야 할 일은 걸어가는 것, 멈추지 않고 앞으로 가는 것뿐이었다. 앞으로 힘든 시간이 올 거라는 건 짐작하고 있었다. 그러나 그녀의 삶을 살 수 있는 건 그녀뿐이기에, 그래도 견디어 내야 했다. 그녀가 할 수 있는 일은 그것뿐이었다.

*　　　　*　　　　*

칼 뷰겐트 중령의 암살 사건은 사적인 원한에 의한 살인으로 단숨에 마무리 지어졌다. 과정은 간략했다. 랜든이 특무부에 자수했고, 파난 서부 특무부 소속이자 뷰겐트의 직속으로 파견되어 왔던 유릭 크로반에 의해 철십자 기사단에 넘겨졌다. 철십자 기사단은 체포했던 살인 용의자 레오폴트 랜든을 특무부에 넘겼다. 이유는 역시나 간략했다. 지클린데 클링조르 전하에 대한 암살 미수, 그러나 전하의 자비로운 은혜에 따라 그 죄는 사한다. 그래도 흑마법사라는 사실은 변하지 않으므로 파난의 특무부로 배속, 의무적인 훈련이 끝나면 바로 동서부 중 하나에 배치되어 제국을 위해 봉사하도록 한다.

그 모든 것이 결정되는 데 반나절도 걸리지 않았다. 칼 뷰겐트는 지난주에 죽었고, 모든 일이 마무리된 것은 그 다음주 월요일 저녁이었다. 그러나 특무부 내의 분위기는 그다지 신통치 않았다. 아무도 의심하지 않았던 자가 범인으로 지목되더니, 너무도 빨리 진범이라 결정되었다. 그러나 랜든을 집어삼키듯 데리고 간 곳은 초법적인 기관인 철십자 기사단이다. 그들이 랜든더러 범인이라면 범인인 것이고, 다른 범인은 나올 수도 없으며, 나와서도 안 된다.

제도 특부무 본부, 칼 뷰겐트의 집무실에 모여 있는 특별한 특무부원들은 말없이 앉아 있었다.

시계는 벌써 8시였으나, 아무도 돌아가지 않고 있었다.

카바냐는 창가에 놓인 의자에 앉아 창밖을 보고 있었다. 파난에서 밤낮 브란 카스톨, 브란 카스톨, 하고 졸라 대던 그녀였으나 이런 일로 브란 카스톨에 오게 될 줄은 몰랐을 것이다. 제도에 가면 여기 가서 이걸 봐야지, 저기 가서 저걸 봐야지, 하고 극장 이름과 레퍼토리 시간표를 외우고 다니던 그녀였으나, 지금의 머리 속은 밤하늘만큼이나 까말 것이다.

"우리 곰을 죽인 사람은 대체 누구야?"

카바냐가 말했다. 그녀의 앙증맞은 목소리는 무겁게 가라앉아 있었다. 그녀의 단짝이던 일렉트라의 죽음을 보고했을 때 저런 목소리였다. 카이슐츠의 시체를 보고 임무 완료라고 중얼거릴 때도 저런 목소리였다. 소녀였을 때 가족에게 버림받은 후로 절망하지도 슬퍼하지도 않게 된 그녀였다. 누가 죽든 단숨에 잊어버린다. 배신하면 바로 어제까지 맞은 자리에서 식사하던 동료라도 갈겨 버렸다. 그러나 그런 그녀에게도 잊을 수 없는 죽음이 있고, 이번은 아마도 세 번째가 될 것이다.

"아직은 모릅니다."

"그리고 영원히 모르게 되겠지."

카바냐가 눈물을 닦았다. 그녀의 맞은편에 있는 크리스펠로는 멍한 얼굴이었다. 카이슐츠가 죽었을 때도 늘 짓는 무표정한 얼굴로 다 끝났어, 하고 말했을 뿐이다. 지금도 마찬가지였다. 무표정하게 창밖을 바라보고 있을 뿐이다. 그러나 유릭은 그가 칼 뷰겐트의 죽음을 알게 된 후 아무것도 먹지 못하고 있다는 것을 카바냐로부터 들어 알고 있었다. 카이슐츠가 죽었을 때도 그랬다. 간신히 혼수 상태에서 깨어났을 때, 멍하니 바이올린만 바라보며 아무것도 하지 않고 아무것도 먹지 않았다. 카바냐가 다가가 그의 목을 안았을 때, 그제야 그의 눈에 눈물이 고였다.

"넌 가지 마."

그는 그렇게 말했다.

"네가 가면 나는 정말 죽을 거야. 그러니 넌 가지 마."

지금의 그도 저렇게 슬퍼할 만큼 슬퍼하면 카바냐를 기다릴 것이다. 유릭의 시선을 느낀 크리스펠로가 고개를 돌리더니 말했다.

"화나 있었어, 너."

"지금도 화나 있습니다."

"너, 화를 내며 슬퍼했지. 네 심장이 불타고 있었지. 넌 달려들었어. 너는 네 사슬을 끊었어."

누구도 이해하기 힘든 크리스펠로의 말이었으나, 카바냐만은 단번에 알아들었다.

"맞아, 이상하다. 예전 같으면 벌써 실려 나가야 하는데 너 아직도 멀쩡한 이유가 뭐야!"

유릭은 목을 들어 보였다. 그곳에는 칼에 베인 상처가 나 있었다.

"지웠어요."

"뭘?"

"그거. 콘스탈레의 그물."

카바냐가 기겁했다.

"네 손으로 하면 위험하잖아!"

"어쩔 수 없었습니다. 니콜라스가 제 손에 닿는 곳에 있다고 생각한 순간, 그에게 한 방이라도 날릴 수 있다고 생각하는 순간, 아무것도 주체할 수 없었습니다."

"그렇다고 그런 짓을 하냐! 프리델라님이 절대절대 하지 말라고 분명히 말했잖아! 죽고 싶어 환장했나!"

"파난으로 돌아가면 바로 프리델라님을 찾아가겠습니다."

"언제?"

"니콜라스가 죽으면."

카바냐가 입술을 꾹 눌렀다. 에바도 어쩔 줄 몰라 하며 어떻게 좀 해 달라는 듯 크리스펠로를 보았다. 크리스펠로는 멍하니 천장을 보다가 고개를 내렸다.

"대장님이 너에게 전하라는 말이 있었다."

카바냐, 에바, 유릭도 모두 놀라서 그를 바라보았다. 프리델라의 전언이 중요한 것이 아니라, 그가 파난을 떠나서 여기까지 오는 내내 그 말을 잊지 않았다는 것에 놀란 것이다.

"간단해서 안 잊었어. 정확해."

"뭐라고 그러셨는데요?"

"크리스 따라와. 안 오면 맞는다."

"……"

벽난로가 활활 타오르는 훈훈한 집무실이었건만, 그 순간 싸늘한 서릿발이 박힌 듯한 공포감이 돌았다.

"돌아가야겠습니다."

에바가 차분하고 엄숙하게 말했다. 유릭은 잠시 천장을 바라본 후에, 창밖을 바라보고, 문을 바라본 후에 주머니를 뒤져 네 장의 오페라 표를 꺼냈다. 카바냐는 양심의 가책을 느끼는 것이 역력한 표정이었으나 그 손만은 표를 향하고 있었다.

"트래비스 씨로부터 받은 내일 개막하는 신작 오페라 표입니다. 갈 땐 가더라도 이건 구경하고 가죠."

카바냐의 손이 그 표를 낚아챘다. 그리고 잠시 동안 자기도 모르게 나간 손을 매우 저주했다.

"너, 기분 나쁜 것 같아."

크리스펠로의 말에 유릭은 고개를 끄덕였다.

"당연하지요. 이대로 나가면 다시는 중령님을 죽인 범인을 잡을 수 없게 됩니다."

"왜 잡아야 하지?"

"벌을 받아야 하니까요."

"벌은 왜 받아야 하는 건데?"

"그분을 죽였……."

유릭은 그제야 자신이 아주 깊은 모순 속에서 허우적거리고 있었다는 것을 깨달았다. 크리스펠로가 말했다.

"중령님을 죽였으면, 그는 우리의 적이야. 그리고 우리도 죽이려 할 거야. 우리는 그때 싸우면 돼."

크리스펠로의 말은 분명 진실이었다. 그리고 그런 말을 할 때면 늘 그러하듯, 그것은 누구나 알고 있지만 차마 말하지 못하는 진실이었다.

막 코트 단추를 잠그고 여행 준비를 마친 노버스에게 하인이 달려와 알렸다.

"마차가 왔습니다."

"수고했네. 금방 다녀올 테니, 집 잘 지키고 있게나."

"기념품도 잊지 마십시오."

"멋진 구두 한 켤레 사주지."

"모자가 좋은데요."

노버스는 킬킬 웃으며 현관 홀로 내려갔다. 현관 문을 여니, 마차가 문 앞에 서 있었다. 노버스는 하인에게 손을 흔들어 인사하고 마차에 탔다.

"역으로 가주게나."

마차는 단숨에 역으로 달려갔다.

노버스가 브란 카스톨로 가기로 결정한 것은 랜든을 보낸 직후였다. 살비에 마델로에 이어 랜든까지 찾아오니, 수도에 있는 조카가 걱정되기 시작했다. 살비에 마델로는 딸을 잃었고, 랜든은 지금 아내와 헤어질 위기에 처해 있다. 만약 노버스에게도 그런 일이 닥친다면, 그 역시 그 일에 책임이 있으니 분명 유릭에게 해가 갈 것 같았다. 위험하다는 걸 알려야 한다는 생각이 들며, 다 큰 조카를 보고 싶어졌다. 결국 그날로 짐을 싸서 이렇게 나오게 된 것이다.

마그레노에서 브란 카스톨로 가는 방법은 두 가지다. 하나는 강을 따라 올라가는 것이고, 다른 하나는 브란 카스톨 행 기차를 타는 것이다. 배나 기차나, 속도는 그다지 차이가 없다. 그저 시간 맞는 대로 타고 가면 되는 것이고, 노버스가 원하는 시간에는 기차뿐이었기에 기차를 타고 가는 것이다.

기차의 1등 침대칸에는 노버스 혼자뿐이었다.

조용한 가운데, 난방이 잘되는 덕에 훈훈해서 금방 잠이 왔다. 노버스는 침대에 몸을 눕히다가 수첩을 꺼내 그 안에 든 사진을 들여다보았다. 유릭이 세 살 되던 해에 마그레노의 역에서 찍은 사진이었다. 동생인 딜버스 크로반은 첫 번째 숙청에서 간신히 풀려나자마자 아내와 아들이 있던 마그레노로 달려왔다. 그날 이렇게 사진을 찍었다. 사진의 가족들은 모두 행복해 보였다. 드디어 고통의 시간이 끝나고 행복이 오리라 확신하고 있었다.

기차가 달려가는 내내 밤은 검게 얼어붙어 갔다. 깜빡 잠이 들었다가 종소리가 들려 일어나 보니, 벌써 브란 카스톨에서 한 시간여 떨어진 곳에 있는 소도시에 정차하고 있었다. 정말 오래 잔 듯 창밖의 하늘이 파르스름하게 밝아오고 있었다. 노버스는 침대칸에서 몸을 일으키다가 사진을 떨어뜨렸다. 그것을 주우려 하는데, 외풍이 스며드는지 사진이 1등칸의 개인실 문 앞으로 날아갔다. 노버스는 침대에서 내려와 문으로 갔다. 이제 막 기차에 탄 승객이 그 사진을 집어 노버스에게 건네주었다.

"고맙소."

그러며 노버스는 그 신사를 바라보았고, 꽤 놀랐다. 짙은 회색 옷을 입은 키 큰 남자였다. 희고 준수한 얼굴이었으나, 그 회색의 눈은 굉장히 차고 잔인해 보였다. 남자 옆에는 딸인지 조카인지 모를 작은 여자애 하나가 찰싹 달라붙어 있었다. 보닛을 눌러쓰고 있어 얼굴은 잘 보이지 않았다.

"어디까지 가십니까?"

목소리가 울리는 순간에 노버스는 흠칫 놀랐다. 서리 깔린 아침처럼, 그 목소리는 차고 섬뜩했다.

"브란 카스톨이오."

노버스는 사진을 만지작거리며 그리 말했다. 남자는 노버스의 맞은편 의자를 바라보았다.

"합석해도 되겠습니까?"

"조, 좋습니다."

대체 왜 이렇게 말이 떨리는 것인지 알 수 없었다. 온몸이, 온몸이 본능적으로 떨려오고 있었다. 남자는 맞은편에 앉았다. 여자 아이는 창밖을 물끄러미 바라보았다. 남자가 노버스가 들고 있는 사진을 보며 물었다.

"가족 사진입니까?"

"네."

"한 번 더 봐도 될까요?"

"네, 네."

남자는 노버스에게서 사진을 받아 유심히 들여다보았다. 노버스는 그가 묻지도 않았음에도 불구하고 말했다.

"동생 부부하고 그 아들이오."

"그렇군요."

노버스는 계속 춥고 두려웠다. 창쪽을 보자 그 작은 여자 아이가 고개를 획 돌렸다. 보닛에 묻혀 있던 뽀얀 얼굴이 드러났다. 노버스는 하얗게 질렸다.

"블랑쉐?"

그러자 뽀얀 얼굴의 소녀가 웃었다. 죽은 인형이 활짝 웃는 듯 소름끼치는 웃음이었다.

"저를 알아보시네요. 반가워요, 노버스 아저씨."

노버스는 침을 삼키고 앞의 남자를 보았다. 여전히 두려웠지만, 그럼에도 도망치고 싶지는 않았다.

어쩔 수 없는 일이라, 이제 끝이라 생각하게 되자 오히려 편안해졌다. 남자는 여전히 사진을 들여다보고 있었다.

"당신은 누구시오?"

노버스가 묻자, 남자는 빙그레 웃으며 사진을 건네주었다.

"이 사진의 남자를 구하기 위해 갇혀야 했던 남자지."

혹시나, 혹시나 하던 희망은 끝났다. 노버스가 할 수 있는 일은 두 손을 꽉 마주 잡고 이를 악무는 것뿐이었다.

남자가 말했다.

"오랜만이야, 노버스."

"그, 그래… 에드먼드."

"자네가 기억하는 이름은 그것이지. 그러나 지금의 내 이름은 알렉산더, 그리고 오래전에는 다른 이름이었지."

"어떻게 지냈… 나?"

"자네 동생 앞 방에서 지냈지. 자네 동생은 나를 금방 알아보더군. 죽을 때까지 모르는 척했지만 말이야."

노버스가 눈을 부릅뜨며 바라보자, 알렉산더는 고개를 저었다.

"걱정 마, 노버스. 자네 동생을 죽인 건 내가 아니라 고된 수감 생활과 병이었다네."

"자네, 대체 어떻게 내 동생과 같은 감옥에 들어간 거지?"

"뻔한 것 아닌가. 당신 동생은 흑마법에 반역자, 정치범이었어. 그런 사람이 갈 곳이 그곳밖에 더 있나. 그리고 나도 같은 혐의였으니, 같은 곳에 갈 수밖에. 그 덕에 나는 자네 동생의 마지막을 보았고, 유언도 들어주었지. 그 유언은 자네 조카에게 잘 전해주었네."

"유리, 그 아이는 놔둬. 제발. 당신이 에닌을 어찌했는지 짐작하고는 있어. 하지만…… 그래도 내 조카 아이만은 놔줘. 부탁해."

"내가 왜 그리해야 하는 거지?"

"고생 많이 한 아이야. 제 아비가 잡혀간 후, 한순간도 편하게 지내지 못했어. 제발 그 아이를 괴롭히지 말아줘."

"내가 진실을 말하면 자네에게 참 잔인한 짓이 되겠군, 노버스. 새카만 감옥에서 나를 빼내준 사람은 다름 아닌 자네 조카라네."

놀란 노버스는 옷자락을 꽉 움켜쥐었다.

"무슨 소리야!"

"얄궂게도, 너무나 얄궂게도, 자네 조카가 나를 빼내주었다네. 기적이었지. 운명의 기적. 내 감옥 앞에 나를 그 지경으로 만든 원흉이 되었던 남자가 갇혀 있고, 그 아들이 나를 구해주다니. 너무 얄궂은 운명의 기적 아니겠나."

"그렇다면 그 아이는 무사할 수 있는 건가?"

"그건 나도 장담할 수 없어. 내가 놓아두어도 다른 운명이 그 아이를 놓아두지 않을 것 같거든. 그 아이는 정말 복잡한 성좌 아래에서 태어났단 말이야."

노버스는 머리를 감싸 쥐며 신음을 흘렸다. 알렉산더는 기차 의자에 등을 기대며 말했다.

"늘 궁금한 게 있었어. 내가 잡혀가던 그날, 대체 왜 나를 찾아왔던 거지? 나를 잡혀가게 한 주범이었으면서 왜 나를 찾아왔던 건가? 내가 잡혀갈 거라 으름장을 놓으러 온 건 아닌 것 같았어. 발터는 시치미 뚝 떼고 있다가 자네가 오자 파랗게 질리더니 자네를 두들겼지. 그때는 그저 나를 위해 자네를 두들겼다고 생각했네만, 지금 생각하니 아니었어. 발터는 자네가 내게 진실을 말할까, 모든 것을 망칠까 두려워서 그리했던 거야. 말해줘, 노버스. 그날 왜 나를 찾아왔던 건가?"

"…자네가 불쌍해서."

"왜?"

"그렇게 오만하게 정점에 서 있었건만, 그리도 강한 힘과 엄청난 과거를 가지고 있건만, 바로 옆에서 독버섯이 자라 자네의 팔을 부러뜨리고 다리를 자르려 하고 있다는 것을 모르고 있었으니까. 내게 내 동생이 소중하지만, 자네에게도 자네 인생은 소중하겠지. 괴로움 끝에 내가 택한 것은 그래도 자네에게 알리는 거였네."

"그런데 그렇게 되었군."

"그래. 어떻게든 난동을 부려 자네가 달려와 나와 직접 싸우게 만들려 했지. 그때 말해줄 생각이었는데, 자네는 끝까지 내게 오지 않더군. 정원의 뒤뜰에서 자네가 잡혀 가는 소리를 들었고, 아자렛의 비명을 들었네. 거짓말하지는 않겠어. 나는 그때 안도했다네. 이제 더 이상 고민할 필요가 없게 되었으니까. 그래도 내 동생은 돌아올 거라고, 그러면 된 거라고 생각했다네. 그래, 내 동생은 돌아왔지. 그리고 얼마 지나지도 않아 다시 잡혀가 결국에는 죽었다네. 다 내 탓이라 생각했다네. 만약 그때 자네를 고발하지 않았다면, 어쩌면 하나님께서 자비를 베풀어 내 동생을 무죄 방면시켜 주었을지도 모른다고. 그러면 그 아이는 살아 있었을 거라고. 그렇게 후회하며, 그렇게 절망하며, 그렇게 살아왔다네."

"자네는 내가 무죄라고 생각하나?"

"자네는 무죄라네. 자네의 과거, 자네의 현재, 자네의 미래까지. 그리도 괴로웠건만, 다행스럽게도 하나님께서 내 조카의 손을 빌어 내 죄를 청산시켜 주셨군."

"자네가 용서받았다고 생각하나?"

"자네가 용서하든 말든 상관없어. 그건 그거지. 하지만 나는 자네가 더 이상 감옥에서 고통받지 않게 되었다는 것에, 하나님께 감사하네. 내게 복수하려면 복수하게나. 죽이려면 죽이고 고통받게 하려면 고통을 주게. 내가 자네 인생을 망쳤다는 것은 진실. 그러니 감수해야지."

알렉산더는 잠시 아무 말 없이 있었다. 기차만 규칙적으로 덜그럭댈 뿐이었다.

"자네만큼 나를 허무하게 만드는 자도 없군."

"사죄해도 소용없지만 그래도 미안하네. 용서해 주지 않아도 상관없지만, 그래도 나는 미안하네."

"미안하든 용서하든 이제는 아무 소용 없어. 그러나 하나만 답해줘. 그것만은 아직 진행형이니. 노버스, 이플릭셔스는 어디 있나?"

"몰라."

"정말?"

"그래, 몰라."

블랑쉐가 고개를 돌렸다. 그 새파란 눈동자는 유리알처럼 투명하게 빛날 뿐이었다. 노버스는 눈을 감으며 조용히 말했다.

"이젠 자네 뜻대로 하게나."

"그래, 그렇게 하지."

그리고 아무 소리도 들리지 않았다. 아무 소리도, 아무 소리도— 기차만이 칙칙 대며 달려갈 뿐이었다. 갑자기 요란한 종소리가 들렸다.

"다음 역은 브란 카스톨, 브란 카스톨입니다!"

그 소리에 노버스는 눈을 떴다.

앞 자리에는 아무도 없었다. 노버스는 멍하니 그 의자를 바라보다가 창밖을 보았다. 달리는 기차 창문 옆으로 어둠에 젖은 새카만 산이 보였다. 그러나 하늘은 새파랗게 빛나고 있었으며, 그 산자락은 지옥의 홍염처럼 불타오르고 있었다. 그리고 마침내 그 산자락 끄트머리에서 불타는 황금 같은 햇살 한 조각이 솟구쳐 올랐다. 그것이 어둠을 뚫고 솟구쳐 오르며 어둠을 씻어 내렸다.

새벽이었다. 마침내 새벽이었다. 그의 눈앞에 불타는 것은 황금 같은 새로운 새벽이었다.

노버스의 볼을 타고 눈물이 흘러내렸다. 이렇게 아름다운 새벽은 처음이었다. 이렇게 벅찬 새벽은 진실로 처음이었다.

브란 카스톨 역에 도착한 기차는 노버스와 수많은 사람들을 맑고 차가운 아침 햇살이 비치는 플랫폼에 던져 놓고 길게 사라졌다. 지평선 너머 기차가 꽂혀 사라지자, 노버스는 가방을 챙겨 들고 걷기 시작했다.

마중 나온 사람들이 도착한 사람을 맞이했다. 노버스는 후우— 하고 길게 한숨을 내쉬었다. 꿈이라도 꾼 듯했다. 너무도 순식간에 지나가, 아무것도 남기지 않고 스쳐 지나가는 그런 꿈을.

그러던 노버스는 마차 앞에 서 있는 키 큰 남자를 발견했다. 진한 회색 머리의 남자였다. 그 옆에는 작은 여자 아이가 찰싹 달라붙어 있었다.

여자 아이가 고개를 돌리더니 방긋 웃었다. 노버스는 웃었다.

종소리가 들렸다. 땡, 땡, 땡—

오전 일곱 시를 알리는 비명 같은 종소리가 역 광장을 울렸다. 어디로 갈까, 특무부 본부로 가서 물어봐야 하나, 그런데 내가 들어갈 수는 있을까, 이것 저것 고민하던 노버스는 순간 불타는 듯한 고통을 느꼈다. 뜨거운 것이 콸콸 솟구쳐 옷섶에 번지고 코트를 적셨다. 다리를 타고 흘러내려 바닥에 흥건하게 고였다. 사람들이 비명을 지르며 도망가기 시작했다. 꽥꽥대며 흩어지고 절규했다. 그러나 그 소리는 먼 세상 너머에서 들려오는 듯했다. 웃음이 나오며 온몸이 편안해졌다.

"병원, 병원에 알려요! 세상에나!"

사람 하나가 고함을 질렀다. 노버스는 그제야 자신이 피 웅덩이 위에 누워 있다는 것을 알게 되었다. 언제 쓰러진 건지……. 그의 정신이, 그의 영혼이 피에 잠겨 사라지고 있었다. 꿈인지 현실인지 모르게, 그의 눈앞에 다시 알렉산더가 나타났다. 방금 전 기차에서 보았을 때와 똑같은 모습이었으나, 그 눈은 그때와는 달리 그다지 차갑지 않았다.

"…이렇게 되는 건가……. 자네가 나를 죽인 건가……?"

흐린 목소리로 묻자, 알렉산더는 고개를 저었다.

"유감스럽게도, 자네의 목숨은 내 몫이 아니군. 내가 한 건 아니네."

"그럼 자네는 나를 용서해 준 건가?"

"전혀."

"그렇다면 기차에서 나를 놓아두고 그냥 간 이유가 뭔가……."

"이럴 줄 알았으니까."

노버스는 큭큭 웃었다. 역시나 용서받을 수 있을 리 없었다. 죄는 죄고 받아야 할 건 받아야 했다. 그러나 후회도 원망도 없었다. 받아야 할 것은 받아야 할 뿐. 그런데 블랑쉬가 다가와 노버스의 이마에 키스했다.

순식간에 고통이 멎었다. 사람들은 여전히 소란스러웠는데, 그 순간에 노버스는 다른 곳에 있는 듯했다.

"오늘 하루."

알렉산더는 블랑쉐의 어깨를 잡아 당겼다.

"나는 천사가 아니기에 목숨을 구원할 수 없다네, 노버스. 그러나 나는 악마이니 잠시 더 살아 있게 해줄 수 있어. 내가 자네에게 선물한 그 짧은 시간을 값지게 보내게."

"어째서—"

"소용없는 일이 되었을망정, 그래도 나를 구원하러 와주었던 것에 대한 보답이네. 자네를 용서할 수는 없지만, 구원받을 가능성을 모두 내동댕이쳤던 오만한 나 자신 역시 용서할 수 없다네. 그러니 자네에게 이 정도 보답은 해주기로 했지."

갑자기 아찔해지더니, 나락으로 떨어졌다 돌아온 듯 정신이 번쩍 들었다. 흐릿하던 시야가 뚜렷해지기 시작했다. 사람들의 목소리도 점차 크고 분명하게 들리기 시작했다.

"괜찮습니까?"

노버스는 고개를 돌렸다. 병원이었다. 시계는 오후 세 시를 가리키고 있었다. 노버스 옆에는 하얀 옷의 간호사가 그를 들여다보고 있었다. 노버스는 그녀의 옷자락을 움켜잡으며 말했다.

"심부름할 사람을 불러주시오! 어서!"

"괜찮나요? 부상이 굉장히 심한데, 어서 안정을 취하고—"

"안 되오! 어서 불러주시오! 어서! 어서 심부름할 사람을 불러줘! 급한 일이야!"

*　　　　*　　　　*

로웨나는 언제나 자신이 처음으로 주연을 맡는 무대가 어찌 될까 생각해 왔다. 처음부터 사람들의 주목을 받던 에닌을 보면서, 교수님이 언젠가는 굉장하게 클 거라 칭찬해 주면 뿌듯해하며, 아무도 없는 학교 극장 무대에서 혼자 여주인공의 노래를 부르며, 언젠가 주연을 맡기를 고대해 왔다. 그다지 순탄하지 않은 날을 보내왔던 그녀였기에, 꿈과 상상 속의 주연 무대는 언제나 불상사로 가득 차 있었다. 제작자가 갑자기 파산한다던가, 연출자가 느닷없이 주연을 바꾼다거나, 연출자에게 앙심을 품은 한량 클럽이 총 출동하여 무대를 망친다던가, 그것도 아니라면 사고가 나서 무대에 가지 못한다거나 등등. 그러나 아무리 상상력 풍부한 로웨나라도, 첫 주연 무대에 이런 사고가 일어날 거라 예상했던 적은 단 한 번도 없었다.

"붓기는 대강 빠졌는데."

로웨나는 이 참담한 상황을 조금이라도 긍정적으로 바꾸어보려 했다. 가토가 울음을 터뜨리며 외쳤다.

"이 시퍼런 멍을 대체 어떻게 해요! 오늘 막을 올려야 하는데!"

울고 싶은 건 로웨나도 마찬가지였다.

"이 얼굴로 어떻게 무대에 올라가요!"

트래비스의 주치의가 가토의 얼굴에 온갖 연고를 다 발라 댔건만, 가토의 얼굴은 도무지 나아지지 않았다. 유릭은 침착하게 가토의 얼굴만 집중적으로 두들겨 팼으며(이안의 경우, 전신을 두들겨 맞았다), 파난의 가혹한 환경에서 단련된 유릭의 주먹은 민간인과는 그 격이 달랐다. 가토의 얼굴은 발로 으깬 케이크처럼 묵사발이 되어 있었다. 그 얼굴이 한 좋은 일이라고는, 그 얼굴 보기가 너무도 끔찍해서 로웨나가 더 이상 싸움을 걸지 않았다는 것 정도였다.

"원판과 완전히 다른 얼굴이 되어도 상관없다면, 굉장한 분장사를 소개시켜 줄 수 있어."

분장사들이 다 달려들어 가토의 얼굴에 화장을 덮었으나, 도무지 멍이 지워지지 않자 로웨나가 그렇게 말했다.

"상관없어요! 이 끔찍한 푸른 얼룩만 보이지 않게 해준다면, 얼굴에 뭘 발라도 상관없어요. 누구예요?"

"내가 아르바이트하던 곳의 분장을 맡아서 하는 분이야. 남자 얼굴을 여자 얼굴로 바꿔줄 정도의 실력이니 믿어도 돼. 그 정도 멍쯤이야."

가토의 눈이 희망으로 번뜩였다.

"굉장해요! 그런데 누나가 일하는 곳이 어딘데요?"

"여장남자 클럽."

가토가 정말 싫단 말입니다! 하고 항의할 틈도 없었다. 트래비스는 벌떡 일어나 당장에 데리고 오라 했으며, 이안은 시퍼런 얼굴로 절대 안 된다고 윽박질렀다. 로웨나는 당연히 이안은 무시하고 트래비스의 의견을 받아들여, 클럽으로 가서 리자베따를 데리고 왔다.

거대한 분장 도구 상자를 끌고 온 리자베따는 울먹이는 가토의 얼굴을 잘 살펴본 다음, 도구 상자를 열고 그 섬세한 손길로 가토의 얼굴에 화장을 하기 시작했다. 가토는 자신의 얼굴과 거의 비슷한 크기의 손이 그를 주물럭거리는 내내 주눅이 들어 꿈쩍도 하지 못했다.

"무대 주연이 바뀌었다고 해도 믿겠다."

두터운 화장이 끝나자, 로웨나가 가토의 얼굴을 보며 그리 말했다. 가토는 울상이 되어 거울을 들여다보았다. 화장이 아니라 페인트칠에 가까웠다. 하얀 얼굴은 더욱 하얗고, 눈썹은 초승달처럼 잘 휘어져 있었으며, 눈 주위에 그은 아이라인도 굉장했다. 볼은 붉은 색조 화장이 되어 있고, 눈두덩은 멍 때문에 보랏빛 아이섀도를 발라놓았다. 바리암 이교도들의 제사에 나가도 될 법했다.

가토가 울부짖었다.

"여자 같잖아요!"

"너는 원래 여자같이 생겼잖아."

"너무해요! 그러는 누나는 그냥 남자 분장을 하지 그래요? 앞도 판판하고 목소리도 우렁차니 남자 역 해도 되겠네."

로웨나의 눈썹이 치솟아 올랐다.

"그러면 너는 여자 목소리를 차암 잘 내던데? 거시기 알맹이가 제대로 차 있기는 하냐아!!"

"누나악!!"

다시 서로 들러붙어 싸우려는 찰나에 이안이 고함을 질렀다.

"둘 다 그만 해! 오늘 초연인데 싸우려고 하는 거냐! 지금 걱정할 건 유리 크로반 그 자식이 무대에서 직접 가토를 끌어내는 걸 막는 거라고!"

트래비스의 얼굴이 해쓱해졌다. 그러나 로웨나는 엄지손가락으로 자신의 가슴을 가리키며 말했다.

"그건 나한테 맡겨요."

'칸돌카의 왕'

그것이 바로 트래비스의 극장에서 개막하는 거창한 신작의 제목이었다. 투자자들에게는 금박으로 이름을 새긴 멋진 초대장이 전해졌다. 온 도시에 광고가 붙었고, 에닌 마델로의 죽음이 채 씻기기도 전에 올라가는— 그리고 원래의 경쟁 상대였을 그 작품에 사람들은 꽤나 흥미를 보였다. 에닌 마델로가 죽은 지도 2주가 지났고, 그것은 사람들이 자신의 스타를 잊기에 충분한 시간이었다. 이제 사람들은 새로운 흥미 거리를 찾아다니기 시작했다. 그리고 그것이 그들을 충족시키면 사람들은 그 비극적 죽음을 맞이한 소녀의 뒤를 이은 스타라 말할 것이며, 충족시키지 못하면 추억의 그녀에게 왕관을 씌워줄 것이다.

개막은 6시. 공연 시간이 다른 레퍼토리에 비해 길기에 그리된 것이었다.

에바는 표를 어딘가에 팔아먹고 돌아와서는 '아파서 못 갑니다!' 하고 매우 건강한 얼굴로 말했다. 유릭은 손을 내밀었고, 처음에는 완강히 버티던 에바는 결국에는 표를 팔아치운 돈과 그 돈으로 산 사탕 뭉치를 내놓아야 했다.

"다 줘야지."

에바는 더 더욱 울상이 되어서 나머지 돈과 사탕을 내놓았다.

"너무하십니다!"

"10시에 돌아오니, 그때까지 떠날 준비하고 있어라."

"하사님은 악마입니다!"

유릭은 귀를 막으며 카바냐, 크리스펠로와 함께 특무부 본부를 나섰다. 그러나 본부 앞에서 에바의 표를 들고 기다리고 있던 것은 브랫이었다.

"어라, 그 표?"

"시스터 에바가 나를 붙들고는 제발 제 표를 사주십시오! 하고 부탁하더군. 절반 이하의 가격과 사탕 한 봉지를 주고 샀다네, 하나님이 보우하사."

"하긴, 에바가 이곳에서 표를 팔 만큼 잘 아는 사람이 있을 리가 없지요. 갑시다."

굉장한 인파와 마차의 열이 극장을 돌돌 감고 있었으나, 유릭과 일행은 사람들을 피해 극장 뒷문으로 들어갔다. 스탭들만 드나드는 비밀 출구를 알고 있었기에, 극장 안으로 들어가는 데는 어려움이 없었다. 그러나 문제는 크리스펠로였다. 여자들이란 여자들은 모조리 돌아보는 통에, 복잡하던 극장 앞이 더 더욱 복잡해졌다. 여자들이 돌아보는 것에는 워낙에 익숙한 크리스펠로였지만, 이곳 여자들의 굉장한 향수 냄새에 당황하기 시작했다. 카바냐가 그의 옷자락을 잡아당기며 말했다.

"크리스, 먹을 거 준다고 아무나 따라가지 마!"

극장에 들어오자 카바냐는 크리스펠로와 함께 객석으로 갔다. 초연을 보는 영광에 기대에 찬 카바냐의 얼굴을 보니, 유릭은 아주 가책이 들었다. 유릭은 가토를 끌고 가기 위해 이 극장에 온 것이기 때문이다.

극장 안은 굉장했다. 무대 효과를 위한 도르래와 밧줄들, 어디에 쓰이는지 짐작도 되지 않는 온갖 상자들과 기괴한 도구들이 가득가득 쌓여 있었다. 사람들은 그 사이를 분주히 오고가며 각 위치를 잡고 제대로 작동하는지 시험해 보기도 했다. 깃털과 화려한 천으로 알록달록 가장한 말과 낙타들도 있었다. 조련사들이 흥분한 동물들을 달래고 있었다. 유릭을 알아본 스태프들이 흠칫 놀랐다. 아무리 트래비스의 친구의 조카라지만(그렇게 알려져 있는 것 같다), 주연의 얼굴을 얼룩이로 만들고 무시무시한 작곡자이자 연출자인 이안 블로드를 무지막지하게 두들겨 팬 것이 고작 나흘 전이었다. 잊혀졌을 리가 없다.

배우들 대기실로 가자, 그가 외부인이라 생각한 극장 직원 하나가 막아섰다. 그러나 그도 유릭의 얼굴을 확인하자마자 화들짝 놀라 물러났다. 유릭은 남자 배우 대기실로 들어갔다. 대기 중이던 배우들이 기겁했다.

"주연은 어디 있습니까?"

"가토 크로반 군 말이야?"

이웃나라 장군 역을 맡은, 유릭과도 안면이 있는 남자 가수가 허겁지

겁 물었다.

"주연이 바뀌지 않았으면, 오늘의 남자 주인공은 가토 크로반이겠지요. 그리고 그건 제 동생 이름이 맞습니다. 어디 있지요?"

"가토 군은……."

남자 가수는 동료들을 보았다. 단원들은 서로서로 눈치를 보다가 모두 오른쪽을 가리켰다. 유릭은 문밖으로 고개를 내밀어 그곳을 보았다. 문이 하나 더 있었고, 그 위에는 '여자 대기실'이라고 적혀 있었다. 유릭은 이마를 짚었다.

"누구 짓입니까?"

다시 남자 단원들이 서로서로 눈치를 살피기 시작했다. 슬슬 그 시선이 정돈되기 시작하더니, 그중 가장 나이가 어리고 몸집이 작은 소년을 향해 깨끗하게 집중되었다. 유릭이 그를 바라보자, 소년은 울먹이며 말했다.

"로웨나 그린 양이요."

"뭐?"

"그, 그러니까아… 저, 저기…… 방금 전까지 여기 있었는데, 방금 전에 데리고 나갔어요. 그러니, 저기……."

유릭이 돌아섰다. 소년이 기겁하며 외쳤다.

"가토 크로반 군은 무대에 서야 해요! 살려주세요!"

유릭은 고개를 돌렸다. 그 눈빛을 본 소년이 새하얗게 질리더니 덩치 큰 가수 뒤로 숨었다. 유릭이 말했다.

"죽이지는 않는다. 단, 죽도록 팰 수는 있지."

그리고 몸을 돌려 여자 배우 대기실로 향했다. 남자 대기실 안쪽에서 막아, 막아야 한다고! 으악, 저놈 특무부라고! 어떻게 막아! 그래도 막아야 해! 싫어, 무서워! 네가 해! 등등의 외침이 들려왔다.

유릭은 여자 배우 대기실 문을 활짝 열어젖히며 들어갔다.

"가토, 너!"

"더 이상은 안 돼."

로웨나가 나타나 두 팔을 벌리며 유릭을 가로막았다. 유릭은 고개를 빼 로웨나의 등 뒤를 보려 했지만, 로웨나의 두 손이 그의 얼굴을 가렸다.

"야, 로이. 치워! 가토, 야! 너 거기 있지! 어서 못 나와!"

"못 내보내!"

로웨나가 쏘아붙였다. 유릭은 어떻게든 그녀의 손을 피해 가토를 찾으려 했지만, 로웨나는 도무지 비켜주지 않았다. 붙들거나 밀어버리는 방법도 있었지만, 유릭은 그 방법만은 쓸 수 없었다. 그리고 자신의 처지를 뻔히 알고 그것을 이용하는 로웨나에게 화도 낼 수 없었다. 결국에는 가장 한심한 방법밖에는 쓸 수 없었다.

"가토, 어서 나와! 어서!"

"형, 내가 무대에 서지 않으면 로웨나 누나가 죽여 버릴 거래!"

"이 바보야, 그걸 믿냐?"

"정말 죽일 거야!"

로웨나가 고개를 들이밀며 험악하게 말했다. 유릭은 얼결에 뒤로 한 발자국 물러났다. 그제야 대기실 안의 광경을 볼 수 있었다. 여자 단원들이 가토를 둘러싸고 있었고, 로웨나는 그 바리케이드를 지키며 서 있었다. 남자라면 다 두들겨 패서 집어 던질 테지만, 이건 유릭이 손을 쓸 수 없는 상황이었다. 여자 단원들에게 손댔다가는, 트래비스가 부른 경찰에 끌려가거나 체포될 것이다.

"로이, 비켜줘. 제발!"

"가토 군을 데리고 가게? 그렇게는 못해! 지금 가토 군이 너한테 끌려가면 다 끝장이라고! 단원들과 스태프들, 그리고 트래비스 씨와 투자자도 다 끝장이야!"

"여기서 가토를 데리고 나가지 않으면, 나도 끝장이고, 가토도 끝장이야. 야, 가토! 나오지 못해!"

여자들 등 뒤에서 가토가 애처롭게 외쳤다.

"미안, 형! 그래도 그렇게는 못해!"

"야, 너……."

"유리, 제발! 가토 군 목에 우리들 목숨이 걸려 있다고! 그리고 내 목숨도 걸려 있어!"

로웨나는 두 손을 모으며 외쳤다. 유릭은 다시 고함을 지르려다가 그제야 로웨나의 차림새를 보게 되었다.

눈앞의 로웨나는 분장을 모두 마치고 막이 올라가기만 기다리고 있었다. 그녀가 이 무대에서 굉장히 중요한 역할을 맡았다는 건 유릭도 알고 있다. 그런 그녀가 두 손 모으고 앞에 있으니, 앞으로 돌진할 수도 없고 그렇다고 가토를 두고 돌아가지도 못하게 되고 말았다.

유릭은 지금만큼은 흑마법을 쓴 직후의 혼수 상태가 그리웠다. 그리되면 더 이상 골치 아프게 생각할 필요도 없고, 깨어나면 나빠지든 좋아지든 어쨌든 상황은 끝나 있을 테니. 그런데 유릭의 등에 부드러운 손길이 닿았다.

유릭이 돌아보니, 부드러운 눈빛의 코지마가 그의 등에 손을 대고 있었다.

"여사님?"

"저런, 크로반 군. 물러나요. 배우들이 준비를 마쳐야죠. 모두 무대에 올라가야 해요. 모두 오늘의 무대에 굉장한 기대를 하고 있답니다."

유릭은 난감해하며 대기실 안을 보았다. 그러자 코지마가 입을 가리며 웃었다.

"크로반 군, 제가 몇 번이나 여기 왔을 거라고 생각하나요? 걱정 말아요. 저도 다 알고 있답니다. 헨리 카밀턴 경이 알듯이."

유릭은 어깨가 푹 꺼지는 것 같았다.

"봐주겠다는 말로 들리는군요."

"물론이죠. 그리고 당신의 걱정도 덜어드리지요. 자, 그린 양, 문을 닫고 안으로 들어가요. 가토 군도, 그리고 그린 양도, 모두 무대에 오를 수 있을 거예요. 이 잔소리 많은 오라버니는 제가 맡지요."

그리고 로웨나가 문을 닫기도 전에 자신이 직접 유릭을 끌어내 문을 닫았다.

"걱정 말아요, 유릭 크로반 군. 이미 조치는 취해두었어요. 그 누구도 알지 못할 거랍니다."

"어째서 이렇게까지 저를 도와주시는 겁니까?"

"저는 그린 양을 아끼고, 이 무대에도 투자를 했어요. 당연한 것 아닌가요. 그리고 당신이 가장 걱정하는 니콜라스는 오늘 오지 않을 거랍니다. 아마도 그의 누이인 지클린데가 무엇을 할지 알아보느라 바쁠 테고, 그 누이는 그 니콜라스가 무엇을 하려는지 알아보느라 바쁠 거예요. 그 누구도 오지 않을 겁니다."

"임시 방편일 뿐입니다."

"알아요. 하지만 크로반 군, 어차피 닥칠 일이랍니다. 동생을 동생으로 사랑한다면 하루라도 즐거운 꿈을 꾸게 해줘요. 그리고… 로웨나 그린 양의 꿈도 지켜줘요. 그녀를 아낀다면, 오늘만큼은 그녀를 위해 손길을 거두어주세요. 그리고 당신도 꿈을 꾸세요."

유릭은 코지마를 바라보았다. 그 투명한 연녹색 눈을, 그 안에 깊이 스며들어 있는 부드러움을 바라보았다. 늘 알 수 없는 여자라 생각했으나,

그래도 그 순간에는 그녀가 따스하게 느껴졌다.

"유릭 크로반, 당신의 자리로 돌아가요. 그리고 그곳에서 그린 양을 바라봐 주세요. 막이 올라가고, 그녀의 노래가 울려 퍼지면… 당신은 지금의 선택을 후회하지 않을 거예요. 당신이 어떤 생각으로 이곳으로 왔든, 그리고 앞으로 어떤 일이 벌어지든, 그래도 그 순간을 볼 수 있었다는 것 하나만으로도 후회하지 않을 거랍니다. 그것은 흰 별처럼 어둠 가득한 당신의 인생을 밝혀줄 거랍니다."

그리고 코지마는 자리를 떠났다. 등 뒤의 문이 열리는 것을 느끼자, 그제야 유릭은 정신을 차리고 고개를 돌릴 수 있었다. 로웨나가 고개를 내밀고 물끄러미 보고 있었다.

"방해하기 없기다."

그 단호한 표정을 보니, 갑자기 긴장이 풀리며 웃음이 나왔다.

"가토에게 전해줘. 잘하라고. 단, 오늘 하루 만이다."

로웨나의 얼굴에 홍조가 퍼졌다. 그러더니, 햇살이 터지듯 환하게 웃으며 외쳤다.

"고마워, 유리. 정말 고마워!"

유릭은 자신의 자리로 돌아갔다. 트래비스가 어차피 카밀턴도 오지 않는데 박스석에서 함께 보자고 했지만, 그래도 유릭은 무대를 정면으로 볼 수 있는 2층 좌석으로 갔다. 게다가 고작 몇 분 전만 해도 무대를 망칠 작정으로 왔던 것인지라, 트래비스에게 미안해서라도 그리할 수 없었다.

그래도 맨 앞의 좌석이었다. 유릭을 달래보려던 트래비스의 배려 덕이었다. 비어 있는 유릭의 자리 옆에는 브랫 키저가 앉아 있었다. 그는 나른한 표정으로 무대를 바라보며 턱을 괴고 있었다.

"뭐 하고 계셨습니까?"

"하나님께 기도했지."

"당신 기도는 하나님이 잘 들어주실 겁니다. 자주자주 기도하잖아요."

"유릭, 나는 로웨나 그린 양의 무대가 성공하게 해달라고 기도한 게 아니야. 이 무대를 보게 해주시는 게 당신의 뜻이라면 감사드립니다. 그리고 제가 역사에 남을 걸작의 초연을 보게 되는 것이라면, 역시나 감사드립니다. 이렇게 기도했다네."

"하나님의 사랑을 듬뿍 받으시겠군요."

관객의 웅성거림이 차츰차츰 잦아들기 시작했다. 객석의 불이 꺼지고, 극장의 입구가 차례차례 닫혀갔다.

"처음이군요."

"뭐가?"

"그녀의 무대를 제대로 보는 건."

유릭이 무대에 선 그녀를 처음으로 본 날은 카밀턴 경의 암살범 때문에 제대로 지켜보지 못했다. 파난에서는 첫날은 경호하면서 보았고, 다음에는 극장 천장에서 보아야 했다. 그리고 그나마도 이안 블로드 패거리와 레반투스 대공과 싸우느라 제대로 보지 못했다. 그 다음은 지독하게 아픈 몸을 끌고 간 거라, 무대에 있는 그녀의 얼굴만 간신히 보았을 뿐이다.

가토 때문에 전혀 생각하지 못하고 있었는데, 이제 유릭은 그녀가 굉장한 배역을 맡은 무대를 처음으로 제대로 보게 된 것이다.

극장 안이 캄캄해졌다. 오케스트라 박스의 지휘자석에 지휘자가 서 지휘봉을 휘둘렀다. 경쾌한 서곡이 흐르며 무대에 빛이 감돌기 시작했다.

그 음악이 귀에 들어오지 않는 유릭은 지루한 마음에 박스석을 올려다

보았다. 맨 위에 있는 박스석에 코지마가 앉아 있었다. 그녀는 난간에 한 손을 얹고 우아한 시선으로 무대를 내려다보고 있었다.

"그리고 당신도 꿈을 꾸세요."

그 말이 주문을 건 듯 유릭을 편안하게 해주었다.
어쩌면.
잠들어도 될지 모른다. 다른 누구도 아닌 그저 유릭 크로반, 단 한 사람이 되어 있어도 될지 모른다.
어쩌면, 단 한순간이라도 그렇게 허락받은 것일지도 모른다.
마침내 무대의 조명이 켜졌다. 햇살 가득한 아침의 벌판처럼, 그렇게 무대가 빛나기 시작했다.
그리고 막이 올라갔다. 꿈이 시작되듯이, 감은 눈을 뜨듯이, 빛으로 가득한 무대가 객석의 사람들을 향해 펼쳐졌다. 그러나 유릭에게는 아무런 의미가 없었다. 쏟아지는 조명도, 정교한 배경과 세트도, 우렁차게 쏟아지는 장엄한 코러스도.
사람들의 눈은 커지고 그들이 탄성과 감탄을 터뜨려도, 흥분과 기대감에 그들의 숨소리가 빨라지고 얼굴이 붉어져도, 아직은 유릭에게 그 무대는 아무 의미도 없었다.
내용도 모르고 어떤 노래가 나오는지도 모른다. 주연 외에는 누가 나오는지도 모른다.

자작나무 아래 그늘진 곳에 묻힌 황금의 반지.
그것은 왕의 황금.
인간의 눈물 성자의 피와

선인의 살로 빚은 그들의 포도주.

그러나 이 순간이 오면, 해가 뜨듯이 눈을 뜨듯이 세상은 그 진정한 의미를 얻는다. 생명이 불타고 영혼이 살아나며 그렇게, 그렇게. 그렇게 찬란하게 빛나기 시작한다.

불사조의 붉은 깃털처럼 타오르는 저 목소리가 들리면, 그렇게 세상이 다시 살아난다.

무지개를 걷어라. 황금을 짓밟고 비단을 찢어라.
창으로 지르고 검으로 베어 화살로 꿰어라.
그리하여 언덕에 쌓아라.
적들의 팔다리로 장작을 쌓고 그 위에 머리를 얹어라.

이제 유릭에게도 무대가 보이기 시작했다.

전쟁을 준비하는 나라에서 자신의 군대를 위해 기도하는 여사제가 무대의 중앙에 서 있었다. 붉은 옷을 휘감고, 화려한 에메랄드와 황금빛 깃털이 가득 꽂힌 제관을 쓰고 긴 홀을 든 그녀가 서 있었다.

"호ー 굉장한 걸, 고양이 아가씨. 중요한 역이란 건 듣고 왔는데… 이러면 완전 주연이잖아."

브랫이 중얼거렸다.

평소라면 떠들어 대느라 바쁠 귀빈석이 조용했다.

변화가 많고 복잡한 아리아였다. 극적으로 변하며 풍부한 음이 몰아치는 그런 아리아였다. 그러나 공작이 자신의 화려한 깃털을 아무렇지도 않게 펼치듯이, 아침노을이 당연하게 아름답듯이, 그렇게 휘몰아치고 있었다.

"후회하지 않을 거예요."

그러나 유릭은 후회할 것만 같았다.

이 무대를 본 것을, 다시는 그녀를 잊을 수 없게 된 것을 후회할 것만 같았다. 이 무대와 함께 서로 멀어질 거라 알고 있기에, 이 무대와 함께 그녀와 그의 세계가 더욱 멀어지고 갈라지게 될 거라 알고 있기에, 그렇기에 유릭은 후회할 수밖에 없었다.

차라리 빛나는 것을 모르면 어둠을 모를 텐데, 불타는 것을 모르면 추운 것도 모를 텐데, 차라리 아무것도 몰랐으면 추억조차 남지 않았을 텐데.

오늘의 무대가 끝나면 빈민가의 소녀, 자존심 때문에 제대로 울지도 못하던 그 도도한 소녀는 먼 곳으로 갈 것이다. 그리고 유릭은 여전히 어둠 속에 남겨질 것이다.

그 외로운 세계, 그 무거운 원죄의 세계로 돌아갈 것이다. 유릭만이 알고 있던 그녀가, 노을 젖은 연습실에서 그만을 위해 서 있던 그녀가, 이제 모두의 앞으로 나아가고 있다.

무대의 로웨나가 한 손에 커다란 잔을 들며 무대의 오른쪽을 보았다. 그곳에 문이 있었다.

붉은 달의 심장이 뚫리고
황금 해가 날개를 펼치면
오, 오리라!
우리의 날이, 당신과 나의 날이!

그 아름다운 목소리와 함께 문에서 호리호리한 소년이 나타났다. 유릭은 눈살을 찌푸리며 그 소년을 자세히 바라보았다. 아무리 보아도 가토의 얼굴이 아니었다. 껍질에 가까운 화장을 한 소년이 두 팔을 벌리고 주먹을 움켜쥐며 노래를 터뜨렸다.

달빛은 새벽의 심장을 움켜쥐고
아침 해는 밤의 저주에 묶여 있지.
그것은 그들의 숙명.
승리는 여신의 선물!

브랫이 탄성을 내쉬었다. 크리스펠로는 여전히 오케스트라 박스만 노려보고 있었으나, 카바냐는 두 손 꼭 잡고 입을 벌렸다.

굉장한 여주인공 못지않게 굉장한 남자 주인공이었다. 여주인공의 목소리가 화려하고 야성적이라면, 남자 주인공의 목소리는 완벽하게 정교하고 소름끼치도록 섬세했다. 어울리지 않을 것 같은 그 목소리가 어우러지고 짜여지며 일체가 되고 있었다.

유릭은 코지마를 보았다. 코지마는 우아하게 웃으며 그 무대를 보고 있었다. 그녀의 정면에 있는 박스석에 앉아 있는 트래비스는 두 손까지 꼭 모으고 있었다. 축하합니다, 트래비스 씨. 굉장히 성공하신 것 같은데요. 그리고 유릭은 코지마에게 감사했다. 이 자리에, 유릭이 걱정할 만한 사람은 하나도 오지 않았다. 다들 이런 저런 이유로 빠지거나 빠지게 되었다. 그렇게 사람들의 일정을 조종할 만한 능력을 가진 사람은, 아마도 이 브란 카스톨에서 코지마 쿤드리 여사, 단 한 사람뿐일 것이다.

엄청난 음악이 비처럼 쏟아졌다. 유릭은 빛으로 가득 찬 영광의 무대를 웃으며 바라보았다.

　공연 시간이 지나가며, 그 절정의 끝으로 치닫자 로웨나가 긴 검을 들었다.

　배신자여 농락한 자여, 옥좌의 더러운 주인이여!

　가토가 그녀의 아리아 중간을 자르며 노래를 불렀다.

　파멸할 자는 당신! 나를 배반한 자도 당신!

　그러다 서로 다른 가사들이 뒤엉키며 화음도 뒤엉켰다. 그것이 화성이 되어 불을 지피듯 뒤엉켜 갔다. 배신을 들킨 왕은 두 팔을 벌렸고, 여사제의 검은 그의 가슴을 꿰뚫었다. 다른 사람들이 몰려왔다. 사제의 여왕은 피에 젖은 검을 들며 외쳤다.

　보라, 이 배덕하고 추악한 왕의 최후를!
　자, 이제 새로운 왕으로는 카지어스를! 카지어스를!

　그리고 진정한 최후의 아리아가 터졌다.

　격정적인 마지막, 그 최후의 아리아가. 그리고 무대 뒤편에서 불길이 타올랐다. 여사제의 왕은 그 불길로 향했다. 그녀를 배신한 왕, 그러나 한때는 사랑했던 그 남자를 죽인 여사제의 최후였다.

　합창단의 목소리가 왕과 여사제의 이름을 불렀다. 화려한 여사제의 아리아가 불길에 뒤섞이며 사라졌다. 합창을 하는 조연과 코러스의 목소리가 울려 퍼지며 막이 내려갔다. 박수가 드문드문 시작되더니, 마침내 온 극장을 휩쓸었다.

박스석의 코지마가 일어났다. 사람들이 하나둘 일어나고, 그러다 모든 사람들이 일어나 박수를 퍼부었다. 막이 올라가며 배우들이 나타나자 그 박수 소리는 더욱더 거세어졌다. 코러스가 나와 인사를 하고, 조연들이 나와 인사를 했다. 그리고 마침내, 남녀 주인공인 가토 크로반과 로웨나 그린이 두 손을 잡고 앞으로 나섰다.

고함이 터졌다. 비명과 휘파람 소리가 온 극장에 가득 찼다. 어제까지 어둠에 잠자고 있던 그들, 아무도 모르던 여자 가수와 남자 가수가 브란 카스톨의 가장 빛나는 별이 되는 순간이었다.

가토는 객석을 뚫어져라 보다가 유릭을 발견했다. 유릭은 여전히 앉아 있기는 했지만, 그래도 손을 흔들었다. 로웨나도 고개를 돌리고 유릭을 보았다. 땀에 젖었으나 환하게 빛나는 그녀의 얼굴을 보니, 유릭은 기분이 좋아지며 슬퍼졌다. 자리에 일어난 것도, 손을 올린 것도, 자기도 모르는 사이였다. 연인의 어깨를 안듯이, 연인의 손을 잡듯이, 그리하여 연인을 으스러져 안듯이, 그렇게 모르는 사이에 그의 손이 올라갔다. 마지막으로 시작된 박수였으나, 마지막으로 시작되는 것은 언제나 모든 것을 완성한다. 가토가 아이처럼 팔짝팔짝 뛰며 웃음을 터뜨렸다.

유릭은 더 이상 후회는 없었다. 가토와 형제가 된 이래, 이토록이나 그가 자랑스러웠던 적도 사랑스러웠던 적도 없었다.

그때 객석 출입구 문이 열리며 경찰 한 사람이 뛰어들어 왔다. 모두 일어나 박수를 치고 있었기에 누가 들어오는지도 모르고 있었다. 단 한 사람, 크리스펠로만이 고개를 돌렸다. 경찰은 주변을 둘러보더니 유일하게 앉아 있는 크리스펠로를 알아보고 달려왔다. 경찰은 크리스펠로의 계급장을 확인한 후에 물었다.

"유릭 크로반 하사님은 어디 계십니까?"

크리스펠로는 옆의 유릭을 가리켰다.

"접니다. 무슨 일이죠?"

"노버스 크로반이라는 분을 아십니까?"

"제 백부님이십니다."

경찰은 크게 안도의 한숨을 내쉬었다.

"다행이군요. 서둘러 성 그레타 병원으로 가십시오. 지금 중태이십니다. 어서요."

"무슨 말씀이십니까?"

"모르겠습니다. 총상처럼 보이긴 하는데…… 하여튼, 심부름꾼이 와서 특무부 본부에 알려달라고 하던데……."

유릭은 무대를 보았다. 무대 위의 가토가 그런 유릭을 바라보고 있었다. 로웨나는 다행히도 다른 곳을 보고 있었다. 잠시 서 있던 유릭은 그냥 돌아서 극장을 나갔다.

제58장
천사의 강림

天사의 강림

노버스는 고통을 참으며 유릭을
기다렸다. 치명적인 중상을 입은 후로 순간순간은 영원이었다. 필사적으
로 움켜쥐고 있는 이 가느다란 실 끝이 끊어지면, 그것으로 끝난다. 노버
스는 이를 악물며 참았다.

그렇게 누워 있으니 모든 것이 끝장났던 그 순간만이 분명하게 떠올랐
다. 제도에 살고 있는 동생 딜버스로부터 급한 전보가 도착했던 것은 어
느 이른 아침이었다. 급히 와달라고 적혀 있었다. 숙청의 피 냄새가 물씬
풍겨 올라오던 해의 여름이었다. 한 번 숙청 대상이었던 딜버스가 이번
숙청에 또 걸릴 가능성은 무척이나 높았기에, 노버스는 그날로 브란 카
스톨 행 열차를 타고 제도로 향했다. 동생을 구하기 위해서는 무엇이든
할 수 있는 노버스였으나, 지난번 같은 행운이 또 올 리 없다는 것은 누
구보다 잘 알고 있었다. 이제 노버스가 동생의 목숨과 바꿀 것은 아무것
도 없었다.

다음날 새벽에야 노버스는 간신히 브란 카스톨에 도착했다. 마차도 없어서 걸어서 동생 집까지 가야 했다. 급히 문을 두드리자 동생이 문을 열어주었다. 동생의 집 안으로 들어서는 순간에 많은 것이 잘못되었다는 것을 깨달았다. 동생의 아내가 죽은 후 집 안을 돌보던 하녀가 보이지 않았다.

　"어서 들어와, 형."

　"안부 같은 건 묻지 말자, 딜비. 왜 부른 거지?"

　푸릇한 새벽빛이 방 안으로 스며들고 있었다. 잔뜩 웅크린 듯한 고요 속에, 딜버스의 숨 몰아쉬는 소리만이 들려올 뿐이었다.

　"오래된 클럽에 대해 알고 있지, 형?"

　마침내 동생 딜버스가 가라앉은 목소리로 말했다.

　"물론 알고 있다마다. 나도 한때 속해 있었잖아."

　"그 클럽에 있는 존 크라뮬러 박사를 알고 있지?"

　"알고 있어. 그다지 좋아하지는 않지만…… 미안, 너는 그 사람에게 도움을 많이 받았지. 미안."

　그때 집 안쪽에서 작은 몸집의 아이가 달려 나오는 소리가 들려왔다. 노버스는 반가운 마음에 지금 심상치 않은 일로 브란 카스톨에 왔다는 것을 잊고 말았다. 노버스는 그 발소리가 들리는 곳을 향해 돌아서 두 팔을 벌렸다.

　"백부!"

　순간 노버스는 정신이 들었다.

　과거의 환상이 씻은 듯 사라지며, 그가 누워 있는 병실 문 앞에 키 큰 소년이 나타났다.

　눈물이 치솟았다.

지금 그가 어떤 상태인지, 어떤 상황인지, 그 무엇도 중요하지 않았다. 에드먼드도 잊었고 니콜라스에 대해서도 잊었다.

　소년이 달려와 그의 손을 잡으며 무릎을 꿇었다.

　"백부! 어떻게 된 거예요!"

　"유리냐."

　"맞아요, 저예요……."

　유릭의 손이 그의 얼굴을 정신없이 더듬었다. 노버스는 그런 소년의 얼굴을 바라보며 깊은 슬픔을 느꼈다.

　너무도 슬퍼서, 너무도 슬퍼서 어쩔 수 없었다. 가슴의 고통보다도 지금 그의 눈앞에 있는 소년, 12년의 시간을 뛰어넘어 어린아이에서 청년이 되어 나타난 조카를 보는 고통이 더욱 컸다.

　이 소년이 이토록 크는 동안 아무것도 해주지 못했던 것이 슬펐고, 이 소년이 이렇게 크는 동안 아무것도 하지 못했던 것 역시 슬펐다. 노버스는 무거워져 가는 손을 들어 소년의 얼굴에 얹었다. 유릭이 고개를 저으며 그 손에 자신의 손을 얹었다.

　"백부…… 어떻게 된 거죠? 아니, 괜찮아요?"

　그토록 자랐건만, 그토록 오랜 시간이 지났건만, 그렇게 말하는 말투만은 예전의 꼬마 유릭이었다. 순간 가슴의 통증이 불을 지핀 듯 몸을 확 뒤흔들었다. 가슴이 뜨거워지며 피가 물컹물컹 솟구쳤다. 유릭의 눈이 커지며 그의 가슴을 시뻘겋게 뒤덮는 피를 보았다.

　"맙소사… 간호사, 의사! 의사! 어서 와―!"

　유릭이 고함을 질렀다. 밖이 소란스러워지며 사람들이 달려오는 소리가 들렸다. 노버스는 유릭의 손을 당겼다.

　"유리, 제발…… 나를 봐라! 이제 다 틀렸어."

　"가만히 있어요, 백부! 의사, 어서―!"

"유리, 나를 봐!"

유릭이 고개를 돌렸다. 눈이 흠뻑 젖어 있었다.

"말하지 말아요, 아무 말도 하지 말아요. 제발— 아버지를 그렇게 잃고, 백부님마저 잃고 싶지는 않아요! 구하지 못하게 되는 건 싫어요!"

"아무도 너를 미워하지 않아. 나도, 네 아버지도."

유릭의 눈에서 눈물이 흘러내려 노버스의 피에 흠뻑 젖은 시트에 떨어졌다.

"아니, 그리 말씀하셔도 그 모든 게 다 제 탓이에요."

유릭의 어깨가 떨렸다. 노버스는 그 조카의 머리에 손을 얹었다.

"현실의 짐은 어른들이 짊어져야 한단다. 네 아버지는 그래서 네 짐을 대신 짊어져 준 거란다."

"아버지는 그러지 말았어야 했어요. 봐요, 제가 뭐가 되어 있는지! 그리고 무엇이 될지! 아무것도, 아무것도 바뀌지 않았어요! 아버지는 그러지 말았어야 했어요! 나를 위해서라면 아버지는 진실을 말했어야 했어요!"

"그러면 네 아버지가 슬펐을 테지."

"그래도요!"

"네 아버지는 슬픔보다는 고통을 택한 거란다. 그건 네 아버지의 선택이었어. 그 모든 것은 너를 위해서가 아니야, 아버지 자신을 위해서였지."

"아니에요. 제가 망쳤어요."

노버스는 끝이 다가오고 있다는 것을 깨달았다. 눈앞이 흐려져 가고, 몸도 무거워져 오며 졸음이 밀려들어 왔다. 다행스러운 것은 생각보다는 고통스럽지 않다는 것이고, 더욱 다행스러운 것은 가장 보고 싶었던 유릭이 눈앞에 있다는 것이었다.

흐린 눈앞으로, 또 과거가 다가왔다.

첫 번째 숙청이 절정으로 몰아닥치던 한때였다. 유릭은 고작 세 살이었고, 동생은 잡혀 가고 없었다. 동생의 아내는 유릭의 동생을 가진 몸으로 마그레노로 내려왔다. 그 근처에 친정이 있었기 때문이다.

친정으로 가기 전, 단 하루 동안 노버스의 집에 머물며 앞으로의 일에 대해 의논했다. 아무것도 할 수 있는 일이 없었으나 노버스는 다 잘될 거라, 정말 잘될 거라 말하며 그녀를 달랬다. 피로에 지친 그녀는 일찍 잠들었다. 조카인 유릭은 아버지가 어찌 되었는지도 모르는 채 자신에게 잘해주는 백부의 집에 온 것이 마냥 좋아서 놀고 있었다.

"바닷가에 가볼래?"

역시나 잠이 오지 않던 노버스가 그렇게 말했다. 유릭이 거절할 리가 없었다. 흠씬 무르익은 봄의 하루, 달은 밝아 하늘은 짙은 쪽빛이었다. 조카의 손을 잡고, 동생이 어찌 될지 한탄하며 그렇게 걸어갔다. 부두가의 바람이 거세어 그의 모자가 날아갔다. 괜히 쓰고 왔다고 생각하며, 조카의 손을 놓고 그 모자를 주우러 갔다. 모자를 줍다가 마그레노에서 최악의 여자라 할 수 있는 밀드레드와 마주쳤다. 그녀는 비쩍 마른 원숭이처럼 못생긴 것으로 유명한 딸아이를 안고 있었다. 워낙에 사이가 나쁜지라 상대도 하지 않고 돌아섰다. 등 뒤에서 애가 빽빽 우는 소리가 들려 신경질이 나기까지 했다.

돌아와 보니, 유릭은 누군가를 바라보고 있었다. 아는 사람이라도 발견했나, 그리 생각하며 고개를 돌렸다. 유릭이 바라보는 곳에는 낯선 소년이 서 있었다. 그와 마주치는 순간에 노버스는 다시는 그 소년을 잊지 못하게 될 거라는 것을 깨달았다.

바닷가에 내려앉은 천사처럼 아름다운 그 소년을 노버스는 다시는 잊을 수 없었다.

"맙소사, 그가 나를 속였군. 진짜는 여기 있었는데, 그가 모르는 곳에."

소년이 웃으며 그렇게 말했다. 노버스가 바라보고 있자, 그 소년은 흰 모자를 벗어 가슴에 대며 말했다.

"안녕하세요, 노버스 크로반 씨."

그렇게 처음으로 인사를 나누었다. 결코 잊지 못할 그 소년과.

"백부, 정신 차려요! 백부! 제발……."

다시 유릭의 외침이 들려왔다. 노버스는 이제 꺼져 가는 눈으로, 마지막으로 조카를 보려 했다. 그의 눈에 달려들어 오는 의사가 보였다. 그 의사가 노버스에게 달려들어 맥을 짚었다.

"이런, 맙소사! 간호사, 간호사! 지혈제 가지고 와, 어서!"

노버스가 속삭였다.

"유리, 강해져라."

"백부!"

"그 누구도 너를 정복하지 못하도록……."

"제가 어떻게 그럴 수 있겠어요. 아버지를 그렇게 만들었는데."

"아니, 네 아버지는 고통스러웠어도 슬프지는 않았다. 네 아버지가 죽는 그 순간까지, 너는 네 아버지의 아들이었으니까. 너를 아무에게도 빼앗기지 않았고, 지금도 그 누구에게도 빼앗기지 않았고, 아마도 앞으로도 빼앗기지 않을 테니까."

"저는 아버지가 준 것, 아버지가 해달라는 것을 아무것도 하지 못했어요."

"아니, 너는 네 아버지가 바란 모든 것을 이루어가고 있다. 지금은 내 말을 이해하지 못할 테지. 네 아버지의 운명이, 네 아버지의 죽음이 슬플 테지. 너 자신을 용서할 수 없을 테지. 하지만…… 언젠가는, 언젠가는…… 언젠가는…….”

꺼져 가는 노버스의 눈에 병실 입구의 왼쪽이 보였다. 그 입구에 키가 작은 소년이 서 있었다.

묘한 차림새였다. 아주 먼 옛날의 그림들, 그러니까 동생 딜버스가 잔뜩 가지고 있던 옛 왕국 크로이바넨에 관한 책의 삽화에서 보았던 옷을 입고 있었다. 노버스가 흐릿하게 중얼거렸다.

“자네가 왜 거기에 있는 건가……?”

그러나 졸음이 밀려들어 왔다. 눈앞이 흐려져 갔다. 뭐라 더 말하려 했지만 입술이 너무 무거웠다. 너무나 졸려 참을 수 없었다.

유릭은 무거워져 가는 노버스의 몸을 끌어안았다. 울음이 크게 터졌다.

“백부!”

그 숙명의 밤, 아버지의 친구가 보물 상자 하나를 주고 갔다. 아버지가 돌아오면 풀어보라는 당부를 들었음에도 불구하고, 유릭은 호기심을 억누를 수 없었다.

차가운 상자에 귀를 댔을 때 작은 목소리가 들렸다.

열어봐, 열어봐. 사악한 요정의 속삭임처럼, 그 은밀한 목소리는 자극적이었다. 아니, 목소리는 애당초 들리지도 않았을지도 모른다. 그냥 유릭 혼자만의 상상이고 바람이었을 것이다. 나비의 봉인을 뜯고 상자를 열었다. 그리고 그 상자 안에 들어 있던 것은 암흑이었다. 캄캄한 암흑이었다.

쉭, 하고 빠르고 가벼운 것이 귓가를 스쳐 지나갔다. 고개를 돌리자 책 더미가 보였다. 그리고 그 너머, 예쁜 고양이처럼 아름다운 눈동자를 가진 검은 그림자가 웅크리고 앉아 있었다.

아버지가 돌아온 것은 두 시간 뒤였다. 새벽빛이 어스름하게 사위에 스며들 무렵이었다. 유릭은 아버지를 맞이하러 뛰쳐나갔다. 아버지는 놀랐지만 이내 웃으며 머리를 쓸어주었다. 그런 유릭을 따라 '그것' 이 뒤따라 내려왔다. 그리고 그것을 본 아버지의 얼굴을, 유릭은 다시는 잊을 수 없게 되었다.

아버지는 그날로 하녀를 해고했다. 얼마 지나지 않아 검붉은 제복을 입은 철십자 기사 한 명이 그 집을 찾아왔다. 심약한 아버지는 잠도 제대로 자지 못하고, 먹지도 못하게 되었다. 몰래 백부에게 전보를 부친 것은 유릭이었다. 아버지는 그 사실을 알게 되자 크게 화를 냈다. 형을 끌어들이고 싶지 않았던 것이다. 그러나 노버스가 도착하자 가장 먼저 안도한 것은 아버지 딜버스였다.

"어째서 이리 된 건지 모르겠어! 내 집안이나 우리 집안이나, 그런 능력과는 거리가 멀다고."

"그건 유전이 아니야. 너도 알잖아."

"벌써 철십자 기사 하나가 찾아왔어. 이 집 근방에서 수상한 기운을 느꼈다고 하는 거야. 감시하는 중에 알아챈 것 같아. 아들이 흑마법사라는 걸 들키고 말 거야!"

"맙소사……."

"저 상자 안에 들어 있는 것이 뭔지 나도 알아. 그리고… 맙소사, 저게 아들에게 붙어 있다니! 끔찍해, 끔찍하다고!"

"네가 어찌할 수는 없는 거야? 유리더러 그걸 치우라고 하든지… 뭐, 그렇게."

"소용없다는군. 어떻게 없애는지 모르겠대. 어떻게 하지? 이러다가는… 내 아들더러 그리 살라 할 수는 없어! 그자들, 그 철십자 기사단이 유리를 끌고 갈 거야! 죽이던지, 노예처럼 죽도록 착취당하던지, 둘 중 하나야."

"쉿, 쉿, 조용히 해. 유리가 들으면 어쩌려고. 내가 아는 사람이 있어. 그러니까…… 흑마법사의 힘을 가진 아이들의 힘을 봉인시켜 준다고 하더라고. 그 사람에게 의뢰하면, 유리의 힘을 봉인시켜 줄 거야. 그러면 아무에게도 들키지 않을 거야. 그리고 저건…… 유리의 힘이 없어지면 자연스럽게 없어져. 마령들은 원래 그렇거든. 힘이 없다는 걸 알게 되면 저절로 사라져."

아버지는 흑마법에 대해 아는 것이 거의 없었다. 그나마 좀 아는 노버스의 흐릿한 지식에 기대어 술사를 찾아갔고, 유릭의 힘을 봉인했다. 노버스가 돌아가고 며칠이 지난 뒤에 아버지는 자신의 조치가 아무 소용이 없다는 것을 알게 되었다. 마령은 떠나지 않았다. 충직한 개처럼 유릭의 곁에 머물렀다.

아버지는 형 노버스에게 남기는 긴 편지를 썼다. 다 쓴 후에 봉투에 넣어 유릭에게 맡겼다. 백부가 찾아오면 주라고 했다.

"유리야, 그건 어디 있니?"

"제 곁에요."

"그럼 아주아주 멀리 있어 달라고, 숨어 있어 달라고, 아무도 발견하지 못하게 해달라고 하려무나."

"그건 떠날 수 없다고 했어요. 언제나 제 옆에 있어야 한다고 했어요."

"안 돼, 유리야. 오늘만은 안 된단다."

유릭은 그렇게 했다. 그리고 그날은 유릭이 기억하는 가장 길고 긴 날이었다. 저녁이 될 무렵에 철십자 기사단이 들이닥쳤다. 아버지를 걷어차 쓰러뜨렸고, 온 집 안을 뒤졌다. 겁에 질린 유릭은 떨고만 있었다. 기사 하나가 외쳤다.

"뭔가 있다!"

작고 마른 아이가 뛰쳐나와 유릭의 허리에 매달렸다. 방 안에서 기사가 허탈한 얼굴로 나왔다.

"아냐. 이 집 꼬맹이야. 저기 숨어 있었어."

유릭은 아이의 어깨를 끌어안으며 그들을 둘러싼 기사들을 올려다보았다.

"동생이냐, 꼬마야."

유릭은 얼른 고개를 끄덕였다.

"다시 찾아! 오늘 안으로 찾아야 한다!"

온 집 안의 가구가 뒤집히고 아버지의 책들도 쓰레기처럼 내동댕이쳐졌다. 아버지는 기사들의 발에 짓눌려 있었다.

"아무것도 없잖아. 젠장! 허탕이군."

아버지가 길게 안도의 한숨을 내쉬었다. 유릭도 어깨를 늘어뜨리며 안도했다. 이제 폭풍이 지나간 것이다. 바솔로뮤 경이 문밖을 가리켰다.

"일단 체포해라. 끌고 가서 며칠 물만 먹다 보면 뭔가 불겠지."

"나, 난 아무 죄도 없소!"

겁에 질린 아버지가 그리 외치다 바솔로뮤 경의 군화에 채여 내동댕이쳐졌다.

"네가 속해 있던 클럽에서 많은 흑마법사들이 색출되었고, 그들 모두 반역죄로 기소되었다. 이 근방을 감시하던 내 부하가 이곳에서 흑마법의 기운이 있다고 보고했고, 나는 거듭 확인했다."

"난 아무 죄도 없소! 제발, 제발 살려주시오."

"그럼 누가 흑마법을 쓴 거지? 말해. 그러면 너는 놓아주고 그놈을 체포해 가겠다."

"그걸 내가 어떻게 알겠소! 근방을 지나가던 흑마법사가 있었……."

채 말이 끝나기도 전에 바솔로뮤의 군화가 아버지의 턱을 걷어찼다.

"말이 되는 소리를 해라. 이미 확인은 끝났어. 네가 말하는 그 흑마법사를 찾지 못하면, 네가 반역죄로 사형을 당하든 종신형을 당하든 끝장날 거야."

"증거라도 있소?"

"철십자의 증명이 곧 증거다. 끌고 가!"

그때 유릭은 그 바솔로뮤에게 말할 수 있었다. 나야, 내가 바로 당신이 찾는 그 반역자야! 그러나 말이 나오지 않았다. 아니, 아버지가 유릭을 바라보며 결사적으로 고개를 저었다. 절대 안 돼, 절대 안 돼, 절대 말해서는 안 돼!

단지 겁에 질렸던 것인지, 아버지가 그리 끌려가는 것을 보며 저렇게 끌려가기 싫다고 생각한 비겁한 마음에서였는지, 정말 아버지의 부탁을 들어주기 위해서였는지, 유릭은 아직도 확신할 수 없었다.

바솔로뮤가 투덜대는 목소리밖에는 들리지 않았다.

"아들이 하나라더니 둘이잖아. 하여간, 그 바보 자식들이 일 처리하는 거 정말 마음에 안 든다니까."

그리고 아버지는 끌려갔다.

감옥으로 갔고.

그곳에서 죽었다.

말할 수 있는 기회가 수도 없이 많았음에도 불구하고, 말해야 했음에도 불구하고, 그렇게 아버지를 구해줄 수 있었음에도 불구하고 아버지가 죽는 순간까지 단 한 번도 그리하지 못했다. 유릭은 두려웠다. 아버지처럼 되는 것이, 그 감옥에 아버지 대신 들어가는 것이 너무도 두려웠다.

"돌아가셨소."

의사가 유릭의 어깨에 손을 얹으며 말했다. 간신히 일어난 유릭은 쓰러질 듯 휘청거리다 벽에 몸을 기댔다.

"형."

유릭은 흐려진 눈으로 그에게 다가오는 소년을 보았다. 가토가 유릭의 볼에 손을 얹더니, 그 눈물을 닦아주었다.

"백부님이 돌아가셨어."

"형, 저기……."

유릭은 가토의 손을 치우고 걷기 시작했다. 가토가 따라왔다.

"형!"

"혼자 있고 싶어."

"하, 하지만…… 혀, 형 울잖아! 그러니……."

"내버려 두라고 했잖아! 당장 꺼져 버려! 당장! 내 눈앞에서 꺼지라고!"

가토의 얼굴이 새파래졌다. 턱을 덜덜 떨다가 이를 악물었다.

"형… 너, 너무하잖아."

그러나 유릭은 아무 말도 하지 않았다. 지금 이 순간 가장 죽여 버리고 싶은 것은 가토였다.

로웨나는 늘 상상해 왔었다. 분장실에서 나른한 몸을 앉히고 쉬며 오늘의 환희를 기억하는 자신을. 또는 동료들의 격려와 환호를 받는 자신을, 연출자나 제작자로부터 열렬한 애정의 포옹을 받는 자신을. 그러나 정작 그 꿈이 실현될 날이 되어 이런 일이 벌어질 줄은 생각해 본 적도 없다.

"으악, 가토 군은 어디로 간 거야!"

환희와 만족감에 젖어 있어야 하는 순간에, 로웨나와 단원들은 미친 듯이 남자 주인공인 가토를 찾고 있었다. 기자들과의 만남도, 곧 있을 초연 파티도 모두 소용없었다. 자그마치 남자 주인공인 녀석이 무대 막이 내리자 어디 다녀오겠다고 하더니 그대로 증발해 버린 것이다. 트래비스는 이안을 흔들어 댔고, 이안은 로웨나의 치마를 붙들고 사정했으며, 로웨나는 그런 이안을 걷어차고 가토를 찾기 시작했다.

　"미치겠네, 정말. 어디로 간 거야!"

　온 단원들과 스태프들이 거미처럼 흩어져 여기저기 쑤시고 다녔지만 가토는 어디에도 없었다. 브란 카스톨에 온 지 얼마 되지도 않은 가토가 찾아갈 곳이 어디 있겠는가. 분명 극장 안이나 근방에 있을 듯한데, 워낙에 몰려든 관객들로 인파가 넘치는데다가 돌아갈 생각도 하지 않고 와글와글대고 있으니 제대로 찾을 수도 없었다. 얇은 무대 의상을 입고 여기저기 쑤시고 다니던 로웨나는, 결국에는 지쳤다.

　"처음 왔을 때부터 골치더니, 무대가 끝나도 골치네."

　으슬으슬 추워지자 로웨나는 분장실로 가서 자신의 코트를 찾아 걸쳤다. 그리고 벌써 몇 번이나 어슬렁거려 보았던 극장의 단원 출입용 비밀 통로로 향했다. 가토가 빠져나가거나 돌아올 곳은 그 근방밖에 없었기 때문이다. 문을 열고 나가니, 그 근방에는 아무도 없었다. 벌써 단원들이 돌아가면서 한 번씩 들락날락거리며 확인해 보았기 때문이다. 로웨나는 후우후우 한숨을 내쉬며 어깨를 움츠렸다. 그때 옆에서 발자국 소리가 들렸다. 행여나 가토가 돌아왔나, 하는 생각에 로웨나는 고개를 번쩍 들었다. 그러나 그 문으로 들어오는 좁은 골목길 끝에 기대어 서 있는 것은 전혀 예상치도 못했던 사람이었다.

　"유리."

　로웨나는 유릭에게 달려갔다. 단숨에 가토에 대해 잊었다. 그까짓 거,

나중에 하면 어떤가. 유릭에게 자신의 무대에 대해 듣고 싶었다. 유릭이 웃는 것을 보고 싶고, 유릭이 칭찬해 주는 것을 듣고 싶고, 지금 자신이 이렇게 기쁘고 그런 무대를 보여줄 수 있게 된 것이 너무너무 근사하다고 말해주고 싶었다. 그러나 그에게 가까이 다가갔을 때 로웨나는 그 모든 것을 잊어버렸다.

"유리, 너……!"

손이 피범벅이었다. 볼에도 피가 튀어 있었고, 제복에 매는 스카프도 피범벅이었다. 그러나 그 무엇보다 로웨나의 가슴을 흔든 것은 유릭의 눈빛이었다. 시퍼런 얼음 같던 눈동자가, 빙하처럼 굳건히 얼어붙어 있던 그 눈동자가, 그 짙푸른 어둠 속에 잠겨 있던 눈동자가 젖어 있었다. 이런 눈을 한 번 본 적이 있었다. 예전에 유릭은 파난으로 떠나기 전날 로웨나를 찾아온 적이 있었다. 그날 아파트 문 앞에 저런 눈빛으로 앉아 있었다. 일부러 모르는 척했지만, 그 눈빛은 조금도 잊혀지지 않았다.

그리고 바로 지금 그는 또 그런 눈으로 로웨나를 보고 있었다. 다른 것은 그때는 허공을 보고 있었지만, 지금은 그녀를 보고 있다는 것이었다.

"백부님이 돌아가셨어."

유릭이 힘없이 웃었다.

"이제 혼자네. 정말…… 정말 혼자야."

로웨나는 유릭을 끌어안았다. 눈물이 솟아나왔다. 유릭의 백부가 누구인지 잘 알지도 못한다. 그러나 그리 말하는 유릭의 눈이 너무도 슬퍼서, 그 떨리는 목소리가 너무도 가슴이 아파서, 도저히 견딜 수가 없었다. 혼자라고 말하는 그가 너무도 가엾어서 견딜 수가 없었다. 어떻게든 해주고 싶어서 견딜 수가 없었다.

"로이, 난……."

로웨나의 맨 어깨 위로 뜨거운 눈물이 떨어졌다.

"난⋯⋯."

무어라 위로해 주고 싶었지만 말이 떠오르지 않았다. 살다 보면 정말 어쩔 수 없는 일이 있다. 그럴 때면 위로도 충고도 아무 소용 없다. 그저 그렇게 끌어안고 있어줄 수밖에 없었다.

유릭이 냉혹한 사람이든 잔인한 사람이든 아무 상관 없었다. 다른 사람이 뭐라 말하든 아무 상관 없었다. 진짜 악마 같은 사람이라 할지라도, 그래도 로웨나는 유릭이 슬픈 것이, 유릭이 외로운 것이, 유릭이 아픈 것이 같이 슬프고 외롭고 아팠다.

유릭의 팔이 로웨나를 안았다. 언제나 로웨나를 위로해 주기 위해 그리해 주었으나, 지금은 아니었다. 지금의 그는 로웨나에게 위로를 구하고 있었다. 텅 빈 외로운 영혼을 그녀에게 기대고 있었다. 이제 로웨나는 더 이상 그에 대해 알 필요가 없어졌다. 그의 가장 거대한 문이, 가장 단단하게 닫혀 있던 문이 그녀에게 열린 것이다. 그것만으로도 충분하고, 그것만이 전부였다.

"꼬마야, 길을 잃었니?"

통통한 간호사는 병원 복도에 쭈그리고 앉아 있는 소녀에게 물었다. 열두엇 정도 되어 보이는 은발의 소녀는 고개를 저었다. 간호사는 눈송이처럼 하얀 머리카락이 탐스럽게 찰랑이는 것을 황홀하게 바라보았다.

"그럼 뭐 하는 거니? 한참이나 여기 있던데."

소녀는 몸을 일으키고 손을 들었다. 그 손이 가리키는 곳에는 직원이 막 흰 천을 덮어씌우고 있는 남자의 시신이 있었다. 오늘 오전에 총에 맞고 실려 온 남자였다. 경찰이 왔다가더니, 특무부대원까지 오고갔다. 굉장한 사건에 휘말리는 건 아닌지 걱정했던 병원 직원들은, 그 특무부대원이 그 남자의 조카라는 것을 알게 되자 단숨에 안도했었다.

"아는 사람이니?"

"네, 잘 아는 사람이지요."

소녀는 돌아서 병원의 현관으로 향했다. 워낙에 눈부시게 예쁜 소녀여서 지나가자 사람들이 유심히 눈여겨보았다. 소녀는 병원 옆의 골목길로 들어갔다. 병원에서 내다 버린 쓰레기가 가득 쌓인 그곳에, 몸집이 자그만 소년이 웅크리고 있었다.

"뭘 하고 계시나요?"

소년이 고개를 들어 블랑쉐를 바라보았다. 블랑쉐는 한 걸음 뒤로 가 벽에 기댔다.

"방금 전 병원에서 보았어요. 그분께서 심한 말씀을 하시더군요."

"아, 아냐. 형이…… 형이…… 마, 많이 당황해서 그래. 정말 그런 거야. 그런데 너는 우리 형을 아는 거야?"

소년이 놀라며 물었다. 블랑쉐는 고개를 끄덕였다.

"그럼요, 잘 알지요. 그분은 제가 경애하는 분이고, 임금님의 뒤를 이어 섬겨야 하는 분이기도 하지요. 저는 오랫동안 그분을 기다렸고, 마침내 그분께서 오셔서 저를 발견해 주셨지요. 처음 보는 순간부터 저는 그분이 우리들의 주인이 될 거라 알았답니다."

"이상한 말을 하는구나, 너. 그런데 병원에는 웬일이야? 아는 사람이라도 입원했어?"

"방금 죽었어요. 제 주인께서 그 사람이 죽을 때까지 지켜보라 했거든요. 별수없었어요. 그게 제 일이니까. 하지만 그 덕에 오랜만에 왕자님을 뵐 수 있었으니 기뻐요."

"왜 형을 왕자님이라 부르는 거야?"

블랑쉐가 웃었다.

"왕이 되실 거니까요."

"형이 무슨 왕이야. 저기, 부탁 하나 할 게 있는데…… 나, 여기 길을 전혀 모르거든. 극장으로 가야 하는데…… 그러니까, 네가 좀 도와줬으면 해. 형을 쫓아서 오기는 했는데, 그런데 형이 사라지니까 어디로 어떻게 가야 할지 모르겠어."

블랑쉐는 손을 내밀었다.

"오세요, 모셔다 드릴게요."

가토는 블랑쉐를 따라갔다. 블랑쉐는 병원 앞에서 그녀를 기다리고 있는 마차에 탔다. 가토도 따라서 그 위에 탔다.

"부잣집인가 봐. 마차 굉장하다."

"제 건 아니에요. 제 주인님 것이지."

그리고 블랑쉐는 마차를 탕탕 쳤다. 마차가 달리기 시작했다. 가토는 마차 창문을 흘끔흘끔 보았다. 블랑쉐는 그런 가토를 빤히 바라보았다.

"왜 그렇게 바라보는 거니?"

가토는 괜히 얼굴을 붉히며 그렇게 말했다.

"놀라운 기적에 놀라고 있어요."

"기적?"

"네. 우연일까요, 필연일까요? 운명일까요, 누군가의 음모일까요? 제 주인이신 임금님의 명으로 내내 그 병원에 있었는데, 그런데 이 무슨 운명일까요? 왕자님이 찾아올 것만 기대했건만, 이건 어찌 된 일일까요?"

"무슨 말이야, 너."

"인간은 즐거운가요?"

"응?"

"제게도 잠들다 방황하고, 다시 잠들다 방황하던 나날이 있었어요. 그런데 어느 아주머니가 저를 주워다가 돌봐주셨답니다. 여전히 힘들었어요. 배도 고프고 혼나기도 많이 혼났지요. 하지만 그래도 저는 아주머니를 좋아했어요. 아주머니도 저를 좋아해 주셨지요. 그래서 우리들은 외로웠지만 행복했답니다. 자, 당신은 행복한가요?"

"잘 모르겠어. 그냥, 지금은 그냥 슬퍼."

"그분이 당신을 필요로 하지 않아서 그런 가요?"

"아니, 난…… 아, 다 왔다."

가토는 마차 창문 옆으로 바짝 다가갔다.

"저기, 저기로 가면 돼. 이제 기억난……."

말을 하다 말고 가토는 멍하니 창밖을 바라보았다. 심장을 송두리째 뿌리 뽑힌 듯한 상실감이 그 얼굴을 흐리게 했다. 블랑쉐는 고개를 돌렸으나, 가토의 몸에 가려 창밖을 잘 볼 수 없었다.

가토는 마차 문을 열고 내렸다.

"고마워, 블랑쉐."

마차가 떠났다. 가토는 그 마차를 한참이나 바라보다가, 극장이 아닌 다른 반대 방향으로 걷기 시작했다. 터벅터벅 걷고, 그러다 결국에는 벽에 기댔다. 그때 누군가가 달려오는 소리가 들렸다. 돌아보니, 블랑쉐가 숨을 몰아쉬며 서 있었다.

"왜 온 거니?"

블랑쉐가 가토를 노려보며 말했다.

"저는 당신에게 제 이름을 가르쳐 준 적이 없어요."

가토가 웃었다.

"그냥 가지 그랬니. 웃으며 서로를 기만하는 게 우리들 방식인데, 그렇게 모르는 척하면 아무 일도 없는데, 그냥 그렇게 하지 그랬니."

블랑쉐는 아랫입술을 꾹 짓눌렀다가 떼며 말했다.

"임금님께서 오실 거예요. 당신을 응징할 거예요."

"착각하지 마, 블랑쉐. 그는 내 왕이 아니야."

그리고 가토는 옷자락을 풀어헤쳤다. 희고 가는 목덜미가 드러나며, 그 위에 선명하게 찍힌 날카로운 깃털을 세운 두 장의 불꽃의 날개가 나타났다.

"너의 주인은 부활의 나비지만, 내 주인은 홍염의 성좌. 그는 나를 응징할 권리도 의무도 없으며, 나는 그를 섬길 의무도 책임도 없다. 원래부터 그랬어."

"당신은 임금님이 진짜 왕을 찾아주셨어도 그리하실 생각이었군요. 무엇을 하든 배신할 생각이었고, 어떻게 되든 그분을 파멸시킬 작정이었던 거예요!"

"그래, 그럴 생각이었어. 그러나 그의 오만과 기만이 나를 더욱 분노하게 했다. 그가 내 예정보다 더욱 갑작스럽고 더욱 잔인하게 찢긴 것은 그 오만이 부른 대가일 뿐이야. 그는 내 여왕, 내 어머니를 버린 자다. 그러나 우리들이 그에게 복종한 것은 그가 우리들에게 다음 왕을 찾아주겠다 약속했기 때문이야."

그리고 차갑고 마른 손이 블랑쉐의 목을 파고들어 왔다. 블랑쉐의 눈이 젖어들기 시작했다.

"화산이 폭발하였군요. 시뻘건 용암처럼 뜨겁고 빠르게 흐르는 운명의 시간은 어쩔 수 없겠지요. 마음대로 하세요, 이플릭서스."

블랑쉐의 목을 쥔 손에 힘이 꽉 들어갔다.

운하를 바라보고 있던 알렉산더 옆으로 마차가 도착한 것은 자정을 조금 남긴 시간이었다.

알렉산더는 무언가 잘못되었다는 것을 금방 알아챘다. 말은 달리고 있었으나, 그 말의 고삐는 멋대로 풀려 있었다. 마부의 몸은 반쯤 기울어져 있었다. 알렉산더는 손을 들었다. 말들이 멈추고 바퀴도 멈추었다. 말들이 불안하게 쉭쉭대며 발굽으로 바닥을 때려 댔다.

알렉산더는 마차로 다가가 그 문을 열었다.

마차 안에는 소녀의 자그만 몸이 흰 꽃무더기처럼 놓여 있었다. 알렉산더는 마차 안으로 들어가 소녀 옆에 무릎을 꿇으며 앉았다. 웅크리고 있던 소녀가 눈을 떴다. 늘 새파랗게 빛나던 눈동자가 이제는 꺼진 불처럼 흐릿했다.

"어찌 된 거니, 블랑쉐?"

"그를 만났어요."

"그리고?"

"그는 당신을 증오해요."

"나도 알아."

"그는 곧 당신을 찾아올 거예요."

"알겠다."

블랑쉐는 알렉산더의 손을 잡았다.

"왕이여, 나의 왕이여. 사랑하고 증오하는 나의 왕이여……. 저는 사악해서 당신을 축복할 수는 없지요. 그러니 이 말밖에는 할 수 없어요. 당신이 웃으면 저도 기쁘고, 당신이 슬프면 저도 슬퍼요. 그러니 다시는 고통 받지 말아주세요. 고통받느니 죽어버리세요. 모욕당하느니 죽어버리세요. 차라리 그러세요."

"그러마."

블랑쉐가 웃었다.

"당신이 돌아와 주셔서 기뻐요. 아주머니와 행복했지만, 당신과 함께 있는 것 역시 저의 기쁨."

알렉산더는 그녀의 흰 머리카락을 쓸어주고 그 이마에 입맞추었다. 새하얀 소녀는 이제 눈을 감고 있었으나, 입술은 조금 웃는 듯했다. 텅 비어 있던 마차 안이 검은 물을 쏟아 붓듯 꽉 차기 시작했다. 작고 검은 그림자들로 가득가득 차올랐다. 그것들이 붉은 눈 파란 눈 노란 눈을 휘둥그레 뜨며 블랑쉐의 하얀 몸을 바라보았다.

알렉산더는 품 안에서 작은 칼을 꺼내어 블랑쉐의 흰 머리카락을 잘라 주머니에 넣었다. 그리고 가느다란 목덜미에 찍힌 나비의 낙인 위에 손을 얹었다. 검은 나비가 흐릿해지더니 녹아들 듯 사라졌다.

"자, 이제 너희들의 성찬이다."

알렉산더는 문을 열어젖히고 마차를 나갔다. 등 뒤에서 살 씹는 소리가 들렸다. 뼈가 우득우득 부러지는 소리와 그 부서진 뼈를 씹는 소리도 들려왔다.

알렉산더가 멈추어서 하늘을 보았을 때 그의 귀에는 운하의 물소리가 들리지 않았다. 그러나 하늘의 별빛만은, 그 흰 빛만은 뚜렷했다.

오페라 관람을 집으로 돌아온 코지마에게, 하녀가 알려왔다.

"손님이 오셨습니다."

코지마는 단 하나뿐인 응접실로 향했다. 꽉 닫힌 응접실 문 앞에 멈추어 카드 주머니를 꺼내어 카드 한 장을 뽑았다. 그녀는 한참이나 그 그림을 들여다보다가 다시 주머니에 넣었다.

응접실을 열자, 그곳에는 흰 사제복의 남자가 그녀를 기다리며 창밖을 보고 있었다. 들어서자 남자가 고개를 돌렸다.

"늦게 왔군, 코지마."

"오페라 초연일이었어요. 제작자 중 가장 많은 돈을 낸 사람이니, 최

고급 박스석에서 보았답니다."

"늘 나를 초대한다 하더니, 왜 나를 부르지 않았지?"

"요즘 바쁘잖아요. 게다가 오페라를 싫어하고."

"때론 기분 전환하고 싶을 때도 있는 법이지."

"기분 전환을 하러 가는데 하필 저와 함께하고 싶던가요? 아름답지도, 매력적이지도, 사랑스럽지도 않았던 예전의 아내와 보고 싶던가요? 제도를 뒤져 봐요. 당신을 따를 클로디유를 닮은 아이들은 많고도 많을 테니."

"그래도 유용했어, 당신은."

코지마는 눈살을 찌푸렸다.

"일부러 상처주는 버릇은 여전하군요, 니콜라스."

"다음 공연은 보러 가겠어. 내 누이도 초대하고 싶으니, 표 두 장만 줘. 모두 모두 같이 보지."

"다 함께 무슨 모의라도 하고 싶은 건가요? 이번 사태를 어찌 넘겨볼까? 이번에는 무얼 주고 넘어가 볼까? 그런 건가요?"

"당연히 그리하는 거잖아. 뻔한 거 아닌가. 그녀는 노련한 선동 정치가야. 평범하고 어리석은 사람들을 경멸하지만, 어떻게 이용해야 하는지는 참 잘 알지."

"당신, 지금 무엇을 생각하고 계시는 거지요?"

"늙은 돌비체를 치우고 그 자리에 누이를 밀어 넣으려고. 그리고 오고 가는 거래 속에 단단히 얽혀야지. 나의 파멸이 그녀의 파멸이 되도록. 그렇게 같은 운명 속으로 밀어 넣어야지."

"당신이 원하던 그것을 손에 넣으면 그 공조는 끝나는 건가요?"

니콜라스의 눈이 코지마를 향했다. 코지마는 그의 초록색 눈이 유난히 밝게 보인다고 생각했다.

"그땐 나만의 세상이지."

코지마는 흐릿하게 웃었다.

"좋아요, 그대로 달려가세요, 벼랑 끝까지. 제가 이 자리에서 지켜볼 테니."

"도와주는 거야?"

"도와주진 않아요. 부탁만 들어줄 뿐이지요. 관람권은 내일 아침 당신의 저택으로 보내드리겠어요. 그리고 당신의 옆 자리에는 당신의 누이가 앉게 될 테지요. 저는 당신 자리 아래에서 당신이 총애하는 알렉산더 백작과 함께 공연을 보지요. 기대하세요, 니콜라스. 충격적일 정도로 멋진 공연일 테니까."

"자신만만하군. 하지만 나는 오페라는 아주 싫어해. 참아주기 힘들 정도로 진부하고 경박하니까."

"그야 원래 세상이 끔찍하게 경박하니까요. 무대는 세상을 비추는 작은 거울이랍니다. 모든 것을 다 비추지는 못하지만, 어쨌든 그 안에 진실이 있지요. 니콜라스, 극장에 가게 되면 그 무대를 잘 지켜보세요. 그 안에 당신이 알고자 하던 진실이 있을 테니까요."

니콜라스가 비웃었다.

"그 무대가 칼 뷰겐트를 죽인 자가 누구인지 가르쳐 주기라도 한다던가? 지금의 내가 알고자 하는 진실은 바로 그것인데."

"당신 짓이 아니었던가요?"

"유감스럽게도, 정말 유감스럽게도, 나도 누가 그 곰을 죽였는지 아주 궁금해. 그는 없어지는 편이 낫기는 했지만, 그렇게 갑작스럽게 죽어버리면 내가 의심을 받잖아……. 그걸 무마하느라 그 꼬맹이를 좀 써먹어야 했지. 멍청한 녀석, 잘도 함정으로 기어들어 오더군."

"구태여 그렇게까지 할 필요가 있었나요?"

"지난번 살비에 마델로 사건 덕에 나는 꽤 골치 아파졌어. 교황 녀석이 나에게 신경을 잔뜩 곤두세우고 있었으니까 말이야. 적당히 무마해서 넘어가야 했고, 그 일에는 그 꼬맹이가 제격이었지. 잘 해결된 건 사실이잖아. 물론, 누가 그 곰을 죽였는지는 아직도 의문이지만."

"그 진범을 찾는다면 어찌할 건가요?"

니콜라스는 웃기만 했다. 코지마는 그 웃음이 보기 싫어 창밖을 보았다. 은청색 달빛이 청아하게 쏟아지는 너무나 아름다운 밤이었다.

외전

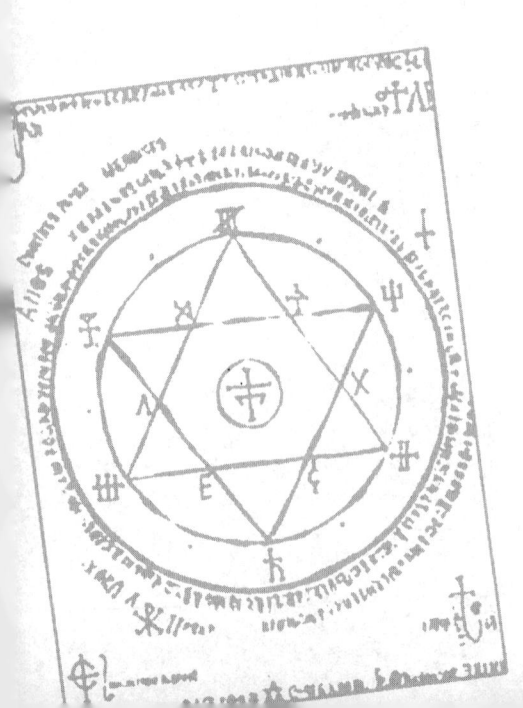

외전 어린 사도

똑같은 책을 읽듯이 똑같이 반복되는 하루였다.

정확한 시간에 일어나, 시퍼렇게 눈을 빛내는 하인, 하녀들의 감시를 받으며 옷을 갈아입고 식사를 하고, 늙은 사제 앞으로 가서 정해진 책만 읽었다.

지그문트의 스승이라 할 수 있는 늙은 사제는 따분한 인간이었다. 좋은 집안에서 태어난 착하고 무능한 아들인 덕에 사제가 되었다. 좋은 스승을 만나 좋은 학교에 들어가 좋은 학우들과 열심히 공부했고, 유명한 성당들에서 신을 위해 일했다. 그러나 그런 외적인, 태어나면서부터 가진 것을 제하고는 스스로 만들거나 이룩한 것은 조금도 없었다. 좋은 환경에서 자란 잡초 같은 인간이었다.

지그문트는 회색 벌판과 검은 바위, 바짝 마른 덤불로 가득한 황량한 외지에 살았다. 집안 어르신들은 지그문트가 태어나자마자 이 외지에 던져 놓고는 모두 관심을 끊었다. 그렇게 외면하면 지그문트의 존재가 완전히 사라지기라도 할 듯이 굴었다.

노사제는 지그문트가 여섯 살 되던 해에 죽었다. 그러나 저택이 있는 곳은 일주일에 한 번씩 오는 마차가 전부인 변경의 벽지였다. 사제의 죽음을 아는 것은 지그문트와 그 하인, 하녀들뿐이었다. 그들은 지그문트를 놓아두고 하루종일 의논을 했다. 그들은 모두 이곳이 편했다. 비밀을 유지하기 위해 가족도 연고도 없는 사람들을 모아다 놓은 것이었다. 돈도 두둑하게 받았고, 멋대로 행동해도 되었다. 귀족이라 자기 손으로 하는 것은 하나도 없는 사제를 돌보는 것을 제하고는 그다지 할 일도 없었다.

하루의 모의 끝에, 그들은 사제가 죽었다는 것을 아무에게도 알리지 않기로 했다. 비쩍 마른 노인의 몸을 뒷산에 몰래 묻은 다음, 레반투스 대공가에서 양육비와 생활비로 보내는 돈을 가로챘다. 주동자는 집사였고, 그 의견의 가장 강력한 지지자는 가정부였다. 하인 하녀들도 다 동조했다.

그리고 지그문트, 이 어린 아이는 돌보기 귀찮은 못난 강아지 취급을 했다. 깨우지도 않았고, 식사를 챙겨주지도 않았고 옷을 갈아입히지도 않았다. 손발톱을 깎아주지도 않았고, 씻겨주지도 않았다. 그러나 그들은 지그문트를 학대하거나 부리지는 않았다. 성난 살쾡이 같은 성질을 잘못 건드렸다가는 험한 일이 일어나기 때문이었다.

하인 하나는 손가락이 잘려 나갔고, 하녀 하나는 귀가 물어 뜯겼고, 또 다른 하녀는 머리카락이 살점째 뜯겨 나갔다. 제일 질이 좋지 않았던 하인은 우물에서 시체로 발견되기까지 했다.

어느새 사람들은 지그문트를 두려워하기 시작했고, 고작 여섯 살 난 이 꼬마 아이는 동네의 버릇없고 힘 센, 그러나 주인 없는 개 취급을 받왔다. 나타나면 모두 도망치거나 먹을 것을 주었다. 아무도 목줄을 채우지도 길들이려 하지 않았다.

한겨울의 어느 날이었다, 그 저택으로 손님이 찾아온 것은. 눈보라조차 치지 않는 메마른 변경의 저택이 어스름에 잠겨들 무렵에, 손님 하나가 그 문을 크게 두드렸다. 행여나 지그문트의 가문에서 보낸 사람은 아닌지, 고용인들은 겁에 질렸다.

어린 하녀가 열어준 문으로 성큼 들어온 객은 키 크고 낯선 남자였다. 자신을 그저 나그네라고만 밝혔다. 그 황야를 넘어 어딘가로 갈 예정이었으나, 그 황야가 예상했던 것보다 너무 넓어 중간에 해가 저물고 말았다고 말했다.

"주인은 누구인가요?"

남자가 묻자 집사는 대강 둘러댔다.

"모두 출타 중이십니다."

그러면서 집사는 그 남자가 본가에서 보낸 사람은 아닌지 잘 살펴보았다. 큰 키에 탄탄한 어깨를 가진 체격이 좋은 남자였다. 하얀 깃을 꼿꼿하게 세운 셔츠에, 고급 모직 외투를 걸치고 있었다. 신분이 높거나 상당한 자산가인 듯 보였다. 정말 본가에서 보낸 감시자일지도 모른다.

그러나 그 남자가 원한 것은 그저 하루 머물 방과 식사였다. 집사는 방과 식사를 마련하기 위해 자리를 떴다. 이글이글 타오르는 벽난로를 바라보며 서 있던 남자는, 혼자 있게 되자 그제야 소파 뒤에 몸을 웅크리고 있던 지그문트에게 손을 내밀었다.

"나와라, 꼬마야."

지그문트는 슬금슬금 기어 나왔다. 남자는 지그문트를 꼼꼼하게 살펴보더니 부드럽게 웃었다.

"기묘한 눈동자를 가지고 있구나, 너는."

지그문트는 남자를 빤히 바라보았다. 어린 지그문트의 눈에 비친 그는 누구보다 크고, 누구보다 우아한 웃음과 누구보다 매서운 눈매를 가지고 있었다. 남자가 말했다.

"내 이름은 에드먼드. 그냥 그렇게 부르려무나. 나는 너를 찾아왔단다. 성좌를 읽고 네가 태어난 집을 알아내고, 네가 보내진 곳을 찾아내 이렇게 온 거지."

"나를? 왜."

"나는 사악한 왕자가 될 너를, 내 정령들의 왕국을 물려받을 너를 찾아온 것이다."

아무것도 이해할 수 없어 눈만 깜빡였다. 남자는 무릎을 꿇고 앉아, 지그문트의 엉망진창인 머리카락을 쓸어 넘기고 더러운 이마에 키스했다.

"이렇게 어린 네게는 너무 이른 일이 될 테지만, 내게는 유감스럽게도 시간이 얼마 없구나. 하루라도 빨리 후계자를 찾아 자유의 몸이 되어야 하니까. 모든 것이 갑작스러울 테지만 나를 따라와 주려무나."

무엇을 어찌하라는 것인지 지그문트는 이해할 수 없었다. 그런데 남자가 눈살을 찌푸리더니 지그문트의 목을 덮은 더러운 목도리를 뒤집었다. 지저분한 목이 드러났다.

"저런."

그 순간, 지그문트의 목덜미에 문신 같은 흰 문양과 글자가 나타났다.

"족쇄로군. 누가 네게 이런 짓을 한 거냐?"

"돌아가신 스승님이."

남자는 목덜미를 툭 쳤다. 순간 그 모든 글자와 문양이 휙 하니 사라졌다. 모래 위의 그림 위로 바람이 불듯이, 그렇게 순식간에 사라졌다. 남자는 지그문트의 마른 어깨를 부드럽게 감싸 쥐며 말했다.

"자, 이제 장벽이 사라졌으니 정령들이 네게 다가올 거란다. 네가 가장 먼저 할 일은, 그중에 너와 친해질 수 있는 녀석들을 골라내 그 녀석들에게 이름을 주고 네가 주인이라는 인장을 박아 넣는 일이란다."

"말?"

"그래. 하지만 그건 인간들의 언어와는 완전히 다르단다. 그건 그저 느낌으로, 네 생각으로 읽어야 하는 거야. 그들의 뜻을 정확하게 알아내는 것은 매우 힘들지. 하지만 연습하다 보면 차근차근 알게 될 거란다. 게다가 너는 아주 특별한 능력을 가지고 있어."

'특별한' 이라는 말이 지그문트에게는 한없이 달콤하게 들렸다. 남자도 그런 지그문트의 표정을 읽었다.

"내게 네 운명을 잠시만 맡겨다오. 이 황무지의 왕국에서 벗어나, 광활하고 풍요로운 제국이 네 손 안으로 들어오게 해주마. 내가 시키는 대로 하기만 하면 돼."

고생고생하던 아이가 구원을 받아 훌륭하게 자라날 환경을 얻는다. 행운을 얻은 아이는 좋은 온실로 옮겨진 화초처럼 잘 자라나 훌륭한 일을 한다. 동화는 대체로 그렇게 된다.

악마처럼 강림한 그 남자는 지그문트에게 완벽하게 새로운 삶을 주었다. 하인, 하녀들은 그 처음 보는 남자에게 이상하게 모두 복종했다. 그의 명령에 따라 모두 짐을 싸 들고 저택을 나갔고, 저택은 황무지 위의 우뚝 솟은 바위처럼 외로이 남았다. 그러나 지그문트는 보았다, 텅 빈 저택에 새로운 하인들이 나타나는 것을. 남자의 말에 절대복종하는 이들이 나타나 그들의 시중을 들었다. 남자의 한마디에 사라지고, 남자의 한마디에 모든 것을 내놓았다.

"언젠가 저들이 모두 너의 것이 될 거란다. 그러니 일단 나를 따라다오, 아무것도 묻지 말고."

남자는 아이를 어르며 그렇게 말했다. 그것으로 자신이 아이에게 강요하는 모든 것을 정당화시켰다. 너를 위해서란다, 이 모든 것이 다 너를 위해서란다. 그러면 무엇을 어떻게 하든 다 괜찮아졌다. 어디서 왔느냐는 질문에는 늘 회피했다.

"하라는 대로만 하면 되는 거란다. 더 이상 알려 하지 마."

아무것도 설명하지 않고, 그저 그렇게 말했을 뿐이다. 지그문트가 보기에, 그는 조급해했고 너무 서둘렀다. 언제나 떠날 날만을 세고 있었다. 자신이 누구인지도 제대로 가르쳐 주지 않았다.

그러나 지그문트에게 선택권은 없었다. 먹여주는 것을 먹듯이, 그가 하라는 대로만 했다.

"너는 엄청난 힘을 얻게 될 거야. 그렇게 태어났으니까. 그리고 위대한 운명이 네게 주어졌다. 평범한 것들과는 다른 그런 운명이 말이야."

남자는 그렇게 지그문트에게 말했다.

지그문트가 생각한 것은 스승이었던 그 늙은 사제였다. 평범하게 태어나 평범하게 살다가 평범하게 죽었으며, 사람들은 그가 죽었는지도 모른다. 배고픈 돼지가 여물을 먹듯이 주어진 생을 꾸역꾸역 먹다가, 그 생의 여물통이 비워지자 죽은 것이다. 아무도 그를 필요로 하지 않았고, 아무도 그의 부재를 아쉬워하지 않았다.

지그문트는 자신의 누나를 알고 있었다. 그녀가 어찌 살고 있는지, 어찌 되어야 하는지도 알고 있었다. 자궁을 가진 누나는 지그문트가 얻지 못한 기회를 얻었다. 그러나 그녀의 삶은 정해진 대로, 하라는 대로 하기만 하는, 자기 삶이 자기 것이 아닌 대가로 편안한 생활을 보장받은 그런 품종 좋은 개 같은 삶이다.

둘 다 싫다.

"정말 나는 엄청난 사람이 되는 건가요?"

지그문트가 물었다.

"그럼."

남자는 조금도 주저하지 않고 그렇게 답했다.

"내가 하라는 대로 하면 되는 거란다. 그러면 네게 모든 것이 주어질 거야."

지그문트는 꿈을 꾸었다. 이 황량한 저택을 나가는 꿈을, 악마 같은 아버지를 죽이는 꿈을, 추악한 속물인 할아버지를 죽이는 꿈을, 지금 푹신한 침대에서 자고 있을 누나를 눈앞에서 경멸하는 꿈을.

"난 신의 사도가 되는 거군요."

그 순간에 지그문트가 본 것은 남자의 검은 눈 너머로 스쳐 지나가는 불안함이었다.

"자기 자신을 신으로 칭해선 안 된다. 그건 오만이고, 신은 오만한 자를 보살피지 않아. 그러니 다시는 스스로를 사도라 칭하지 말아라."

지그문트는 이해할 수 없었으며, 이해할 생각도 없었다. 생각한 것은 그의 설교가 아주 마음에 들지 않고, 마음에 들지 않으니 그 설교는 틀렸다는 것뿐이었다.

"오만의 기준이 무엇인가요?"

"그건 내가 정확하게 말할 수 있는 게 아니야."

"그렇다면 스승님 당신도 모르는 거예요. 신에게 선택받은 사람을 방해하는 것이 오히려 오만. 벌을 받아야 하는 건 그런 일을 하는 사람들이죠."

"그렇게 생각하지 마라, 지그문트."

남자가 말했다.

"그건 네 권리가 아니다. 그리고 그 어떤 인간도 그럴 수 있는 권리가 없어."

찬란한 빛과 함께 나타난 구원의 천사가 비루먹은 노인네만큼이나 한심해지는 순간이었다. 남자는 당혹스러워하고 있었다. 그가 다룰 수 없는 못된 고양이와 함께 살게 된 사람 같은 얼굴이었다.

"지그문트, 나는 곧 여기를 떠나야 한다. 할 일이 있거든. 그러니 나는 쓸데없는 충고를 할 틈이 없다. 네게 필요한 충고다. 지금 내 말을 잘 들어둬라."

남자가 떠나면—

지그문트는 생각했다.

군인— 그래, 좋은 집안 출신이었으나 출셋길에서 한참이나 비껴나간 사람을 찾는 것이 좋겠다. 나이는 마흔이나 쉰 정도 된 사람이 좋겠지. 여태까지 해오던 것을 하기에는 억울하고, 새로운 시도를 시작하기에는 늦은 나이인 것이 좋다. 그 사람이 강력한 군대를 가질 필요는 없을 것이다. 지그문트 자신이 직접 만들어낼 테니까.

그러나 그런 사람과 접촉하고 그런 사람이 자신을 신뢰하게 만들려면 지위가 필요하다. 어떤 것이 좋을까. 그래, 사제가 되는 것이 좋다. 나이를 따지지 않고 그 능력에 따라 단숨에 위로 올라갈 수 있는 사제가 되어야지. 그러려면 정화사제단이 되는 것이 좋을 것이다. 자신의 마력을 정화력 비슷하게 보이게 할 수 있다. 속일 수 있을 테지.

지금 이 능력 정도면 정식 사제는 물론이요, 금방 주교로 올라갈 수 있을 것이다. 그 정도 되면 대리인을 통해 적당한 남자를 찾아 접촉할 것이다. 그를 앞세워 호화롭게 타락한 제도를 단숨에 손에 넣고 모든 이들을 공포로 제압할 것이다. 차갑고 초라한 회색의 돌집에 살고 있던 이 꼬맹이가 제도를 손에 넣는 것이다.

"에드먼드."

남자가 돌아보자 지그문트가 말했다.

"당신이 하라는 대로 하면, 저는 언제쯤 당신이 말한 그런 사람이 되는 거죠?"

"얼마 남지 않았어."

"그리되면, 이 저택을 나가면 나는 사제가 되고 싶어요."

남자가 눈살을 찌푸렸다.

"유일신의 사제? 하필이면… 너는 내가 반대하더라도 그리되고 싶은 거냐."

"제 꿈이에요. 도와줄 수 있나요?"

"할 수는 있지. 하지만 사제가 되면 나와의 인연도 희미해지게 될 거야. 나는 이 유일신의 사제들을 아주 싫어하거든."

"왜 싫어하는데?"

"내 모든 것을 파괴했다. 내 나라와 내 백성과 내 가족들을 모두 파괴했지. 모독하고 범했어."

"당신은 이 나라 사람이 아닌가요?"

"이 나라에서 사는 그 누구보다 오래 이 나라에서 살았건만, 나는 이 나라의 백성이 아니다."

"이 나라를 미워하겠군요. 그렇다면 나를 이용해서 이 나라에 복수해 봐요. 내가 짓밟아줄게요. 나도 당신만큼이나 이곳이 밉거든요. 그러니 날 도와줘요. 당신에게 이용당해 줄 테니까, 당신이 하고 싶은 대로 해봐요."

그제야 남자가 웃었다. 그 눈 안에 서린 불안감도 사라졌다. 지그문트의 말이 마음에 드는 듯했다. 그리고 지그문트는 짐작했다. 이 남자는 나를 아끼지도 좋아하지도 않아. 칼을 다듬고 도끼 자루를 손보듯이 그렇게 다룰 뿐이지. 그렇다면 이 남자가 하라는 대로 하기로 했다. 그리고 마침내, 모든 것을 손에 넣을 때가 되면 이 남자도 파멸시키리라 다짐했다. 이 남자의 모든 것을 손에 넣고, 천천히 말려죽이리라 다짐했다.

이 남자가 미운 것은 아니다. 잘 알지도 못하니 나쁜 사람인지 착한 사람인지도 모른다. 그냥 그렇게 할 수 있으니까 그렇게 하고 싶은 것뿐이다.

아니, 아니다. 어쩌면, 지그문트 자신이 이렇게 하기로 마음먹은 것 자체가 신이 원하신 것일지도 모른다. 신께서 지그문트를 골라 그를 대신 벌하려 하시는 것일지도 모른다. 그리 생각하니, 이 남자를 파멸시키는 것이 그의 의무처럼 여겨졌다.

그날은 보통날과 똑같이 시작되었다. 이른 해가 황야를 비출 무렵, 그 지평선 너머에서 저택을 찾아온 손님들이 나타났다. 둘 다 크지 않은 키에 체격은 놀라울 정도로 늘씬했다. 아름다운 물고기 같은 이들이었다.

"둘만 온 건가?"

그들이 저택 안으로 오자 에드먼드가 물었다. 여자가 모자를 벗으며 말했다.

"그 꼬마는 원래 낯선 곳으로 오는 건 질색하잖아요. 찡얼대는 거 듣기 싫어요."

여자는, 소녀였다. 열대여섯 정도 되었을까. 지그문트는 눈부시다고 생각했다. 그렇게 예쁜 소녀는 처음 보았다. 곱고 하얀 볼에, 유리알처럼 아름다운 청보라색 눈동자였다. 새카만 머리카락은 붉은 리본을 장식하고 있었다.

"인사해라, 클로디유."

에드먼드가 말했다. 클로디유라 불린 소녀의 눈이 지그문트를 향했다.

"우리가 모실 작고 작은 왕자님이군요. 크면 정말 굉장히 아름다운 남자가 되겠어요. 기대하죠."

그리고 클로디유는 지그문트의 볼을 쓰다듬었다. 그 손길에 놀라 움찔 물러나다가, 그제야 망토의 후드를 벗으며 얼굴을 드러내는 남자 손님을 보게 되었다. 소년이었다. 클로디유보다 조금 어려 보였다.

지그문트는 순간 그가 천사 같다고 생각했다. 클로디유도 아름다웠지만, 그것은 잘 세공된 인형처럼 소름끼치게 아름다운 것이었다. 그러나 소년의 아름다움은 그렇지 않았다. 다른 공기에서 숨을 쉬며 다른 하늘을 바라보며 살아온 듯한, 그런 놀라울 정도의 이질감이 느껴졌다. 그가 같은 공간에 있다는 것조차 놀랍게 느껴졌다.

"너도 인사해라."

지그문트를 바라보는 소년의 눈은 초록색이었다. 투명하고 신비로운, 찬란하게 빛나는 찰나가 영원으로 결정화된 듯한, 그런 아름다운 초록색 눈이었다. 지그문트를 바라보는 소년은 미묘하게 눈살을 찌푸렸다. 그 눈 안에 담긴 것은 불만족과 불신이었다. 그 모든 것이 지그문트를 향하는 것이기에 기분이 나빠졌다.

"내 이름은 이플릭셔스. 그리고—"

소년이 주변을 둘러보았다. 클로디유가 눈살을 찌푸리며 귀를 막았다. 순간에 지그문트 주변에서 느껴지던 마령들의 기운이 모조리 사라졌다. 평소에는 지그문트의 힘을 느끼고 슬금슬금 기어들어 와 그들의 말을 속삭이곤 했다. 그런데 그것들이 거미 떼처럼 흩어져 순식간에 사라졌다. 세상의 소리가 갑자기 뚝 그치며 모든 것이 정지했다.

"나는 나의 왕이 되는 주인을 지킨다. 나를 가진 자가 왕이 되고, 내가 택한 자가 왕이 된다."

그렇게 말하며 이플릭셔스는 지그문트의 턱을 받쳐 들었다. 오싹 소름이 끼쳤다.

"그러나 내가 택한 왕은 모두 고독해지지. 때로 그들의 운명이, 필요하다면 내가 직접 그들을 고독하게 만들어준다. 산꼭대기에 선 자는 모든 것을 볼 수 있지만, 그곳에는 한 사람이 설 곳밖에 없기 때문이지."

지그문트는 그 손을 후려치고 뒤로 물러났다. 이플릭셔스는 킬킬 웃으며 말했다.

"이 모든 건 네가 진짜 우리들의 주인일 때나 요긴한 충고이지. 하지만 네가 우리의 주인이 아니면, 나는 가장 먼저 너를 죽이러 갈 거야. 그러니 항상 조심해. 높은 곳에 있을수록 추락하는 고통도 클 테니까."

지그문트는 말도 안 되는 충고라고 생각했다. 그는 곧 모든 것을 손에 넣을 것이다. 그것은 신의 뜻이며, 신이 정한 운명이다. 그리되는 것이 섭리이며 진리이다. 의심할 필요조차 없는, 너무도 당연한 일이었다. 그러나 이플릭셔스의 웃음은 그렇게 생각하는 지그문트마저 겁에 질리게 할 정도로 오싹했다.

『홍염의 성좌』 7권에 계속…